hi yw fy ffrind

D0532590

Hefyd gan Bethan Gwanas
(ac wedi'u cyhoeddi gan Y Lolfa):

AMDANI!
SGÔR
CERI GRAFU

bethan
gwanas

hi yw fy ffrind

y Lolfa

Argraffiad cyntaf: 2004
Ail argraffiad: 2006

Cynllun clawr: Sion Ilar
Llun y clawr: Mared Roberts
Llun clawr ôl: Richard Morgan

Diolch i Lois Jones ac Elen Jones, Ysgol Talybont, Ceredigion

Rhif Llyfr Rhyngwladol: 0 86243 727 X

Cyhoeddwyd ac argraffwyd yng Nghymru
gan Y Lolfa Cyf., Talybont, Ceredigion SY24 5AP
e-bost ylolfa@ylolfa.com
gwefan www.ylolfa.com
ffôn (01970) 832 304
ffacs 832 782

pennod 1

DWI'N BEIO NIA. Mi nath hi lot o betha gwirion rioed. Arni hi mae'r bai bod pawb yn fy ngalw i'n Non. Roedd gen i enw iawn yn barod – Rhiannon. Roedd Fleetwood Mac wedi sgwennu cân amdana i – hyd yn ocd os oeddcn nhw'n ci ddcud o'n rong, wedi ei Americaneiddio fo'n llwyr yn 'Riêêênyn'. Doedd na'm byd o'i le efo'r enw fel roedd o i fod i gael ei ynganu. Ond am ein bod ni'n ffrindia a hitha'n Nia, mi ddechreuodd hi ngalw i'n Non yn do? Roedd hi'n meddwl ei fod o'n swnio'n dda – Non a Nia, Nia a Non. Swnio'n debycach i *Bill and Ben* i mi. Ond mi sticiodd, fel llwyth o betha eraill – petha sa'n well gen i eu hanghofio. Mae petha fel'na'n mynnu sticio, tydyn?

Roedd 'na reswm arall pam ei bod hi wedi mynnu fy ailfedyddio i. Doedd hi'm yn gallu deud 'r' yn iawn. Mi ddoth drosto fo'n ei harddegau, ond roedd hi'n 'erian' yn ofnadwy pan oedden ni yn yr ysgol gynradd, a finna'n gneud iddi ddeud 'lorri laeth yn rowlio lawr yr allt' drosodd a throsodd. Ac oedd hi'n gneud hefyd, y gloman. Ond roedd hi'n talu'n ôl i mi drwy wneud hwyl am ben fy nicyrs i. Mi nath Mam neud i mi wisgo rhai mawr nefi-blŵ drwy gyfnod yr ysgol gynradd, ond roedd mam Nia'n prynu rhai neilon blodeuog iddi hi. Arwydd o'r hyn oedd i ddod, debyg.

Roeddan ni'n ffrindia ers y crud – o ddifri. Am ein bod ni wedi cael ein geni o fewn deuddydd i'n gilydd (hi ddoth gynta) mi gawson ni'n bedyddio yn yr un dŵr. Naci, mae hynna'n swnio fel tasa'r gweinidog yn rhy ddiog i newid dŵr y bedydd, tydi? Gawson ni'n bedyddio run pryd, ta, yn yr un gwasanaeth: fi'n glamp o fabi mawr iach, tawel a hitha'n llygoden fach dila, uffernol o swnllyd, yn nadu dros y lle drwy gydol y gwasanaeth. Dyna ddeudodd Mam, beth bynnag. Ond roedd Magi Davies, mam Nia, yn mynnu mai'r ffordd arall rownd oedd hi, mai fi oedd yr un oedd yn nadu. Chymrodd hi rioed ata i, felly mi fysa hi'n siŵr o ddeud hynny'n bysa? Genod ffarm oeddan ni'n dwy, dim ond mod i'n un o bump a hitha'n unig blentyn. Felly ro'n i'n gorfod rhannu bob dim a hitha'n cael pob affliw o bob dim iddi hi ei hun, yn newydd sbon hefyd, yn cynnwys y nicyrs neilon blodeuog. Gorfod gwisgo hen ddillad Leusa fy chwaer fawr ro'n i, ac roedd rheiny fel arfer wedi dod iddi hi gan ryw gnither neu'i gilydd. 'Di plant heddiw ddim yn gwisgo dillad ail-law, nacdyn? Wel, dim ond os oes 'na label fel MEXX neu rwbath arnyn nhw. Petha crimplîn a sgertiau tartan efo seffti-pins fydden ni'n eu cael, a theits wedi mynd yn bobls i gyd.

Dwi'n cofio dod adre ryw dro ar ôl bod yn gweld Nia... Wel, Mam oedd wedi bod yn gweld ei mam hi; dach chi'n gwybod fel mae mamau sydd â phlant ifanc – yn hel at ei gilydd hynny fedran nhw er mwyn gallu siarad yn gall am unwaith, siarad iaith oedolion, ac mae hynny'n arbennig o wir ymysg mamau sy'n byw ar ffermydd, achos dydi ffarmwrs ddim yn siarad llawer efo'u gwragedd. Wel, doedd ein tadau ni ddim o leia. Rhy brysur, rhy flinedig i ddeud mwy na dau air dros bryd o fwyd.

Mynd i sôn am y diwrnod aeth Mam a finna i Dynclawdd, ffarm teulu Nia ro'n i yndê. Wel, roedd ganddi hi lond gwlad o deganau – dau dedi bêr, o leia pum doli, ceffyl siglo mawr pren, Lego, blociau pren, *xylophone* bach bob lliw – dwi'n eu cofio nhw'n iawn. A dim ond un ddoli a set o lestri te plastig oedd gen i. Doeddan ni'm yn dlawd, ond oes fel'na oedd hi yn y chwe degau, pawb yn byw'n gynnil, yn enwedig os oeddech chi'n deulu mawr. A phan gyrhaeddon ni adre, be welodd Mam yn fy mhoced i ond un o ddoliau bach Nia.

"Y cenna bach drwg!" medda hi dros y lle. "Ti rioed 'di dwyn doli Nia?"

"Oedd gynni hi ddigon, doedd?" medda fi. Natur comiwnydd 'di bod ynof fi rioed.

Mi ges i chwip din nes o'n i'n bownsio. Doedd cael chwip din ddim yn drosedd 'r adeg hynny — arwydd o riant da a chall oedd o, yn trio cadw trefn ar blentyn, dysgu gwers iddo fo. Ond dim ond pan o't ti wedi gneud rwbath wirioneddol ddrwg, fel dwyn neu regi, y byddet ti'n cael chwip din. Doedd mamau ddim yn mynd o gwmpas y lle yn waldio'u plant drwy'r adeg. Wel, doedd y rhan fwya ddim beth bynnag. Arwydd o rwbath arall oedd hynny.

Wel, ar ôl y chwip din, mi fynnodd Mam ein bod ni'n mynd â'r ddoli'n ôl, yn do. Dyna'r tro cynta i mi deimlo cywilydd go iawn. Sefyll yn ddagreuol ar ganol llawr y gegin yn gorfod deud ei bod hi'n ddrwg gen i. A beryg mai dyna pryd benderfynodd Magi Davies mai fi oedd Satan. Fel tasa hi'n santes ei hun... Ond er cystal ffrindia oeddan ni wedyn, nath Nia ddim gadael i mi anghofio'r peth chwaith. Bob tro ro'n i'n ei phechu hi, mi fyddai'n codi'r hen stori yna o'r llwch. A ti'n siŵr o bechu dy ffrindia ryw ben, dwyt? Ond mae ffrindia da yn madda. Methu anghofio, ella, ond mi ddylan nhw fadda. Neu dach chi'm yn ffrindia nag dach? Ac os oes 'na rwbath dwi 'di ddysgu yn yr hen fyd 'ma, ti angen ffrindia. Does 'na'm pwynt byw heb ffrindia. Ac roedd Nia a finna'n ffrindia. Bryd hynny.

Doeddan ni'm yn debyg o gwbwl. Peth fach, fain efo gwallt coch oedd Nia, ei chroen yn llosgi ar ddim yn yr haul a chlefyd y gwair yn boen iddi bob haf. Roedd ei choesau hi mor denau ro'n i'n gallu cau bys a bawd am ei fferau hi, ond roedd hi'n gallu rhedeg, was bach. Ro'n i'n ei churo hi dros gan medr, ond roedd hi'n gallu dal i fynd a mynd a mynd am filltiroedd, ac mi fyddai'n mynd ati i wneud hynny weithia, a 'ngadael i'n gweiddi ar ei hôl hi i stopio. A phan oedd hi'n teimlo fel aros amdana i, dyna lle byddai hi'n pwyso'n erbyn coeden, yn dal yn welw, prin yn anadlu ac yn chwerthin wrth fy ngweld i'n bustachu drwy'r rhedyn yn chwys boetsh efo wyneb fel tomato, yn ei rhegi i'r cymylau. Nid fod gen i ystod eang o regfeydd bryd hynny. 'Cachu', 'bitsh' a 'diawl' oedd y petha gwaetha allwn i eu deud, a'u clywed nhw gan fy nhad fyddwn i. Ond nid rhegi ni'r plant fyddai o. Na, chawson ni rioed reg na slap gan Dad. Gwartheg a defaid styfnig fyddai'n cael eu rhegi fel'na gan amla, ond roedd 'na ambell berson ar y ffôn yn ei chael hi ganddo weithiau, er na ches i byth wybod pwy oedden nhw. Ond roedd a wnelo fo rhywbeth â phres gan amla.

Ond sôn am Nia ro'n i. Dwi wastad wedi bod yn fwy na hi – ro'n i chwe modfedd yn dalach na hi ar y cownt dwytha. Beryg mod i chwe modfedd yn fwy na hi ymhobman, erbyn meddwl – heblaw 'i byst, hi gafodd hwnnw. Ond pan oedden ni'n fach, dim ond modfedd neu ddwy oedd ynddi. Roedd gen i fop o wallt cyrliog melyn bryd hynny, ac roedd Nia wastad yn flin am y peth. Mi drodd hitha'n flondan pan oedden ni tua deunaw – ac mae ganddi'r wyneb i daeru mai proses naturiol oedd hi! Mi drodd fy ngwallt i'n lliw dŵr golchi sosbenni pan o'n i tua deuddeg, ond dw inna'n flondan eto erbyn hyn, wrth gwrs. Tydan ni i gyd?

Er i ni gael ein bedyddio yn yr un dŵr, welais i fawr o Nia wedyn tan ddyddiau'r ysgol gynradd. Pennod y ddoli wedi suro petha, am wn i. Neu'r ffaith bod Mam wedi bagio'n Mini ni i mewn i wal. Chafodd hi'm gyrru car am sbel wedyn, felly roeddan ni'n styc adre yn y Wern, a doedd Magi Davies ddim yn mynd i ddod â'i merch i weld hoeden anystywallt fel fi, nag oedd? Doedden ni ddim yn mynd i'r un capel bellach chwaith – mi gafodd y capel lle cawson ni'n bedyddio ei droi'n dŷ i Saeson yn fuan wedi'r bedyddio, wedyn aeth ein teulu ni i gapel Llan a theulu Nia i gapel dre. Ond roedden ni'n gweld ein gilydd ymhob Gymanfa, yn tynnu stumia ar ein gilydd dros y balconi, yn cyd-ysu am gael bod ar lan môr yn lle'n chwysu'n ein dillad gorau yn canu 'Rwyf innau'n filwr bychan'. Ac mi fyddai Mam wastad yn cwyno mod i'n edrych fel tas wair yn fy ffrog newydd (dim ond ar gyfer y Gymanfa fyddwn i'n cael dillad newydd): "Pam na elli di edrych fel Nia? Sbia del ydi hi! A pham na wnei di adael i mi roi ruban yn dy wallt di fel'na?"

Dyna pryd wnes i benderfynu mod i ddim isio bod yn ffrindiau efo Nia mwyach. Doedd gen i'm mynedd efo unrhyw un oedd yn amlwg yn mwynhau gwisgo ruban yn ei gwallt.

Doedd partïon pen-blwydd plant dan bump ddim yn bethau mawr *bouncy castles* yn y chwe degau; a bod yn onest, dwi'm yn cofio run parti pen-blwydd yn yr oed yna. Ond os ges i un, chafodd Nia mo'i gwadd, a ches inna mo ngwadd i'w phartïon hithau. Rhyfedd hefyd, a ninnau wedi ein geni o fewn deuddydd i'n gilydd.

Buan y daeth diwrnod cyntaf yr ysgol gynradd gyda Nia a finna efo'n gilydd eto, nid mod i'n teimlo'n gryf am hynny. Jest isio mynd i'r ysgol ro'n i. Ro'n i'n bedair blwydd a hanner o egni pur ac wedi cynhyrfu'n lân. Roedd Nia wedi cynhyrfu hefyd, ond mewn ffordd gwbl wahanol i mi. Crio a dal yn sownd yn sgert ei mam roedd hi, a honno a Mrs Lewis y brifathrawes yn trio'i pherswadio i ollwng. Mi gymerodd hynny gryn hanner awr, a chrio fuo Nia am oesoedd wedi i'w mam ddiflannu. Dwi bron yn siŵr bod 'na ddagrau yn llygaid honno hefyd. Ond ella mai annwyd oedd arni. Ta waeth, jest codi llaw ar fy mam wnes i a rhedeg rownd yr iard fel peth gwirion cyn penderfynu archwilio adeiladau'r ysgol.

"Rhiannon! Ty'd i lawr o fan'na!" gwaeddodd Mrs Lewis. Ro'n i'n eistedd ar ben to toiledau'r bechgyn.

"Pam, Mrs Lewis?" gofynnais. "Mae'n neis yma. Dowch fyny i weld!"

"Wna i'm ffasiwn beth! Ty'd lawr 'ma ar unwaith! Dringo i ben toiledau'r bechgyn, wir! Ty'd lawr cyn i mi roi chwip din go iawn i ti!"

"Ond sut dach chi'n mynd i roi chwip din i mi os dwi fyny fan'ma a chitha lawr fan'na, Mrs Lewis?"

"TY'D LAWR Y MUNUD 'MA!"

Ugain munud yn ddiweddarach, ro'n i'n eistedd ar un foch pen-ôl ar fy nghadair, a'm llygaid yn goch. Ro'n i'n benderfynol o beidio crio o flaen pawb, yn enwedig Mrs Lewis, ond roedd ôl y gansen yn dal i losgi mwya ofnadwy. Eisteddai Nia wrth fy ochr yn ysgwyd ei phen.

"Dio'n brifo?" sibrydodd.

"Yndi."

"Dwi rioed 'di cael chwip din," meddai Nia'n smyg, "dwi byth yn hogan ddrwg fel ti. Oedd Mam yn deud bore 'ma bo ti'n hogan ddrwg, bo fi fod i neud ffrindia efo plant erill."

"Cer i ffendio ffrindia erill ta. Dio'm bwys gen i."

"Ond bechgyn 'di'r lleill i gyd. Dwi'm isio bod yn ffrindia efo bachgen, nag oes?"

Mi ystyriais i hyn yn ofalus. Ro'n i'n eitha hoffi chwarae pêl-droed efo'r bechgyn. Ond ar wahân i John, fy mrawd mawr, roedden nhw'n bethau digon diddim, gwirion.

"Ti dal isio bod yn ffrindia efo fi ta?"

"Yndw. Ti'n gneud i fi chwerthin."

"O. Ti'n gneud i fi chwerthin 'fyd."

"Yndw? Pam?"

"Am bo ti methu deud 'r'."

Tawelwch. Yna: "Dwi'm yn licio ti rŵan."

Ond doedd ganddi fawr o ddewis. Dim ond pedwar disgybl newydd oedd yno'r flwyddyn honno. Ni'n dwy, Crispin – Sais o deulu cefnog, crand oedd yn gwrthod yn lân â siarad Cymraeg – a Huw, mab y dyn AA oedd yn gwrthod yn lân â siarad. Doedd gan y plant hŷn fawr o fynedd chwarae efo ni, a doedd wiw i ni fynd at blant y dosbarth mawr. Hoff gêm y bechgyn mawrion hynny (yn cynnwys John fy mrawd) oedd gwisgo'u sanau am eu dwylo, yna neidio dros y wal i nôl llond dyrneidiau o ddail poethion a rhedeg ar ôl y merched gan chwipio'u coesau'n filain. A doedd dim modd talu'r pwyth yn ôl chwaith. Roedd yr hogia mawr yn cael gwisgo trowsusau hirion, ond roedden ni'r merched yn gorfod gwisgo sgertiau neu ffrogiau a sanau gwyn, byr, oedd yn golygu bod 'na ddigon o gnawd ar gael i'w chwipio.

Fe ddysgodd Nia a minnau gadw'n ddigon pell oddi wrth yr hogia mawr wedyn. Chwarae *hopscotch* fydden ni. Doedden ni ddim yn dda iawn i ddechrau, ond buan y tyfodd ein coesau'n ddigon hir i allu hopian o un sgwaryn i'r llall. A dwi'n amau mai dyna be blannodd yr elfen gystadleuol rhyngon ni. Roedden ni'n dwy yn eitha heini, ond ro'n i'n gryfach. A phan ddysgon ni droi rownd a rownd ar un goes ar y barau haearn, fi oedd yr orau o ddigon. Ro'n i'n gallu dal i fynd rownd a rownd, drosodd a throsodd, nes bod cefn fy mhen-glin yn biws. Byddai Nia'n gallu troi rhyw bum neu chwe gwaith cyn cwyno ei bod hi'n cael pendro.

Ro'n i'n gallu hongian ben i lawr fel ystlum o'r bar uchaf yn hirach na hi hefyd. Ond roedd hi'n benderfynol – ac un amser cinio mi fynnodd hongian yn hirach nag y dylai. Mi ddisgynnodd ar ei thrwyn ar y tarmac. Oedd, roedd 'na lot fawr o waed, dwi'm yn deud, ond mi nath hi ffys, bobl bach, yn enwedig pan ddalltodd hi ei bod wedi malu dant. A phan gafodd ei mam wybod be ddigwyddodd, mi nath honno hyd yn oed fwy o ffys, a dwi'n gwybod mai fi oedd yn cael y bai – eto. Canlyniad yr holl beth oedd ychwanegu rheol arall at reolau'r ysgol: neb i hongian ben i lawr ar y barrau. Ro'n i'n flin am hynna, a dwi'n gwybod bod Nia'n teimlo'n euog, er na ddywedodd hi hynny rioed. Ond doedd 'na neb wedi ei gorfodi i hongian cyhyd, nagoedd? Mi dyfodd dant arall yn lle'r llall, beth bynnag, ac mi ddiflannodd y grachen ar ei thrwyn a'i gwefus cyn pen dim.

Ella mai fi oedd Brenhines y cae chwarae, ond roedd Nia'n fy nghuro i'n rhacs yn y dosbarth. Er gwaetha fy holl ymdrechion, doedd fy llawysgrifen i byth cyn daclused ag un Nia, yn enwedig pan ddechreuon ni sgwennu'n sownd. Roedd hi'n well na fi am wneud syms hefyd, a'i llyfr yn sêr aur i gyd. Ond roedd y ddwy ohonon ni'n dda am ddarllen. Ro'n i'n gallu mynd drwy'r *Iâr Fach Goch* a *Sali Mali* cyn gyflymed â hi yn ystod yr awr ddarllen, a llyfrau 'Peter and Jane' yn Saesneg hefyd (lle'r oedd y bêl wastad yn goch), ond hi fyddai'n cael ei chanmol fwya pan fyddai'n rhaid darllen yn uchel. Roedd hi'n berfformwraig yn ifanc iawn ac yn gwybod yn union sut i blesio Mrs Lewis. Llais bach babi dol, a rhoi ei phen fymryn ar un ochr, ac roedd Mrs Lewis fel lwmp o Play-doh yn ei dwylo.

Bob gaea, byddai'r pentre'n cynnal 'Cyfarfod Bach', sef math o eisteddfod fechan leol. Dwi'n cofio un ohonyn nhw'n iawn: 'Pwsi Meri Mew' oedd y darn canu dan bump, a Nia enillodd oherwydd ei llais tlws a'r ffaith fod y beirniad wedi dotio at ei hanallu i ddeud 'r'. Ddois i'n gydradd drydydd efo Crispin. Ond fi enillodd y ddwy geiniog am adrodd 'Dau Gi Bach'. Roedd hynny'n sioc i bawb, gan fod Nia wedi perfformio'n flawd ac eisin o berffaith a 'chiwt', a finnau heb liwio dim, dim ond deud fy neud a dyna fo. Ond mae'n amlwg mai dyna be blesiodd y beirniad y tro hwnnw.

"Gest ti gam," meddai Magi Davies yn uchel wedi i Nia redeg ati efo'i cheiniog am ddod yn ail. "Ddim isio i un plentyn sefyll allan maen nhw, isio rhannu'r pres yn deg rhwng pawb. Sy'n hollol hurt os ti'n gofyn i mi. Oedd pawb yn deud mai chdi oedd yr adroddwraig."

"Mae Mam yn deud mai fi ddylai fod wedi ennill yr adrodd hefyd," meddai Nia wrth ailymuno â fi ynghanol y plant bach eraill yn y sedd flaen.

"Ond ddim ti nath, naci?"

Mi ddoth ati ei hun eto ar ôl ennill y wobr gyntaf am sgwennu stori 'oherwydd ei llawysgrifen gampus'. Ond fi enillodd am dynnu llun. Llun mochyn mawr tew oedd o, ac ro'n i wedi ystyried sgwennu 'Mam Nia' oddi tano, ond mi fues i'n ddigon call i beidio.

* * *

Fel yr es i'n hŷn, mi rois i'r gorau i gystadlu ar lwyfan. Roedd Nia'n ei helfen yn wynebu'r dorf, ond mynnai fy mhen-glin chwith i ysgwyd fel peth gwirion drwy bob cân a phob adroddiad. Felly mi wnes fodloni ar wylio Nia a phlantos talentog lastig-wynebog eraill yn mynd drwy'u pethau. A Nia fyddai'n ennill bron yn ddi-ffael, yn enwedig ar ôl iddi gael ei hyfforddi i yngan 'r' yn iawn. Ond ro'n i'n dal i gystadlu ar y sgwennu a'r arlunio, ac yn tueddu i gael gwell hwyl ar y lluniau na hi. Roedd dychymyg Nia wedi datblygu'n arw, a hi oedd yn serennu wrth sgwennu storis. Ro'n i'n gwneud fy ngorau glas, ond do'n i jest ddim yn gallu meddwl am syniadau gwahanol; byddai pob stori'n swnio'n annifyr o debyg i'r ddwytha, yn troi o amgylch y byd bach ro'n i'n ei nabod, sef byd ffarm a dim byd arall. Ro'n i'n llwyddo i wneud i'r byd hwnnw swnio'n hynod anniddorol hefyd, a bod yn onest; ond byddai Nia'n sgwennu am fydoedd craill, am y gofod a'r byd dan y dŵr, am anifeiliaid rhyfedd oedd yn siarad ac angylion pinc oedd yn dod lawr i'r ddaear bob hyn a hyn... roedd y beirniaid yn gwirioni, a doedd gen i'm gobaith mwnci.

Ond roedd 'na gystadleuaeth gref efo'r coginio a'r gwaith llaw, a'r buddugol yn amrywio o un flwyddyn i'r llall. Magi Davies fyddai'n gwneud *quiches* a *Swiss rolls* Nia wrth gwrs, ac mi fyddai Mam yn rhoi chydig o help i minnau efo'r sosej rôls a'r *coconut pyramids*, ond erbyn 1972 doedd hyd yn oed sgiliau'r mamau ddim yn gallu cystadlu efo doniau Huw, mab y dyn AA. Efallai nad oedd o'n un am siarad ond roedd o'n gogydd gwych. Mi fuon nhw'n dal i sôn am ei gateau siocled o am flynyddoedd, a'r tro dwytha i mi glywed ei hanes, roedd o'n rhedeg tŷ bwyta crand yn Llundain.

Ia, felly er bod Nia a finna'n ffrindia, roedden ni'n mwynhau cystadlu'n erbyn ein gilydd. A doedd ein mamau ni ddim yn gneud llawer i stwmpio'r elfen gystadleuol honno chwaith. A bod yn onest, roedd 'na adegau pan ro'n i'n dechrau amau mai cystadleuaeth rhyngddyn nhw oedd hi, fwy na rhyngon ni. Erbyn i'r Cyfarfod Bach chwythu'i blwc, byddai Nia a finna'n waldio'n gilydd yn chwareus os oedd un yn curo'r llall; doedd o'n poeni dim arnon ni a bod yn onest, ond gwenu'n ffals wrth longyfarch ei gilydd fyddai'r mamau.

Pan o'n i'n saith oed ges i feic (hen un Leusa fy chwaer fawr), wedyn ro'n i'n gallu beicio'r pedair milltir lawr i Dynclawdd o fewn dim. Mi fyddwn i'n cael fy ngwadd i mewn i'r tŷ weithia ond, gan amla, cael ein hel allan o'r ffordd fydden ni am fod Mrs Davies isio glanhau ar gyfer y bobl ddiarth. Roedd cyfnod y B&B wedi dechrau a Mrs Davies wrth gwrs yn un o'r rhai cyntaf i weld bod modd gwneud ceiniog neu ddwy. Do'n i ddim yn cael mynd i'r tŷ bach fyny staer rhag i mi faeddu'r lle – y tŷ bach oer tu allan oedd fy lle i, a hwnnw'n we pry cop i gyd a'r sedd yn ddigon oer i rewi bochau pen-ôl yn gorn. Roedd hi'n well gen i fynd y tu ôl i goeden.

Roedd Mam wedi gwneud ei gorau glas i wneud babi dol ohona i, ac wedi methu'n rhacs. Ro'n i'n domboi, a dyna fo. Ond roedd Mrs Davies wedi llwyddo'n eitha da efo Nia. Mi fyddwn i'n cyrraedd Tynclawdd ar fy meic mewn siorts neu drowsus a ngwallt yn gaglau i gyd, a byddai Nia wastad yn daclus mewn sgert. Un fach dartan efo seffti-pin gan amla, un efo *pleats* dro arall. Os oedd hi'n dywydd oer, mi fyddai'n gwisgo teits gwlân, ond sanau bach gwynion fyddai ganddi yn yr haf, a'r coesau Robin Goch 'na'n edrych hyd yn oed yn fwy bregus nag arfer. Ro'n i'n dal yr haul yn dda, a nghoesau'n troi'n frown caramelaidd erbyn mis Mai, ond aros yn wyn fyddai Nia, neu losgi. Ond tra o'n i wastad yn gleisiau a sgriffiadau i gyd a 'mhengliniau'n grachod drostynt yn gyson, byddai Nia'n llwyddo i gadw'i choesau'n berffaith daclus – ambell sgriffiad bychan, ond dyna i gyd. Ro'n i wastad yn fwy gwyllt a di-hid na hi, yn esgus bod yn Tarzan yn trio neidio o un gangen i'r llall, ac yn llwyddo gan amla, ond yn syrthio weithiau. A choblyn o godwm oedd hi fel arfer – glanio'n glewt ar fy stumog gan wasgu pob owns o wynt allan o f'ysgyfaint a meddwl mod i'n marw, neu daro ambell gangen ar y ffordd i lawr a gwaedu fel mochyn, a thrio rhwystro llif y gwaed efo dail tafol neu hosan. Dringo'n gall a gofalus fyddai Nia, yn enwedig ar ôl iddi ddisgyn oddi ar y bar uchel yn yr ysgol.

"Ti'n rhy wyllt, sti," byddai'n deud mewn llais hŷn na'i hoed; "ti fel tarw mewn siop tseina, medda Mam, a dwi'm fod gadael i chdi fynd ar gyfyl y parlwr."

"Pam?"

"Fanno mae'r ornaments, yndê, ac mi fysat ti wedi eu malu nhw'n shwrwds."

"Fyswn i ddim."

"O, bysat. R ŵan ty'd, dwi'n bôrd efo dringo. Gad i ni chwara cogio wrth yr afon. 'Na i fod yn un o'r tylwyth teg a gei di fod yn hen wraig flin."

"Pam mod i wastad yn gorfod bod yn hen wraig flin?"

"Gei di fod yn hen wraig hyll ta."

"Dwi'm isio bod yn hyll chwaith! Pam na cha i fod yn dylwythen deg am chênj?"

"Achos ti'm byd tebyg i dylwyth teg, nag wyt?"

"Ond dwi'n debyg i hen wraig hyll?!"

"Ti ddeudodd, ddim fi... "

"Bitsh!"

"Wwww! Dwi'n mynd i ddeud wrth Mam bo chdi 'di'n rhegi i."

"Paid ti â meiddio!"

"Gei di goblyn o row wedyn, ac mi neith hi ddeud wrth dy fam."

"O, Nia… paid."

"Ti'n mynd i fod yn hen wraig hyll ta?"

"Iawn… "

"Gawn ni'n dwy chwarae sipsiwn wedyn, iawn?"

Ro'n i'n hapusach wedyn. Ro'n i'n hoffi bod yn sipsi.

Pan fyddai Mrs Davies yn meddwl ei bod hi'n rhy oer i ni chwarae tu allan, mi fydden ni'n cael chwarae yn llofft Nia. Fyddwn i byth yn cwyno – roedd chwarae yn llofft Nia wastad yn antur i mi gan na wyddwn i am neb arall oedd â llofft gyfan i gyd iddi hi ei hun. Rhannu fu fy hanes i erioed, a hynny yn y garat. Roedd o'n garat reit glyd, os braidd yn gyfyng, ond roedd llofft Nia fel byd arall. Roedd ganddi wely mawr haearn henffasiwn efo cwilt o glytwaith wedi'i wneud gan ei nain, tŷ dol crand yn y gornel, anferth o wardrob yn llawn o ddillad newydd sbon, a *dressing table* yn syrcas o fwclis lliwgar. Roedd ganddi hyd yn oed silff lyfrau yn llawn o lyfrau Enid Blyton a T. Llew Jones, ond prin fyddai hi'n edrych arnyn nhw pan fyddwn i o gwmpas. Ro'n i wastad yn ysu am gael pori drwy un o'r cyfrolau *Famous Five*. Roedd ganddi hi'r set gyfan – dim ond ambell un oedd yn tŷ ni, a'r rheiny'n flêr efo sgribls beiro drostyn nhw i gyd ar ôl bod drwy ddwylo Mam a'i chwe brawd a chwaer, cyn cael eu malu'n waeth gan ei phlant ei hun.

Gan mai llofft Nia oedd hi, ei rheolau hi oedd yn teyrnasu. Roedd 'na ddau ddewis, chwarae efo Sindys neu wisgo i fyny. Y Sindys fyddai fy newis cyntaf i bob tro; roedd gen innau ddoli Sindy a byddai Nain yn gwau dillad iddi bob hyn a hyn, ond roedd gan Nia'r dillad go iawn, dillad siop, *jeans* a sgidiau a chôt gynnes *'for breezy days'* a phob dim. Roedd ganddi hyd yn oed

Paul (ei chariad) a Patch (ei chwaer fach) a cheffyl i gyd iddi hi ei hun. Roedd 'na Paul yn ein tŷ ni hefyd, ond Leusa oedd pia fo, ac anaml fyddai hi'n gadael i mi chwarae efo fo. Ro'n i'n ysu am gael chwarae efo Sindys Nia, ond roedd yn well ganddi hi wisgo ei hun yn hytrach na gwisgo'i doliau.

"Ty'd, awn ni i weld be sy'n wardrob Mam."

"Iawn… "

"Wel, mi ga i wisgo'i dillad hi, ond well i chdi beidio rhag ofn i ti rwygo rhwbath."

"Be dwi fod i wisgo ta?"

"Mae 'na hen betha yn y gist 'cw ar y landing."

Roedd yr 'hen betha' yn wirioneddol hen, yn drewi o gamffor *mothballs* a chwys canrifoedd, yn staesiau salmon-pinc a ffrogiau tewion, sachaidd eu defnydd a'u golwg. Bob tro y bydden ni'n cael sesiynau gwisgo i fyny yn Nhynclawdd, byddai Nia'n ei lordio'n grand o flaen drych y wardrob, yn ffrogiau lliwgar, llaes, *stole* llwynog a *chokers* du, a minnau'n edrych a theimlo'n hurt, fel rhyw *bag lady* wyth oed. Wedyn mi fyddai Nia'n creu rhyw ddrama fach, yn gwneud areithiau hirion ac yn dweud wrtha inna'n union be i'w ddeud a be i'w wneud.

"Na, aros di fan'na o dan y gadair. Achos mae gen ti ofn, ti'n gweld, wedyn fi sy'n dod i dy achub di a phawb arall." (Y tedis a'r doliau oedd 'pawb arall'.)

"Sut?"

"Achos dwi'n gallu gneud majic."

"Paid â deud wrtha i… ti'n dylwyth teg."

"Yndw. Sut o't ti'n gwbod?"

Ro'n i'n llawer hapusach yn gwisgo fel sipsiwn, wedyn mi fydden ni'n tynnu blodau plastig allan o arddangosfa Mrs Davies ar gyfer y bobl B&B, yn eu rhoi rhwng ein dannedd, ac yn stompio o gwmpas y lle yn esgus gwneud y *flamenco*. Dro arall, chwarae priodi bydden ni. Nia, wrth gwrs, fyddai'n gwisgo hen ffrog briodas ei mam bob tro a finnau'n gorfod gwisgo hen siwt ei thad a ngwallt wedi 'i stwffio i mewn i gap stabal. Doedd dim pwynt i mi ofyn a gawn i fod yn briodferch. Ond mi ges i fod yn forwyn unwaith neu ddwy, yn dilyn Nia ar hyd y landing gan afael yng ngodre'r gyrten les oedd yn llusgo y tu ôl iddi, a dy-dyrio *'Here comes the bride'* dan fy ngwynt.

"Dy dy dyry… dy dy dyry… dy dy dyry dy dyry dy dyry… "

"Uwch. Dwi'm yn clywed ti."

"Cana di ta."

"Di'r *bride* ddim fod canu, siŵr!"

"Dwi rioed 'di clywed morwyn yn mynd 'dy dy dyry' lawr yr eil, chwaith."

"O, t'laen. Ti'm yn trio."

"Dan ni 'di bod ar hyd y landing 'ma wyth gwaith yn barod, Nia! Gawn ni neud rhwbath arall rŵan? Dwi 'di cael llond bol."

"Ond dan ni'm 'di gneud y *vows* eto."

"O, blincin hec. Gwna nhw ta."

"Paid â rhegi."

"Di hynna'm yn rhegi!"

"Yndi mae o."

"Ers pryd? Blincio 'di blincin, siŵr."

"Ia?"

"Wel… dyna o'n i wastad yn feddwl oedd o."

"Be 'di 'hec' ta?"

"M'bo. Rioed 'di meddwl am y peth."

Oedodd Nia am chydig a chnoi ei gwefus. Arwydd pendant

ei bod yn meddwl yn galed oedd hynny.

"Ti'n gwbod be dwi'n meddwl ydi o?" meddai ar ôl sbel. "Dwi'n meddwl mai rhywun oedd isio deud… " edrychodd o'i chwmpas a sibrwd: "'blydi hel' ond doeddan nhw'm isio rhegi, felly dyma nhw'n deud 'blincin' yn lle 'blydi' a 'hec' yn lle 'hel'."

Byddai Nia'n fy synnu weithiau. Roedd hi'n hoffi damcaniaethu am bob dim dan haul, ac yn aml byddai'r damcaniaethau hynny ddim ond yn falu awyr pur, ond bob hyn a hyn byddai'n gwneud synnwyr perffaith.

"Ocê *clever clogs*. Gei di fod yn wcinidog ta, a 'mhriodi i a Prince Charming fan hyn."

"Tedi ydi hwnna."

"Ond allwn ni esgus mai Prince Charming ydi o, iawn?"

Doedd cyfnod y *teeny boppers* heb gyrraedd yn iawn eto – doedd merched bach ein hoed ni'n gwybod dim am lafoerio dros sêr pop – felly Prince Charming oedd 'Y Dyn Perffaith' i ni. I mi, arwr cryf Sleeping Beauty oedd o, y gŵr frwydrodd ei ffordd drwy goedwig drwchus o ddrain a mieri a chyrraedd gwely'r dywysoges yn waed a chreithiau i gyd cyn rhoi hymdingar o snog iddi. A ffefryn Nia oedd tywysog Cinderella, y boi oedd yn hoffi genod efo traed bach. Oedd, roedd gan Nia draed bach iawn, iawn. Thyfodd hi byth yn fwy na seis pedwar, ond ro'n i'n seis wyth erbyn i mi fod yn dair ar ddeg oed.

Ond dwi'n dal i sôn am y cyfnod pan oedd traed Nia'n dal yn seis 13 bach delicet, a fy llongau mawr innau'n 3.

Yn achlysurol, byddai Nia'n cael dod ata i i'r Wern, a'r un fyddai'r drefn yn fan'no. Allan â ni i'r coed a'r caeau i chwarae drwy'r dydd nes iddi nosi. Fyddai gan ein rhieni ni ddim syniad mwnci lle roedden ni, ond fydden nhw byth yn poeni, achos doedd 'na'm 'dynion drwg' o gwmpas y lle bryd hynny, ac roedden nhw'n gwybod yn iawn y bydden ni'n dod adre pan fydden ni isio bwyd. Ond o sbio'n ôl, doedd 1966 ddim ond newydd fod, sef y flwyddyn y cafodd Ian Brady a Myra Hindley eu carcharu am oes am ladd plant bach diniwed. Ond rhywle yn Lloegr oedd hynny, rhywle pell, pell i ffwrdd, a doedd o'n effeithio dim arnon ni. Roedd Aberfan yn agosach. Mi gafodd fan'no effaith. Ond effeithio ar ein rhieni wnaeth o'n fwy na dim. Roedden ni'n rhy ifanc i sylweddoli eu bod nhw'n edrych arnon ni mewn ffordd wahanol, yn llai parod i wylltio efo ni a rhoi chwip din, yn ein cofleidio'n dynnach nag arfer wrth ein rhoi yn ein gwelyau.

Pharodd hynny ddim yn hir, wrth gwrs. Fel'na mae pobl, a chyn pen dim roedden ni'n cael rhwydd hynt i grwydro drwy'r dydd, bob dydd eto. Dim ond amser brecwast a swper fydden ni'n gweld ein rhieni. Roedd 'na run fam gall isio'i phlant bach dan draed drwy'r dydd, nagoedd? Doedd hi isio llonydd i llnau'r tŷ a gneud bwyd, toedd? (Nes i ni dyfu'n ddigon hen i'w helpu hi, wrth gwrs, a phrin fyddai hi'n ein gadael ni allan o'r tŷ wedyn.) Ac am ein bod ni wedi bod allan yn chwarae yn yr awyr iach drwy'r dydd yn disgyn i mewn i ffosydd a rhowlio i lawr caeau o redyn, roedden ni'n dod adre'n hapus a bodlon ein byd, yn bwyta'n swper bob tamed. Doedd 'na'm ffasiwn beth â phlant ffysi 'radeg honno – os nad oeddet ti'n clirio dy blât bob tamed, fyddet ti ddim yn cael pwdin; mi fyddet ti'n cael darlith am blant bach llwglyd Affrica, wedyn roeddet ti'n bwyta beth bynnag oedd ar gael a bod yn ddiolchgar amdano fo. Wel… pawb ar wahân i Nia. Roedd hi'n gwrthod bwyta'r gwyn mewn wyau wedi'u berwi. A chrystia. Byddai ei phlât yn fynwent o grystia bara bob amser te. Doedd hyn yn poeni dim ar ei mam ei hun, wrth gwrs, ond roedd o'n mynd dan groen Mam i pan fyddai hi'n cael te acw.

"Be sy'n bod ar y crystia 'na, Nia?"

"Dwi'm yn licio nhw."

"Chei di byth wallt cyrls, felly."

"Dwi'm isio gwallt cyrls."

"Be 'sa'n ti? Mae pawb isio gwallt cyrls siŵr!"

"Dwi ddim. Dwi'n licio gwallt taclus."

Cyfeirio at fy nghyrls gwyllt i roedd hi, cyrls oedd yn gaglau o hyd ac yn artaith i dynnu brwsh gwallt drwyddyn nhw. Roedd Mam wedi hen roi'r gorau iddi ac yn gadael i mi ei frwsio fy hun. Ond mam Nia fyddai'n tynnu brwsh drwy wallt ei merch, a hynny ddeg ar hugain o weithiau bob nos a bore'n ddeddfol. Allwn i byth fod wedi eistedd yn llonydd yn ddigon hir i unrhyw un wneud y fath beth, hyd yn oed tase gen i wallt syth, taclus. Ond mi fynnodd Mrs Davies roi cynnig arni yn do. Roedd Mam yn yr ysbyty yn cael Melnir, fy chwaer fach. Dwi ddim yn siŵr ai Mam oedd wedi gofyn, neu Mrs Davies wedi cynnig, ond mi ges aros yn Nhynclawdd nes i Mam ddod adre. Doedd hi ddim yn dymor pobl ddiarth felly ro'n i'n cael defnyddio'r tŷ bach go iawn am unwaith. Dyna pryd welais i'r ddefod brwsio gwallt am y tro cynta, a rhyfeddu. Ond ddywedais i run gair a neidio i mewn i'r gwely cyn iddi allu dechrau arna i. Ond fore trannoeth, a ninnau ar ganol brecwast o Ready Brek, mi sgrechiodd pan welodd y golwg oedd ar fy ngwallt i.

"Rhiannon Edwards! Dwyt ti'm 'di brwsio dy wallt, naddo!"

"Ym… do, Mrs Davies."

"Paid â siarad drwy dy het, hogan! Mae'r cefn 'na'n glymau i gyd! Dwi'n gallu eu gweld nhw o fam'ma!"

"Fel'na mae o hyd Mam," eglurodd Nia gan chwarae efo'i Ready Brek.

"Ond does 'na neb yn gadael fy nhŷ i efo gwallt fel'na!" cyhoeddodd Mrs Davies mewn llais oedd yn brifo 'mhen i. "Ty'd yma. Stedda fan'na."

Roedd hi wedi gosod stôl o flaen yr hen Aga felen ac yn sefyll yno efo brwsh milain yr olwg yn ei llaw dde.

"Sa well gen i ei neud o'n hun, Mrs Davies, dydi Mam byth yn…"

"Fyddan ni yma drwy'r dydd yn disgwyl i ti gael brwsh drwy'r gwrych yna! Dydan ni… " (gyda phwyslais amlwg ar y *ni*)

"… byth yn hwyr i'r ysgol a dwi'm yn pasa dechra heddiw. Ty'd, reit handi!"

Doedd gen i ddim dewis. Gadewais fy uwd ar ei hanner a cherdded yn ofnus ond ufudd at y stôl.

Mi griais yr holl ffordd i'r ysgol. Roedd hi wedi tynnu dyrneidiau o wallt allan o 'mhen i, a dwi'n eitha siŵr ei bod hi wedi cael pleser amheuthun wrth wneud i mi sgrechian. Chymerodd hi ddim sylw chwaith o'i merch ei hun yn erfyn yn ddagreuol arni i stopio.

"Dim byd ond ffýs gwirion!" meddai'n chwyrn wrth ein gollwng allan o'r tŷ. "Rŵan dyro'r gorau i'r nadu 'na a sycha dy drwyn – efo hances! A brysiwch, neu mi fyddwch chi'n hwyr!"

Yr eiliad roedden ni wedi troi'r gornel o olwg y tŷ, mi drodd Nia ata i a 'nghofleidio.

"Sori Non, fel'na mae Mam weithia. Mae hi isio i bob dim fod yn berffaith a neith hi'm stopio nes *mae* bob dim yn berffaith. Plis stopia grio rŵan. Ti'n gneud i mi grio hefyd."

Felly mi sychais fy nagrau yn fy llawes (doedd gen i byth hances) a cherdded i'r ysgol gyda braich Nia am fy ysgwydd.

Ond doedd yr artaith ddim drosodd. Ro'n i'n aros yn Nhynclawdd y noson honno hefyd.

"Mae gen i newyddion da i ti, Rhiannon," meddai Mrs Davies wrth i ni gamu i mewn i'r gegin. "Yn un peth, mae gen ti chwaer fach wyth pwys dwy owns – dy dad newydd ffonio."

"Ga i fynd i'w gweld hi?" gofynnais, wedi gwirioni'n syth.

"Na, ddim heno. Mae dy fam angen ei chwsg, y greadures. A'r peth ola mae hi ei angen ydi plant mawr trwsgl yn neidio o gwmpas y lle'n cadw twrw. Na, gei di aros efo ni am noson arall a mynd adre ar ôl ysgol fory."

Nodiais fy mhen yn ufudd, yna gofyn: "Be 'di 'i henw hi?"

"Dydyn nhw heb benderfynu eto, ond dwi heb orffen deud fy newyddion da, Rhiannon. Rŵan, ti'n cofio'r drafferth gawson ni efo dy wallt di bore 'ma?"

Cofio? Byddai'r atgof gen i am byth.

"Wel," gwenodd Mrs Davies, "weles i Jên Idris Terrace bore 'ma, ac mae hi am ddod draw pnawn 'ma. A dyma hi ar y gair…"

Brysiodd Mrs Davies at y ffenest wrth i ni glywed sŵn car yn bagio'n swnllyd yn yr iard. Edrychais ar Nia mewn penbleth. Doedd gen i ddim syniad pwy oedd Jên Idris Terrace. Cododd Nia 'i hysgwyddau. Roedd hi gymaint yn y niwl â fi.

Dynes fach ddel ofnadwy oedd Jên Idris Terrace, sgert fini felen yn dangos ei choesau siapus i'r eithaf, bwtsias gwyn, sgleiniog at ei phengliniau a steil gwallt yn union fel un Lulu yn goron ar y colur lliwgar ar ei hwyneb.

"Dewch i mewn, Jên," meddai Mrs Davies, "'na i baned i ni rŵan. A dyma hi i chi – Rhiannon, yn barod i'w chneifio!" Sythais. Fy nghneifio? Mi ges fy ngosod ar y stôl cyn i mi sylweddoli be oedd yn digwydd. O fewn dim roedd Jên Idris Terrace wedi rhoi lliain am f'ysgwyddau ac wedi dechrau cribo ngwallt. Ac yna, gallwn glywed sŵn snip–snipian cyflym.

"Bechod ei dorri o 'fyd," meddai Jên, "cyrls bach del gynni hi. Ond os mai dyma oedd ei mam hi isio… "

"O, yn bendant," meddai Mrs Davies, a sglein rhyfedd yn

ei llygaid, "fydd ganddi'm amser i ffysian efo hon rŵan bod y babi arall 'ma ganddi. Na, 'swn i'n mynd yn fyrrach na hynna eto, Jên – ia, 'na chi, mi dyfith yn ôl yn daclusach wedyn."

Tynnodd Jên y lliain oddi ar f'ysgwyddau a mynd â fo allan i'r ardd i'w ysgwyd. Edrychodd Nia arna i mewn braw, ei llygaid fel soseri a'i llaw dros ei cheg. Gwenai Mrs Davies wrth ei hochr yn pwyso yn erbyn yr Aga, a'i breichiau'n blethiad bodlon. Edrychais i lawr rhwng fy mhengliniau. Gorweddai fy nghyrls melyn yn dwmpath trist ar y llawr llechi. Codais fy llaw i gyffwrdd fy ngwallt – a methu. Doedd gen i ddim gwallt. Estynnais ymhellach a chyffwrdd fy nghorun. Oedd, roedd gen i rywfaint o wallt wedi'r cwbl, ond dim llawer.

"Lot gwell," meddai Mrs Davies. "Chawn ni ddim trafferth cael brwsh drwy hwnna rŵan. Reit, allan â chdi, a dyro sgwd iawn i dy ben. Dwi'm isio blewiach ar hyd y lle 'ma a finna'n gneud paned." Diflannodd i nôl brwsh llawr a dyspan. Diflannodd Nia a fi drwy'r drws.

"Ti'n edrych fatha hogyn," meddai Nia, gan fethu peidio giglan.

Brysiais at Fini bach coch Jên Idris Terrace a gafael yn y drych ochr. Roedd Nia'n iawn. Ro'n i'n edrych yn union fel hogyn, a dwy glust fach binc yn sticio allan un bob ochr i 'mhen. Ro'n i isio crio.

"Dwi'n gwbod rŵan sut mae dafad newydd ei chneifio'n teimlo."

"Ond ti'm yn gwaedu fel bysa dafad," rhesymodd Nia, "a gest ti ista'n ddel ar stôl, ddim cael dy hanner crogi rhwng coesa Jên Idris Terrace."

Pan aethon ni'n ôl i'r tŷ i gael te, doedd 'na ddim golwg o 'nghyrls i. Feiddiais i ddim holi lle roedden nhw, ond roedd gen i syniad go lew, a'r noson honno mi godais ganol nos a cherdded i lawr i'r gegin. Agorais gaead y bin sbwriel, a fanno roedden nhw, yn gymysg â phlicion tatws a moron a gweddillion y grefi gawson ni i swper. Gafaelais yn ofalus yn rhai o'r cudynnau glanaf a'u rhoi ym mhoced fy mhyjamas, yna es i'n ôl i fyny'r staer a'u lapio mewn papur tŷ bach cyn eu cadw'n ofalus yn fy esgid.

Pan gyrhaeddais adre'r pnawn wedyn, aeth Mam yn llwyd fel llymru, yna'n benwan. Bron iawn iddi ffonio Magi Davies i roi llond pen iddi, ond mi nath Dad ei pherswadio i beidio.

"Does 'na'm byd fedrwn ni neud am y peth rŵan, Gaenor," meddai, "a dim ond trio helpu oedd hi. Ac mi dyfith yn ôl cyn i ti droi rownd."

Do, mi dyfodd yn ei ôl. Ond nid fel roedd o. Mae'n rhaid bod fy nghyrls wedi dychryn, achos weles i mo'nyn nhw byth wedyn. Dim ond y rhai wedi eu lapio yn y papur tŷ bach. Mi glymodd Mam ruban amdanyn nhw a'u cadw mewn amlen fach frown yn y bocs gwnio. Maen nhw'n dal yno, hyd y gwn i.

pennod 2

DOEDD GEN I FAWR O AWYDD gweld Mrs Davies ar ôl hynna, felly'n hytrach na mynd i Dynclawdd, mi fues i'n chwarae mwy efo mrodyr a fy chwiorydd. Fi oedd y plentyn canol. John oedd yr hynaf, a Leusa ddwy flynedd yn iau na fo, finna ddwy flynedd yn iau na hi, wedyn mi ddoth Aled dair blynedd ar fy ôl i a Meinir bedair blynedd wedyn.

Dwi'n meddwl mai camgymeriad oedd Meinir, achos aeth Dad i'r ysbyty'n fuan wedyn. A deud y gwir rhaid canmol Mam am lwyddo i'n magu ni i gyd – a helpu Dad ar y ffarm ar yr un pryd. Mae'n rhaid ein bod ni wedi bod yn llond llaw iddi ar adegau. Unwaith roedd hi'n llwyddo i gael un plentyn i fod yn weddol annibynnol ac i sychu 'i ben-ôl ei hun – *bdoing* – roedd 'na un arall yn cyrraedd a'r greadures yn gorfod mynd drwy'r cwbl eto. Ond roedd pethau'n haws iddi am fod Leusa'n hogan dda, gall ac yn fwy na pharod i'w helpu hi o gwmpas y tŷ ac i fagu'r rhai bach.

Do'n i'm cweit wedi nhorri o'r un brethyn. Isio helpu Dad o'n i, neu jest crwydro'r caeau yn fy myd bach fy hun, neu ddringo coed i freuddwydio. Doedd gan Mam druan byth syniad lle i ddod o hyd i mi, ac ro'n i'n casáu gwaith tŷ â chas perffaith, felly ro'n i'n gofalu nad oedd ganddi syniad lle i ddod o hyd i mi.

John oedd cannwyll ei llygad hi, beth bynnag. Allai hwnnw byth wneud dim o'i le, a doedd 'na'm pwynt i Leusa na fi ddeud wrth Mam am y danadl poethion yn yr ysgol achos fyddai hi byth wedi'n credu ni, ac mi fyddai John wedi taeru du'n las ein bod ni'n deud celwydd a rhoi stîd slei i ni wedyn. Doedd ganddo fo'm llawer o fynedd efo'i chwiorydd bach, ond roedd ganddo fo feddwl y byd o Aled. Roedden ni i gyd yn meddwl y byd o Aled. Roedd o'n hogyn bach annwyl tu hwnt a digri ofnadwy efo'r llygaid mwya welsoch chi rioed. Byddai'r llygaid yn mynd hyd yn oed yn fwy bob tro fyddai o'n trio adrodd stori amdano'n dal "pysgodyn mawr, mawr", amhosib o fawr, neu'n gweld llwynog, dim ond ei fod o'n siŵr mai blaidd oedd o, neu'n disgyn i mewn i ffos "a jest iawn, iawn â boddi", er mai dim ond ei welintyns fyddai'n wlyb. Yr unig un oedd ddim yn rhannu'r un cariad at Aled oedd Meinir. Chymerodd hi rioed ato fo am ryw reswm. Ond ella mai cenfigen oedd o – o'r ddwy ochr. Aled wedi arfer cael sylw arferol 'bach y nyth' nes i gyw arall gyrraedd. A'r cyw newydd yn teimlo bod y llall yn cael y sylw oedd yn ddyledus iddi hi. Neu ella eu bod nhw jest ddim yn licio'i gilydd. Dwn i'm.

Ond ar y cyfan, roedden ni'n deulu bach digon dedwydd. Am fod Mam a Dad yn gweithio mor galed roedden ni'n gorfod edrych ar ôl ein hunain i raddau, a diddanu'n hunain hefyd. A phan dach chi'n byw ar ffarm, dydi hynny ddim yn anodd. Peryglus falle, ond ddim yn anodd. Mi gawson ni, fel pob teulu gwledig, ein siâr o ddamweiniau amaethyddol. Mi ddisgynnais i mewn i'r twb tipio unwaith – a diolch byth bod Dad wedi digwydd pasio pan nath o nghlywed i'n gweiddi mwrdwr, neu fyddwn i'm yma i ddeud y stori wrthach chi rŵan. Roedd fy mhen i'n cosi am ddyddiau wedyn, dwi'n cofio. Ond ches i'm annwyd am amser hir. Pan sylweddolodd Dad hynny, mi nath o fygwth taflu pob un ohonon ni i mewn i'r twb tipio'n flynyddol. Ond nath o ddim.

Mi gafodd Mam ffit wrth sbio drwy'r ffenest wrth olchi llestri un bore a gweld Aled (oedd yn ddwy a hanner ar y pryd) yn sefyll o dan fol buwch, reit rhwng y pedair coes, ac yn gneud ei orau i dynnu dyrneidiau o flewiach allan ohoni. Mi ddoth oddi yno'n ddianaf – nes i Mam gael gafael arno fo a rhoi coblyn o sgwd iddo fo. Ond hi oedd yn crio wedyn, nid Aled.

Ond mae'n siŵr mai'r ddamwain waethaf oedd yr un gafodd John. Roedd o tua naw oed ac yn helpu Dad i garthu. Mi lanwodd y ferfa efo'r tail, ond mi fynnodd hel llwyth gwas diog y tro yma. Roedd 'na fynydd o dail yn y ferfa, ac mi gafodd ddigon o drafferth ei gwthio at y domen, ond roedd ei gwagu'n ormod iddo. Wrth ei chodi dros yr ochr, mi fethodd â rhwystro'r momentwm; mi fethodd ollwng gafael hefyd, a throsodd a fo efo'r ferfa. Roedd y domen yn digwydd bod yn llawn dop, ac yn ddwfn. Mi suddodd y ferfa'n araf a John yn gweiddi mwrdwr. Erbyn i Dad ei glywed a rhedeg i'w achub, roedd o hyd at ei geseiliau yn y stwff. Roedd o a Dad wedi dychryn yn arw, a Mam yn dwrdio na fu ratsiwn beth, ond methu peidio chwerthin roedd Leusa, Aled a finna, ac oherwydd hynny rhowlio chwerthin roedd Meinir hefyd. Ond do'n i'm yn chwerthin pan fynnodd Mam ein bod ni'n ei helpu i sgwrio'r bath wedi i John fod ynddo. Roedd Dad wedi rhyw lun o'i hôsio fo i lawr cyn iddo gael dod i mewn i'r tŷ, ond roedd o'n dal yn gacen o'r stwff. Fu ei glustia fo byth yn berffaith lân wedyn rioed.

Mi gawson ni deledu ryw ben – un du a gwyn wrth gwrs – ac roedd Mam wrth ei bodd efo *Coronation Street*, a fyddai Dad byth yn colli *Dixon of Dock Green* na *Dad's Army*. Ches i fawr o flas ar wylio dim, ar wahân i *Black Beauty* pan o'n i'n hŷn. Dio'm yn naturiol i blentyn eistedd ar ei din am oriau, siŵr dduw, a doedd gen i fawr o fynedd efo Wili na Wali. Ac am y Lili Lon 'na… câi honno fynd i ganu. Ond dwi'n cofio am ryw reswm roedd teulu Nia'n ffans mawr o *Ask The Family* efo Robert Robinson.

Allan yn rhedeg a dringo fydden ni – ar wahân i Leusa, oedd yn hapus wrth ochr Mam drwy'r dydd. Byddai hyd yn oed John yn fodlon chwarae efo Aled a finna weithia. Fo ddysgodd fi sut i reidio beic, dringo coed a gwneud dens. Ro'n i'n hanner ei addoli o, a bod yn onest er gwaetha'r dail poethion. Ond tydi pob chwaer fach yn meddwl y byd o'i brawd mawr? Mi fyddwn i wedi ei ddilyn yn hapus drwy'r dydd, bob dydd taswn i wedi medru, ond roedd o'n rhy gyflym i mi.

Mi ddechreuodd Meinir drio'n dilyn ni wrth iddi hithau dyfu , ond doedd hi'm byd ond niwsans, yn crio ar ddim ac yn ofni popeth oedd yn symud. Mi gafodd John lond bol o'i chario ar ei ysgwyddau i bob man, felly ar f'ysgwyddau i oedd hi wedyn, ond roedd hi'n glompen fach drom ac allwn i mo'i chario hi'n hir iawn. Mi nath Aled gynnig ei chario ond roedd o'n rhy fach, a beth bynnag, doedd hi'm isio cael ei chario ganddo fo. Yn y diwedd, aros adre efo Leusa fyddai hi'r rhan fwya o'r amser, yn dysgu gneud cacen gri a gadael ôl ei bysedd ar grwst tartenni riwbob.

Fel roedd o'n mynd yn hŷn, helpu Dad fyddai John gan amla, ond bob hyn a hyn mi fyddai'n cael pnawn rhydd, ac yn cynnig i Aled a finna fynd ar ein beics i rywle. Byddai Aled a finna'n brysio i'r briws i nôl ein beics cyn iddi fo orffen y frawddeg, bron.

Hen groncs o feics oedden nhw, anrhegion Santa Clôs o'r mart, a'r brêcs wedi gwisgo'n ddim ar bob un. Os oedd unrhyw un angen gwisgo helmedau a phadiau pen-glin a phenelin, ni oedd rheiny, ond doedd y fath bethau ddim i'w cael bryd hynny. Os oeddan ni'n disgyn, roeddan ni'n brifo a dyna fo. Ac roedd hynny'n digwydd yn aml, diolch i'r diffyg brêcs, ond roedd o'n ran o'r hwyl. Rasio i lawr allt Braichceunant, y gwynt yn ein clustiau ni, pryfed yn peltio'n hwynebau ni, gwadnau'n hesgidiau'n llosgi ar y tarmac, a gweiddi a sgrechian a chwerthin nes i ni fynd ar ein pennau i mewn i wrych neu goeden, a mwg yn dod o'n gwadnau ni. Doedd dim rhaid i ni boeni am daro car neu dractor oherwydd doedd 'na fawr o draffig ar hyd y ffordd fawr, heb sôn am ffyrdd bach cefn fel allt Braichceunant. Ond roedd o'n siŵr o ddigwydd rhywbryd, ac mi wnaeth. Wrth i John sgrialu i lawr allt Caerynwch, daeth tractor Mr Evans Tyddyn Llwyn rownd y gornel, ac aeth John ar ei ben i'r wal. Mi dorrodd ei drwyn a'i fraich, ond mi fendiodd cyn pen dim.

Doedd pobl ddim yn gneud ffys am bethau felly, neb yn gweld bai ar neb (ar wahân i Magi Davies, mam Nia, wrth gwrs), heb sôn am drio eu siwio. Plant oedden ni, ac mae plant yn syrthio a brifo. Fel'na mae rhywun yn dysgu sut i beidio syrthio tro nesa − a sut i beidio gor-lenwi berfa. Mi fydden ni'n tri'n dod adre'n sgriffiadau i gyd, ond roedd Mam wedi hen arfer. Chydig o Dettol ac ambell blastar ac roedden ni'n iawn. Bron nad oedden ni'n edrych ymlaen at gael arddangos ein clwyfau i bawb − a phigo'r crachod wedyn.

Doedd 'na neb yn ffysian ynglŷn â jyrms na bactîria chwaith. Mi fydden ni'n yfed yn syth o'r afonydd a'r nentydd, nid o boteli Evian a Thŷ Nant. Iawn, roedd Dad yn deud wrthan ni y bydden ni'n cael *fluke*, ond roedd John yn gwybod sut i ddewis man yfed yn ofalus. Pan fyddai John yn helpu Dad, mi fyddai Aled a finna'n chwarae coginio efo mwd a hen duniau peis *Steak and Kidney* Fray Bentos, ac yn eu bwyta nhw. Ddim i gyd, jest blaen tafod, a doedden ni ddim gwaeth. Roedd Jac Coed Foel, ffrind John, yn bwyta pryfed genwair, ond doedd o byth yn sâl. Ond tua diwedd y chwe degau, mi ddechreuodd yr hysbysebion am bethau oedd yn lladd jyrms − Vim a ballu − ac mi gafodd Magi Davies ei hudo'n llwyr ganddyn nhw. O hynny ymlaen, roedd Tynclawdd yn *germ-free zone*, ac ro'n i hyd yn oed yn fwy nerfus pan fyddwn i'n cerdded dros y trothwy. Byddai Magi Davies yn ei gwneud hi'n berffaith amlwg ei bod hi'n meddwl mod i'n un fridfa fawr o jyrms, yn enwedig pan ofynnodd hi un diwrnod be oedd y cysgod tywyll ar fy ngwddw. Doedd gen i'm clem. Mi ddoth hi'n agosach ac astudio fy ngwddw'n fanwl.

"Coda dy ên," meddai.

Mi wnes ufuddhau'n syth, wrth gwrs. Llais fel'na oedd ganddi. Yna, mi lyfodd blaen ei bys a'i dynnu ar draws fy ngwddw.

"O'n i'n ama!" gwaeddodd. "At y sinc 'na − rŵan!" Mi ges fy

llusgo at y sinc yn y cefn, ac i gyfeiliant "Y sglyfath bach budur! Neb wedi dy ddysgu sut i folchi'n iawn, mwn!" mi sgwriodd fy ngwddw efo sebon gwyrdd a brwsh llnau gwinedd, nes mod i'n gweiddi. Yna, mi ges fy sodro o flaen y drych.

"Sbia! Baw oedd y cysgod 'na!" meddai'n afresymol o uchel, "Cwilydd arnat ti – ti a dy fam! Tydi llyfu dy wyneb efo cadach ddim digon da – mae isio 'molchi dy wddw di hefyd – a thu ôl dy glustia! Rŵan paid ti â meiddio dod i'r tŷ 'ma efo gwddw fel'na byth eto – ti'n dallt?" Ro'n i'n dallt.

Ro'n i'n ei chasáu hi am wneud hynna i mi, ond dwi wedi gofalu molchi fy ngwddw'n drylwyr byth ers hynny. Do'n i byth isio teimlo cywilydd fel'na eto. Mae'n siŵr y byddai Mam wedi sylwi ymhen tipyn, ond chwarae teg, roedd ganddi lond tŷ o blant i'w cadw'n lân, a dim ond un oedd gan Magi Davies.

Tua'r adeg yna y gwnes i sylwi fod 'na wastad baced o Ryvita yn Nhynclawdd, a photel o PLJ.

"Bwyd slimio Mam." eglurodd Nia. "Ma' hi wedi penderfynu ei bod hi'n pesgi, felly mae hi ar ddeiet."

Doeddwn i erioed wedi clywed am ddeiet cyn hynny, ond doedd hi'm yn hir cyn i fy mam innau ddechrau prynu Ryvita. Doedd Mam ddim yn dew o gwbl, fwy nag oedd Magi Davies – roedd corff honno'n debycach i goes brwsh llawr, ond roedd bod ar ddeiet yn ffasiynol, a dyna fo. Mi nath hyd yn oed Leusa ddechrau bwyta Ryvita yn lle'r sgons arferol amser te ar ôl dechrau yn yr ysgol uwchradd. Ond ro'n i'n dal i stwffio fy hun efo bara menyn a jam a chaws Dairylea a llwyth o gacennau, ond doeddwn i na run o'r lleill yn dew – doeddan ni wastad tu allan yn chwarae ar gan milltir yr awr? Roeddan ni i gyd yn fwy na Nia, dwi'm yn deud, ond fuo ganddi hi rioed yr un awch am fwyd â ni. Weithiau, y cwbl fyddai hi isio i ginio oedd mwg poeth o Oxo. Mi fyddai'n dod â chiwb ohono fo efo hi i'r ysgol, a mynnu mai dyna'r cwbl roedd hi isio i ginio heddiw, diolch yn fawr Mrs Lewis. Wrth gwrs, aeth honno i dop cratsh y tro cynta, a thrio gorfodi Nia i fwyta'r stiw a thatws a phys a phwdin tapioca fel pawb arall. Ond Nia enillodd y frwydr. Weles i neb mor styfnig yn fy myw. Dyna ddeudodd Mrs Lewis hefyd. Mi gaeodd Nia ei cheg yn sownd drwy amser cinio, a gwrthod deud gair drwy'r pnawn chwaith – hyd yn oed yn y wers ddarllen, ei hoff wers, ei chyfle i ddarllen yn uchel o flaen pawb. Ond mi agorodd ei cheg led y pen wrth ei mam yn do. Dwi'm yn siŵr be ddigwyddodd y bore wedyn rhyngddi hi a Mrs Lewis, ond roedden ni'n hwyr iawn yn gwneud y gofrestr, ac mi gafodd Nia yfed yr Oxo mewn llonydd bob amser cinio wedyn, os mai dyna oedd hi isio. Ond weithia, mi fydden ni'n cael hufen iâ i bwdin, ac mi fyddai'n newid ei meddwl bryd hynny.

Erbyn cofio, byddai bwyd yr ysgol wastad yn fwyd go iawn, maethlon, ond yn ara bach, mi newidiodd bwyd y cartre. Mi ddoth bwyd artiffisial yn boblogaidd yn do, stwff fel *fish fingers*, Angel Delight a Supermousse, bwydydd ecsotig fel *paella* Vesta, yn sych mewn bocs, a phethau mewn tun, fel *spaghetti hoops* a *fruit cocktail* – oedd yn afiach, ond am ryw reswm roedd pawb yn meddwl bod ffrwythau o dun yn well na ffrwythau ffres.

Mi fyddai Nia'n cael tomen o deganau bob Dolig a phen-blwydd a hefyd bob tro y byddai ei Dodo Lisi'n galw. Modryb ei mam oedd honno, dwi'n meddwl, hen ferch oedd wedi dotio ar ei nith, ond doedd y nith ddim wedi dotio cweit gymaint ar ei modryb.

"Mae'n gwisgo llwyth o lipstic ac yn mynnu rhoi sws i mi bob munud," meddai, "a gneud i mi ddiffodd y telifisiyn pan mae *Marine Boy* ymlaen a gneud i mi adrodd a chanu jest iddi hi. Ac wedyn mae hi wastad yn crio. Mae hi'n dechra drysu os ti'n gofyn i mi."

"Ond mae hi'n glên iawn efo ti," meddwn innau. "Ti wastad yn cael llwyth o bresanta ganddi hi, dillad newydd i Sindy a ballu

– a hi roth y Barbie 'na i ti yndê?"

"Ond dwi'n gorfod canu ac adrodd iddi wedyn, a sgwennu llythyr i ddiolch am bob un dim. Sa well gen i neud heb y blincin presanta."

Ro'n i'n teimlo ei bod hi'n anniolchgar a chaled iawn i ddechrau ond, wedi meddwl, faswn innau ddim wedi bod yn rhy hapus yn gorfod perfformio o flaen fy modrybedd chwaith.

Doedd gynnon ni yn y Wern fawr o deganau, ond doedd hynny ddim yn poeni llawer arnon ni am fod 'na gymaint i'w wneud y tu allan. Roedd gan Nia dŷ dol crand yn llawn dodrefn bach perffaith (anrheg arall gan Dodo Lisi) ond roedd yn well gen i'r den roedd John wedi 'i wneud i ni yn y coed drain y tu ôl i'r hen sgubor. Roedd o'n giamstar am wneud dens. Un ha' mi nath o dden yn y sgubor i ni, efo'r bêls. Roedd 'na dwnnel cul yn ymestyn i lawr i ryw fath o seler o wan, roedd hi braidd yn boeth a thywyll yno, ond mi fyddai Aled a finna wrth ein bodd yn cael picnics yn y den. Un diwrnod, fel ro'n i'n dringo allan i fynd i neud pi-pi, mae'n rhaid mod i wedi symud un o'r bêls oedd yn dal y gweddill ac mi ddisgynnodd y cwbl ar ben Aled. Roedd o wedi'i gladdu yno. Dwi'n cofio gweiddi a sgrechian ei enw o, a thrio symud y bêls, ond roedden nhw'n rhy drwm i mi, ac roedd 'na ormod ohonyn nhw, ac roedd Aled yn bell, bell oddi tanyn nhw, felly mi wnes i redeg i'r beudy yn sgrechian am Dad a John. Doedden nhw'm yn bell, diolch byth, ac mi redon ni yn ôl i'r sgubor. Mi fuon nhw'n taflu bêls i bob cyfeiriad fel pethau gwirion, Dad yn gweiddi enw Aled nerth esgyrn ei ben, a John yn deud dim – ond yn chwys diferol, yn taflu bêls o'r ffordd fel peiriant, bron cyn gyflymed â Dad. Y cwbl allwn i ei wneud oedd eu gwylio nhw o bellter diogel, a'r dagrau'n powlio.

"Dwi 'di 'i ladd o," igiais dan fy ngwynt, gan wasgu fy ngwinedd yn galed i gnawd fy nwylo, "dwi 'di lladd Aled."

Ro'n i'n gwybod yn iawn na fyddai o'n gallu anadlu'n hir iawn dan yr holl wair, hyd yn oed os nad oedd o wedi cael ei wasgu'n ddim dan y pwysau. Pan welais i'r pen bach melyn a'r mymryn o grys-T glas yn weiriach drosto i gyd ro'n i'n dal i feddwl ei fod o wedi marw. Ond mi gododd y pen yn araf, ac mi ddoth 'na sŵn rhyfedd ohono fo, a phesychiadau erchyll. Mi symudodd Dad y bêl olaf, yna'i godi'n araf yn ei freichiau.

"Ti'n iawn, ngwashi?"

"Dwi'n meddwl," pesychodd Aled, cyn llewygu.

Mi redodd Dad â fo i'r tŷ, ac mi drodd John ata i. Ddywedodd o'r un gair, dim ond sbio arna i efo'r llygaid gleision oer 'na, yna mi ddilynodd Dad i'r tŷ. Mi fues i'n crio'n solat am hanner awr.

Pan fentrais i'r tŷ, roedd Aled ar y soffa yn yfed diod oer a Mam yn ffysian drosto fo. Roedd o'n iawn, dim byd wedi torri, dim ond ambell glais; mi fu'n pesychu'n ofnadwy am sbel, ond doedd o ddim gwaeth. Ond roedd Dad ar ganol rhoi coblyn o ffrae i John.

"Be oedd ar dy ben di? Y? Oes gen ti rwbath rhwng y ddwy glust 'na, dwa? Dwi'm isio gweld run blydi 'den' ar gyfyl y sgubor 'na byth eto, ti'n dallt?"

Felly John oedd yn cael y bai, nid y fi. Am adeiladu'r den yn y lle cynta. Ond fi oedd wedi symud y bêl chwalodd y cwbl, fi oedd ar fai. Edrychais ar fy mrawd mawr yn derbyn ei gerydd. Roedd o'n sefyll yn syth, ei gefn fel wardrob, ond roedd ei ben i lawr, a'i ddwylo'n ddyrnau. Doedd o'm yn cega'n ôl, a soniodd o run gair amdana i, a doedd hynny ddim yn iawn.

"Ond Dad," mentrais, a llyncu'n galed, "fi symudodd y bêl, fi oedd ar fai." Trodd pawb i edrych arna i.

"Ia, ond mi ddyla hogyn mawr fel John wybod y byddai hynny'n siŵr o ddigwydd ryw ben, Rhiannon," meddai Dad.

"Ddim dy fai di oedd o."

Mi nath o roi'r gorau i weiddi ar John, a phan aeth hwnnw allan i fwydo'r cŵn yn nes ymlaen, mi roddodd bwt ysgafn i mraich i wrth basio.

"Diolch. Ti'm yn ddrwg i gyd 'lly," meddai, gwenu arna i, a mynd. Ro'n i'n teimlo fel hedfan.

Pan oedd hi wedi bod yn bwrw glaw'n drwm am ddyddiau un Pasg, mi gynigiais ein bod ni'n chwarae gwisgo i fyny. Dylanwad Nia, debyg. Roedd Leusa wrth ei bodd, a chwarae priodi oedd ei dewis cynta hithau. Pam fod cymaint o ferched ifanc wedi gwirioni efo'r ddefod honno, dwch? Mae bechgyn a merched yn cael eu bwydo efo straeon tylwyth teg yn ystod eu blynyddoedd cynta, straeon sy'n diweddu efo'r tywysog a'r arwres yn priodi ac yn byw'n hapus byth wedyn – ond welais i rioed fachgen ar dân isio gwisgo fel Prince Charming na Phriodfab. I'a waeth, mi fynnodd Leusa gael bod yn briodferch:

"A geith Meinir fod yn forwyn fach i mi, a geith Aled fod yn ŵr i mi."

"Y? Dwi'm isio bod yn ŵr i ti!" protestiodd Aled.

"Mae'n rhaid i ti. Ti 'di'r unig ddyn." (Roedd John yn helpu Dad, ond fyddai o byth wedi cytuno chwarae priodi beth bynnag.)

"Ond ddim dyn ydw i. Bachgen ydw i."

"Dim bwys."

"Ond mae o hanner dy seis di," meddwn, wedi cael llond bol cyn cychwyn.

"Dim bwys, nacdi? Mae Mr Jones Bryn Terrace lot llai na Mrs Jones, a maen nhw madli-in-lyf."

"Sut ti'n gallu deud?"

"Achos maen nhw'n cerdded law yn llaw o hyd, tydyn?"

"Ella bo gynnyn nhw'm dewis."

"Be ti'n feddwl?"

"Wel, efo'r coesa mawr hir 'na sy gynni hi a'r stympia bach 'na sy gynno fo, ella mai dyna'r unig ffordd ellith o ddal fyny efo hi."

"Paid â siarad drwy dy het, Rhiannon."

"Os ydy pobol mewn cariad yn cerdded law yn llaw o gwmpas lle, be am Mam a Dad? Weles i rioed mo'nyn nhw'n dal dwylo, wnest ti?"

Pendronodd Leusa dros hyn, yna codi 'i hysgwyddau'n ddihid a ngorchymyn i roi dici-bô am wddw Aled yn hytrach na malu awyr.

"Dwi'm isio dici-bô!" protestiodd hwnnw. Ond doedd ganddo fo'm dewis.

"Os 'di Aled yn ŵr i chdi a Meinir yn forwyn, be dwi?" gofynnais ar ôl camu'n ôl i wylio Aled yn cael ei lyncu gan gôt ddu nhad.

"Y gweinidog."

"Oes rhaid i mi?"

"Oes. Fedran ni'm priodi heb weinidog."

"Ia, ond hogan dwi, a dyn 'di pob gweinidog."

"Dim bwys. Jest gwna lais alto dwfn."

Pan welodd Mam yr olwg oedd arnon ni, anghofiodd bob dim am y ffaith ein bod ni'n trampio dros odre 'i ffrog briodas hi ac unig siwt Dad. Aeth i chwilio am y camera a thynnu llun ohonon ni – llun gafodd ei osod yn daclus yn yr albwm lluniau am flynyddoedd. Llun gafodd ei fandaleiddio gan Aled pan oedd o fymryn yn hŷn. Mi grafodd ei ewin dros ei wyneb ei hun nes doedd 'na'm byd ar ôl ond twll. Aeth Mam yn wallgo efo fo, ond doedd o'n difaru dim. Gwell cael chwip din gan Mam na

chael ei herian gan John am fod yn bwfftar bach mewn dici-bô.
Mae'n od sbio ar y llun yna erbyn heddiw.

★ ★ ★

Er cystal hwyl oedd i'w gael efo mrodyr a fy chwiorydd, doedden
ni ddim yr un oed, ac mae hyd yn oed blwyddyn o wahaniaeth
mewn oedran yn naid anferthol pan dach chi'n blentyn. Dim
ond Nia oedd yn union yr un oed â fi (wel, a Crispin a Huw
AA, ond doedden nhw ddim yn cyfri) ac ro'n i'n gweld ei cholli
hi adeg gwylia ysgol. Ro'n i'n gwybod yn iawn ei bod hi'n
gweld fy ngholli i hefyd. Doedd ganddi neb i chwarae efo fo yn
Nhynclawdd, ac ro'n i'n teimlo drosti. Mi sgwennais i lythyr ati
hi un gwyliau hanner tymor; llythyr digon tila dwi'm yn deud,
yn sôn am y deu newydd ro'n i wedi 'i neud efo Aled a John
mewn hen goeden dderwen, y ffaith bod y gwningen wedi marw
a mod i wedi cael bath y noson flaenorol.

Gallai pedwar ohonon ni ffitio i mewn i'r bath wythnosol yn
weddol, ond pan gyrhaeddodd Meinir, roedd hi'n dynn a deud
y lleia. Ond roedd John yn teimlo ei fod o'n rhy hen i rannu
bath erbyn hynny, a byddai o'n cael bath ar ei ben ei hun ar ein
holau ni – yn yr un dŵr, wrth reswm. Dŵr â lliw digon od arno
fo wedi i ni gyd olchi'n gwalltiau a phob dim arall ynddo, ond
roedd dŵr poeth yn brin a drud a dyna ni.

Pan ddechreuodd Leusa dyfu brestiau a chael llond bol ar
gwestiynau Aled, fe gawson ni ein rhannu yn ôl ein rhyw. Y tair
hogan yn cael bath gynta, a'r bechgyn wedyn, am fod bechgyn
yn futrach wrth gwrs. Yna pan oedd John yn bymtheg oed, mi
osododd Dad gawod yn y stafell molchi, ac o hynny ymlaen
roedden ni'n cael molchi ar wahân – ar yr amod nad oedden
ni'n defnyddio'r dŵr poeth i gyd.

Roedd Nia wedi cael y moethusrwydd o gael bath i gyd iddi
hi ei hun ers blynyddoedd, wrth gwrs. A doedd hi'n bendant

erioed wedi rhannu bath efo bachgen, felly doedd hi rioed wedi gweld biji-bo chwaith. Prin bod ei thad y math o ddyn fyddai'n crwydro'r tŷ yn noeth – roedd o'n flaenor ac yn godwr canu. Felly pan ddeallodd Nia fod cyrff merched a bechgyn yn wahanol, roedd hi ar dân eisiau gwybod mwy. Gan nad oedd llyfrau addas ar gael yn y dyddiau hynny, a chan fod Paul, cariad Sindy, yn gwbl ddi-dacl, mi fynnodd Nia mod i'n tynnu llun tacl dynion iddi.

"Ych. Dio'm yn llun da iawn gen ti, nacdi?"

"*Cheek!* Sut ti'n gwbod os ti rioed 'di gweld un?"

"Ond fedar o'm bod fel'na. Mae o'n edrych yn hollol stiwpid."

"Ond fel'na mae o'n edrych, iawn?"

"Na, dio'm yn iawn. Dwi'm yn dy goelio di."

"Be? Ti rioed isio gofyn i un o'r hogia ddangos ei biji-bo i chdi?!"

"Paid â bod yn disgysting." Oedodd. Yna: "Ond ti'n meddwl sa nhw'n gneud?"

"Ti'm o ddifri?" Oedd. "Wel, dwi'n meddwl sa Crispin yn rhedeg adre'n crio i ddeud wrth ei fam. A sa Huw'n dy waldio di am ofyn."

"Ond gei *di* ofyn yn lle."

"Dim uffar o beryg'."

Mi bwdodd Nia wedyn, ond erbyn amser cinio roedd hi wedi anghofio.

Yn rhyfedd ddigon, y prynhawn hwnnw, roedd Nia'n gorfod cerdded adre am unwaith. Byddai pawb arall yn cerdded i'r ysgol ac yn ôl bob dydd, ond roedd Mrs Davies yn mynnu ei bod hi'n rhy bell i Nia gerdded yr holl ffordd i Dynclawdd ar ei phen ei hun bach. Dim ond rhyw ddwy filltir o daith oedd hi, efallai rhyw chwarter milltir yn bellach na'n tŷ ni. Er hynny mynnai Mrs Davies ei hebrwng yn y car bob dydd. Ond y prynhawn hwn, roedd hi wedi gorfod mynd â'i modryb i'r ysbyty (modryb oedrannus oedd yn wraig weddw a llond tŷ o ddodrefn derw a phiwtar neis iawn, felly buddsoddiad call oedd gwneud ffafrau iddi fel hyn o dro i dro). Roedd hi wedi gofyn i Jac Coed Foel gerdded adre efo Nia ar ôl ysgol gan ei fod o'n byw yn yr un cyfeiriad, fwy neu lai. Roedd o wedi cytuno – a chael chwe cheiniog am ei drafferth. A'r bore canlynol mi ges i wybod be ddigwyddodd.

"Mae gen i rwbath i ddeud wrthat ti," sibrydodd Nia wrth i ni osod ein cotiau ar eu pegiau, "ond mae'n rhaid i ti addo peidio deud wrth neb."

"Iawn. Addo."

"Rho dy law ar dy galon a deuda 'cris croes tân poeth'."

"Iawn," meddwn gan rowlio fy llygaid fymryn, "dwi'n addo cris croes tân poeth na wna i ddeud wrth neb be ti'n mynd i ddeud wrthaf i rŵan."

"Iawn. Ty'd allan i ben draw'r iard."

Allan â ni, a Nia'n ymddwyn yn union fel *commando SAS* mewn ffilm. Wedi cyrraedd cornel oedd yn ddigon pell oddi wrth glustiau unrhyw un arall, dyma Nia'n troi ataf i efo wyneb difrifol iawn, a chyhoeddi mewn llais dramatig:

"Nes i rwbath drwg neithiwr. Drwg ofnadwy."

"Be?"

"Wel… oedd Jac Coed Foel yn cerdded adre efo fi, doedd?"

"Oedd."

"Wel, doedd o'm yn glên iawn efo fi, yn cerdded yn ofnadwy o gyflym a chwyno mod i'n ara. Nath o ddeud mod i fel 'rhech wlyb'."

"Naddo!"

"Do. Eniwe, ro'n i'n gorfod rhedeg i gadw fyny efo fo, ac mi falodd strap fy sandal i. Wedyn do'n i'm yn gallu cerdded yn gyflym iawn, heb sôn am redeg. Ro'n i jest â chrio. Wedyn nath o ddeud wrtha i am ista lawr wrth goeden iddo fo gael trwsio fy strap i. Oedd gynno fo lastig-band yn ei boced, ac mi nath joban reit dda ohoni. Ond wedyn nath o ddeud… " Cnodd ei gwefus isaf ac edrych ar ei thraed. Cododd ei phen wedyn a sylwais ei bod hi wedi dechrau cochi.

"Be? Be ddeudodd o? Pam ti'n cochi?"

Aeth hi'n fflamgoch yn syth.

"Ym… nath o ofyn o'n i wedi gweld biji-bo bachgen erioed."

"Naddo!"

"Do."

"Be ddeudist ti?"

"Y gwir. Mod i heb."

"O, Nia… "

"Wedyn nath o ofyn o'n i isio gweld un… "

"A be ddeudist ti?"

"Nes i'm deud dim byd, nes i jest nodio mhen."

"Nia!"

"Ond wedyn nath o ddeud 'sa fo'n dangos ei biji-bo i mi os fyswn i'n dangos f'un i iddo fo."

"O mai god! Nest ti ddim?"

"Wel… do. Ond 'mond chydig bach. Jest codi'n sgert a thynnu fy nicar lawr fymryn."

"Nia! A be nath o?"

"'Mond sbio… a chwerthin. Wedyn nath o dynnu 'i biji-bo allan."

"A?"

"Wel… nes i sbio. A dyna fo. Dydyn nhw'm yn betha del iawn, nacdyn?"

"Nacdyn, nes i lun i ti'n do."

"Debyg i hen lygoden wedi marw, tydyn?"

"Yndyn, erbyn meddwl. Ond be ddigwyddodd wedyn?"

"Dim byd. Mi stwffiodd ei fiji-bo yn ôl mewn i'w drwsus a dyma ni'n cychwyn cerdded eto. Nath o neud i mi addo peidio deud wrth neb, a nes i neud iddo fo addo run peth, ac aethon ni adre. Nath o fynd â fi at giât y tŷ a dyna ni."

"O."

"Ti'n meddwl mod i wedi bod yn wirion?"

"Dwi'm yn gwbod."

"Fysat ti 'di gneud run peth?"

"Na f'swn."

"Pam ddim?"

"Achos dwi 'di gweld biji-bos o'r blaen, a 'swn i byth byth yn dangos dim byd i Jac Coed Foel. Hen sglyfath budur ydi o."

"Rŵan ti'n deud wrtha i!"

"Nest ti rioed ofyn."

"O Non… dwi'n teimlo'n wirion rŵan. Ac yn ddrwg."

Roedd 'na ddagrau yn ei llygaid a'i thrwyn yn dechrau rhedeg.

"Hidia befo, ddim dy fai di oedd o."

"Naci?"

"Naci siŵr."

"Ond nes i addo peidio deud wrth neb, a dwi newydd ddeud wrthat ti."

"Ia, ond dan ni'n ffrindia gora."

"Dwi'n gwbod, ond be os neith o ddeud wrth ei ffrindia fo?"

Do'n i heb ystyried y posibilrwydd hwnnw, ac es i'n fud. A dyna pryd dechreuodd y dagrau lifo.

"Paid â chrio Nia, plîs."

"Fedra i'm p-peidio."

"Fydd dy lygaid di'n goch i gyd."

"Dwi'n gw-gw-gwbod. Dwi'n tri-trio stopio ond mae-mae-mae hynny'n gneud i mi gri-grio'n wa-wa-waeth."

Llwyddodd i stopiio crio erbyn i'r gloch ganu, ond roedd ei llygaid yn goch am yn hir. Ac amser chwarae, mi wrthododd hi fynd allan i chwarae, felly mi wnes i aros i mewn efo hi. Beth bynnag, ro'n i eisiau gorffen *Misty of Chincoteague* – y llyfr diweddara am y ferlen palomino. Amser cinio, doedd ganddon ni ddim dewis ond mynd allan a hithau mor braf. Roedd Jac Coed Foel a'r hogia'n chwarae pêl-droed, felly aethon ni i eistedd yn y cysgod o dan y wal bella un, gan fod Nia'n llosgi mor hawdd yn yr haul.

"Dwi'm yn meddwl ei fod o wedi deud wrthyn nhw," meddai hi ar ôl sbel.

"Naddo, neu fysan nhw'n dod yma i dy herian di," .

A dyna pryd giciodd rhywun y bêl dros y wal, reit uwch ein pennau ni. John fy mrawd redodd ar ei hôl. Mi neidiodd dros y wal, nôl y bêl o waelod y cae, a rhoi cic anferthol iddi'n ôl i'r iard cyn dechrau ei dilyn yn fwy hamddenol. Wrth iddo ddringo dros y wal, mi edrychodd arnon ni ein dwy yn eistedd yn y cysgod. Rhoddodd edrychiad rhyfedd ar Nia, gwneud sŵn rhyfedd hanner ffordd rhwng chwerthin a thuchan, a mynd yn ôl at y gêm.

"Mae o 'di deud wrtho fo!" llefodd Nia.

"Nacdi… jest… fel'na mae John," ceisiais ei hargyhoeddi.

"'Di o rioed 'di sbiad arna i fel'na o'r blaen!" wylodd, "fel taswn i'n lwmp o faw!"

Unwaith eto, ro'n i'n fud.

Oedd, roedd John Coed Foel wedi deud yr hanes wrth ei ffrindiau i gyd – gydag ychwanegiadau blodeuog, wrth gwrs; ac er gwaetha fy mhrotestiadau i, roedd yn well gan John a'r lleill gredu stori Jac Coed Foel. Cafodd Nia druan dridiau o uffern ac wythnosau o wingo, yna daeth yr hogia o hyd i rywbeth neu rywun arall i'w bryfrocio'n fuan wedi hynny, ond byddai rhai o'r criw yna'n parhau i'w galw'n 'Nia dim nicyrs' am flynyddoedd.

Allwn i ddim peidio â meddwl ei fod o'n goblyn o gyd-ddigwyddiad bod Nia wedi swnian isio gweld biji-bo yn y bore a gweld un Jac Coed Foel yn pnawn. Ond fyddai Nia byth yn deud celwydd wrth ei ffrind gorau, felly wnes i rioed sôn gair wrthi am y peth.

pennod 3

PAN RO'N I'N DDEG, ges i gyllell boced yn anrheg gan John, un fach las, ddel. Doedd hi'm yn un grand fel y petha Swiss Army 'na, yn siswrns a petha pigo dannedd i gyd, dim ond un llafn syml, ond roedd hwnnw'n reit finiog.

Doedd Mam ddim yn hapus. "O, John! Be haru chdi'n rhoi'r ffasiwn bresant gwirion iddi? Fydd hi 'di torri'i hun, ti'n gwbod fel mae hi."

Ond mi ges ei chadw hi ar yr amod mod i'm yn gneud dim byd gwirion efo hi. Mi fyddai wedi cael ffit tase hi'n gwybod bod John wedi nysgu i chwarae'r gêm cyllell-a-llaw. Dach chi'n gwybod yr un dwi'n ei feddwl: yr un lle dach chi'n rhoi eich llaw ar fwrdd neu ar y glaswellt neu rwbath, ac agor eich bysedd led y pen, wedyn yn waldio'r llafn rhwng y bysedd fesul un, drosodd a throsodd, mor gyflym ag y medrwch chi. Ro'n i bron cyn gyflymed â John yn y diwedd, a dim ond unwaith nes i fachu'r croen. Nes i ddwyn plastar heb i Mam sylwi, a do'n i ddim gwaeth.

Un noson, weles i ffilm Cowbois ac Indians lle roedd y cowboi a'r Indian 'ma wedi dod yn ffrindia, ac mi nath yr Indian wneud i gledr ei law waedu a gneud run peth i law'r cowboi, wedyn mi nath y ddau ysgwyd llaw yn dynn. Roedden nhw'n *blood brothers* wedyn, sy'n beth sanctaidd ofnadwy ac yn golygu y byddan nhw'n ffrindiau am byth.

Ro'n i wedi gwirioni efo'r syniad hwnnw, felly y tro nesa i mi weld Nia, nes i ddeud y stori wrthi. Doedd hi heb weld y ffilm. Dim ond rhwng pedwar y pnawn ac wyth y nos fyddai hi'n cael gwylio'r teledu, a dyna pam ei bod hi'n gymaint o un am wylio'r bocs am wn i — ac wedi gwirioni'n rhacs efo *Marine Boy*, efo Netina'r fôr forwyn a Splasher y dolffin. Wir yr. Ac *Ask The Family,* wrth gwrs. Roedd fy rhieni i'n gadael i ni wylio rywbryd lecian ni, ond prin fydden ni'n sbio arno fo, dim ond pan fyddai 'na ffilm dda fel Cowbois ac Indians, neu gystadleuaeth *Miss World* neu rwbath. A *Morecambe and Wise,* yndê. Roeddan ni i gyd yn licio hwnnw. O, a *Mike Yarwood* a'r *Liver Birds*. A *Fo a Fe*. Dyna'r tro cynta i rywun efo acen y de neud i ni chwerthin.

Ta waeth, roedd llygaid Nia fel soseri'n gwrando ar hanes y brodyr gwaed.

"Oedd o'n brifo nhw?" gofynnodd.

"Dwi'm yn meddwl. Doeddan nhw'm yn crio na dim byd felly, beth bynnag."

"Ew, mae 'na rwbath rhamantus am y peth, does? Cymysgu gwaed ei gilydd fel'na i neud yn siŵr y byddan nhw'n ffrindia am byth bythoedd. Ti'n meddwl bod pobl yn dal i neud petha fel'na?"

"Dwn i'm. Ond dwi'm yn gweld pam lai chwaith."

Gafaelodd yn fy ngarddwrn. "Non," meddai'n araf, "gad i ni neud o. Gad i ni fod yn *blood sisters*. Cymysgu'n gwaed fel bod 'na gwlwm rhyngon ni am byth."

"Y? Ti o ddifri?"

"Yndw! Dan ni'n ffrindia gora, tydan?"

"Yndan."

"A dan ni'n mynd i fod yn ffrindia gora am byth tydan?"

"Yndan ma' siŵr."

"Wel, mi fydd hyn yn gneud yn hollol siŵr o hynny'n bydd? Y byddan ni'n sticio efo'n gilydd drwy bob dim, drwy ddŵr a thân… y byddan ni'n dal yn ffrindia hyd yn oed os dan ni'n ffraeo, y byddan ni'n edrych ar ôl ein gilydd, dim bwys be fydd yn digwydd!" Oedodd yn ddramatig, yna: "Ty'd 'laen, gad 'ni neud o."

"Be? Rŵan?"

"Ia. Mae dy gyllell di gen ti tydi?"

Ro'n i'n hoffi'r syniad yn arw, a doedd dim modd peidio cael fy heintio gan frwdfrydedd Nia, felly tynnais fy nghyllell allan o mhoced ac agor y llafn.

"Iawn. Ty'd â dy law 'ma ta," meddwn.

"Na, gwna di o gynta."

"Be? Sgen ti ofn?"

"Nagoes, ond dy gyllell di ydi hi, felly ti ddyla neud o gynta."

Roedd ganddi hi y gallu i feddwl yn sydyn iawn ar adegau. Gwenais i, a gosodais y llafn yn erbyn croen cledr fy llaw chwith. Oedais.

"Be sy," gofynnodd Nia, "sgen ti ofn?"

"Dwi jest ddim yn siŵr pa mor ddwfn i dorri."

"Gwna fo chydig bach i ddechra ta, yndê."

Pwysais ar y llafn, a dechrau hollti'r croen yn araf. Doedd o ddim yn anodd gan mod i wedi bod yn hogi'r llafn ar declyn miniogi cyllyll Mam ddeuddydd ynghynt. Doedd o ddim yn brifo chwaith, dim ond yn llosgi fymryn. Syllodd Nia a minnau ar y marc coch oedd ryw fodfedd o hyd.

"'Di o'm yn gwaedu," meddai Nia.

"Yndi mae o, yli."

"Ddim llawer."

"Be? Ti 'sio fi neud iddo fo saethu allan fel y ffynnon 'na'n parc dre neu rwbath?! Yli, os 'na i wasgu'r croen fel'na... mae o'n gwaedu mwy, iawn?"

"Oedd o'n brifo?"

"Nagoedd. Tasa fo 'di brifo 'swn i 'di gweiddi'n byswn? Reit, ti isio'i neud o dy hun, neu ti isio i mi neud o?"

"'Na i neud o'n hun." Cymerodd y gyllell a'i gosod yn erbyn cledr ei llaw, yn union fel y gwnes i. Ond dyna'i gyd.

"Ty'd 'laen ta."

"Fedra i ddim, dwi'n crynu. Gen i ofn gneud *zig zag*."

"Ti 'sio i mi neud o ta?"

"Os ti'n addo neith o'm brifo."

"'Na i ngora, ty'd." Gafaelais yn ei llaw, gosod blaen y llafn yn y canol, a phwyso.

"*AAAAAAW!*" Tynnodd ci llaw i ffwrdd fel mellten. "Oedd hynna'n blydi brifo Non!"

"Paid â rhegi. A sbia, does 'na'm byd yna!"

Edrychodd ar ei llaw. "Oes mae 'na, sbia!" Edrychais ar y marc coch meicrosgopig. "O, Nia... fysa chwannan yn methu cael ei fys bach fewn i hwnna. Ty'd, gad i mi neud o'n iawn, â paid a symud tro 'ma."

Ufuddhaodd Nia'n betrus. Gosodais y llafn yn erbyn ei chroen eto, a dal yn sownd yn ei llaw efo'r llaw arall.

"Barod?"

"Yndw."

Pwysais yn galetach y tro yma, ond rhoddodd Nia sgrech annaearol a chwipio'i llaw i ffwrdd eto. Yn anffodus, rhwygodd y gyllell ar draws cledr ei llaw yn y broses. Roedd yr hollt yma dipyn hirach na'r fodfedd ro'n i wedi 'i fwriadu.

"Sbia be ti 'di neud!" sgrechiodd. "Dwi'n gwaedu fel mochyn!"

"Ti symudodd dy law!" sgrechiais yn ôl. Ro'n i wedi dychryn braidd, gan fod y gwaed yn llifo braidd yn gyflym, yn diferu i lawr ei braich. "Dal dy law i fyny," gweiddiais, "sgen ti hances rwla?"

"I fyny'n llawes," meddai'n ddagreuol gan ddal ei llaw yn yr awyr, "brysia, dwi'n mynd i waedu i farwolaeth… "

Doedd yr hances ddim yn un lân iawn, roedd Nia'n goblyn o un am annwyd, ond o leia roedd hi'n hances gotwm ac nid un bapur. Gosodais hi'n daclus dros y clwyf a gwasgu.

"Aw! Be ti'n neud?"

"Stopio fo waedu, be ti'n feddwl?"

"Mae gen i ofn, Non, dwi'm isio marw," wylodd Nia.

"'Nei di ddim, siŵr, a 'swn i'm yn gadael i ti farw, dan ni'n *blood sisters.*"

"Ddim eto. Ngwaed i 'di hwnna i gyd, 'di o'm 'di cymysgu dim efo d'un di."

"'Nân ni o rŵan ta, ty'd," a thynnais yr hances i ffwrdd.

"Paid! Fydd gen i'm gwaed ar ôl!"

"Bydd siŵr."

"Sut ti'n gwbod?"

"Achos mae'n cymryd oes i waedu mochyn."

"Be sgen hynny i neud efo fi?! Dwi lot llai na mochyn!"

"Yli, jest dal 'yn llaw i'n dynn. 'Na chdi."

Gwasgodd y ddwy ohonom ein dwylo'n dynn am hir heb ddeud gair. Yna: "Ddylen ni'm deud rwbath" gofynnodd Nia'n llesg, ar ôl rhyw hanner munud o wasgu, "tyngu llw neu rwbath?"

"O ia, dylen. Deuda di o, ti'n well na fi am betha fel'na."

Anadlodd Nia'n ddwfn a sychu 'i dagrau a'i thrwyn efo'i llawes rydd, cyn sythu a chyhoeddi yn ei llais Cymanfa: "Dyma Non y Wern a Nia Tynclawdd yn cymysgu ein gwaed – a lot mwy o waed Nia gyda llaw – i ddangos ein bod o hyn allan, ac am byth bythoedd amen, yn *blood sisters*, yn ffrindiau go-iawn, ffrindiau o'r un gwaed, fel chwiorydd, ac y byddwn ni'n sticio efo'n gilydd drwy ddŵr a thân, yn cadw cefnau'n gilydd, ddim yn gadael i neb alw'r llall yn enwau fel 'Nia dim nicyrs', yn cadw cyfrinachau'n gilydd a byth yn ffraeo eto, dim bwys be ddigwyddith, ac y bydd Non yn mynd â fi adre'n saff ar ôl hyn achos dwi'n rhy ifanc i farw… Iawn?"

"Iawn. Ia, oedd hynna'n dda iawn," meddwn. "Nei di ollwng 'yn llaw i rŵan?"

"Sori."

Yn rhyfeddol, roedd y gwaedu wedi peidio. Ac wedi i ni olchi ei llaw mewn nant gyfagos, doedd o ddim yn edrych yn rhy ddrwg o gwbl. Roedd o'n dal i waedu chydig, ond ddim llawer. Golchais yr hances hefyd, a'i chlymu'n dynn am ei llaw.

"Be ddeuda i wrth Mam?" gofynnodd Nia wrth i ni gerdded am adre.

"Dwn i'm. Bod ti 'di rhwygo dy law ar ddraenen neu rwbath?"

"Ia, neith hynna'r tro. Sa hi'm yn licio bo chdi a fi'n *blood sisters*."

Do'n i ddim wedi ystyried hynny, ac roedd sylweddoli bod Nia yn llygad ei lle yn rhoi'r pleser rhyfedda i mi.

★ ★ ★

O hynny ymlaen, doedd fiw i mi wrthod helpu Nia efo dim, neu mi fyddai'n f'atgoffa o'r cyswllt cyfrin oedd rhyngon ni. Felly mi fyddwn i'n gwneud yr un peth iddi hi pan fyddwn i angen help efo gwaith cartref – Saesneg gan amlaf. Er mod i'n mwynhau darllen llyfrau Saesneg, do'n i ddim wedi meistroli'r grefft o sgwennu'r iaith yn rhyw dda iawn, ond roedd sillafu Nia bron yn berffaith, a'i gramadeg yn rhyfeddol.

Roedden ni ymysg plant hyna'r ysgol mewn dim o dro, ac roedd hynny'n grêt. Roedd yr hogia cas efo'r danadl poethion wedi hen adael, a ni – plant y dosbarth mawr – oedd y *'kings an' queens of the castle'*. Ni oedd yn deud be oedd be, a chan fod Crispin a Huw AA fel dau lo, Nia a fi oedd yn arwain. Wel, Nia. Roedd hi wedi penderfynu ei bod hi'n cefnogi tîm pêl-droed Lerpwl (er na wyddai hi fawr ddim am y gêm) felly roedd sens yn deud mai dyna'r tîm roedd pawb arall i fod ei gefnogi hefyd. LFC oedd dros gloriau ein llyfrau ni ac mewn beiro ar gefnau'n dwylo ni. Ro'n i'n eitha hapus i gytuno efo hyn am mod i'n hoffi Alan Ball. Ro'n i wedi cael ei lun o mewn pecyn Weetabix ryw dro.

Ond pan ddaeth hi'n fater o chwaeth gerddorol, doedden ni ddim yn gytûn o bell ffordd. Roedd Nia wedi mopio'i phen efo Donny Osmond ac wedi prynu sengl 'Puppy Love' efo'i phres poced. Do'n i ddim yn cael pres poced wythnosol yn awtomatig fel hi – ro'n i'n gorfod helpu Mam os o'n i am brynu unrhyw beth – ac yn sicr, do'n i ddim yn mynd i'w wastraffu ar sgrwtsh fel Donny 'Dannedd Ceffyl' Osmond. Rhaid cyfadde fod John wedi chwarae rhan bwysig yn fy chwaeth gerddorol i. A bod yn onest, roedd o wedi bygwth fy mlingo i taswn i'n dod ag unrhyw record gan unrhyw un o'r Osmonds ar gyfyl y tŷ. Mi gafodd Leusa goblyn o row ganddo fo am brynu record David Cassidy; aeth hi'n ffrae rhyngddyn nhw'n y diwedd a David Cassidy dioddefodd waetha ar ôl cael ei arwyddo gan un o sgidiau hoelion John. Mi benderfynodd o drio f'addysgu i ac Aled 'cyn iddi fynd yn rhy hwyr'. Felly mi fydden ni'n cael sesiynau hirfaith o wrando ar David Bowie, Pink Floyd, Led Zep a The Who a'n gorfodi i wrando ar swyn a dwyster y geiriau, cymhlethdod y gerddoriaeth a dawn y bois ar y gitâr: Dave Gilmour, Pete Townsend, Jimi Hendrix a Jimmy Page. Mi lyncais i'r cwbl yn llawen, wrth gwrs. John oedd yn deud wedi'r cwbl. John, fy arwr, oedd yn gwybod pob dim am bob dim.

Mi wnes i drio addysgu Nia wedyn, ond roedd hi'n casáu'r cwbl lot ohonyn nhw. Miwsig pop siwgr-candi-la-la-la oedd hi isio. Felly, tra oedd llyfrau Nia'n blastar o biws (hoff liw Donny), yna'n BCRs a Woody a Les o'r Bay City Rollers mewn llythrennau mawr balwnaidd wedi eu lliwio'n dartan, roedd fy llyfrau i'n *zosos* inc du Jimmy Page. Mi osododd hyn y patrwm am weddill ein hoes. Pan o'n i'n gwrando ar U2 roedd hi'n gwrando ar Wham. Pan o'n i'n prynu stwff Oasis roedd hi'n gwybod geiriau caneuon Take That bob gair ond, wedi'r cwbwl, doedden ni ddim yn gweld gymaint o'n gilydd erbyn hynny.

Ond dwi'n neidio eto. Sôn am fod y plant hyna yn yr ysgol gynradd o'n i. Golygai hyn mai ni oedd yn cael deud pa chwaraeon fyddai ar yr iard hefyd. Yn ystod cyfnod John, pêl-droed fyddai'n cymryd bron bob modfedd o'r iard bob amser chwarae, ond ar ôl blynyddoedd o gael ein cyfyngu i gornel dywyll wrth y tai bach, roedd Nia a finna'n decach o lawer efo'n hisraddolion. Roedd y genod bach yn cael eu cornel eu hunain i chwarae *Lucy Locket lost her pocket* ac ati, ac mi fydden ni'n cyfyngu'r bêl-droed i un amser chwarae yn unig. Weddill yr amser, mi fydden ni'n chwarae rownderi, *French cricket*, Bloc 1 2 3, *Girls chase the boys* (doedd y bechgyn byth isio rhedeg ar ein holau ni) a'n fersiwn hurt ni o *The Double Deckers*, rhaglen deledu am griw o blant oedd yn byw ar fws dybl-decar. Doedd ganddon ni ddim bws wrth gwrs, ond roedd ganddon ni *roller skates* a dychymyg.

Os oedden ni isio tynnu ar y plant bach, mi fydden ni i gyd yn hel mewn cylch i chwarae *The Farmer wants a wife*. Dwi ddim yn siŵr pam bod enwau'r gêmau hyn yn Saesneg a ninnau mewn ardal mor Gymraeg, ond roedden nhw i gyd wedi cael eu chwarae ar yr iard honno ers cenedlaethau. Roedden ni i gyd (ar wahân i Crispin) yn siarad Cymraeg drwy'r adeg beth bynnag, a phob newydd-ddyfodiad yn gorfod dysgu'r iaith reit handi er mwyn ffitio i mewn. Ond doedd Crispin byth yn mynd i ffitio i mewn, y creadur. Yn 11 oed, roedd o'n dal i redeg adre i weld *Play School* bob dydd.

Roedd y gweddill ohonon ni'n meddwl ein bod ni mor aeddfed rŵan ein bod ni'n gorfod edrych ar ôl y plant llai, ac yn cael chwarae rhannau go iawn yn y sioeau Nadolig, rhannau fel Mair, Joseff a'r Doethion (dim gwobr am ddyfalu pwy oedd Mair bob tro) yn hytrach na defaid a gwartheg ac amrywiol anifeiliaid eraill. Roedden ni'n meddwl ein bod ni rêl bois. Ond doedden ni ddim. Roedden ni'n dal yn hynod ddiniwed, yn dal yn blant ac yn cael coblyn o sioc pan fydden ni'n cyfarfod plant y dre mewn prilims Steddfod yr Urdd ac ati – plant fyddai'n rhegi'n uchel ar ei gilydd a siarad Saesneg a sbio i lawr eu trwynau arnon ni. Ac mi fydden nhw'n ein galw ni'n josgins a deud jôcs budron nad oedden ni'n eu deall. Mi fyddwn i'n mynd i nghwman bob tro, byth yn ateb yn ôl, jest yn gwneud bob dim gallwn i osgoi plant drwg y dre, ond doedd Nia ddim yn gwneud hynny, ddim o bell ffordd. Mi fyddai'n sbio'n ôl yn herfeiddiol arnyn nhw, a gweiddi: *"Who are you calling a josgin?"*

A finnau'n crynu'n fy sgidiau y tu ôl iddi, er mod i gymaint mwy na hi. Mi fyddai 'na chydig o weiddi nôl a mlaen wedyn, ond dyna'r cwbl. Fyddai pethau byth yn troi'n ffeit, ddim yr adeg hynny. Plant ysgol gynradd oedden ni i gyd, wedi'r cwbl, a beryg bod hyd yn oed plant y dre ddim mor gas ag oedden nhw'n ymddangos i mi. Neu roedd y ffaith bod Nia'n dangos nad oedd ganddi lwchyn o'u hofn nhw, er gwaetha'i choesau Robin Goch, yn eu rhwystro rhag pigo arnon ni go iawn. Dwi'm yn siŵr be fyddai wedi digwydd tase Nia ddim o gwmpas.

Mi ddechreuodd Nia fynd yn rhyfedd ar ôl bod yn sâl efo'r frech goch a gorfod aros adre am wythnosau. (Ches i mo'r frech goch gyda llaw, dwi byth yn sâl.) Dwi'm yn siŵr be ddigwyddodd iddi yn ystod y cyfnod hwnnw pan oedd hi'n styc yn tŷ – efallai ei bod hi wedi gweld ein colli ni a hithau'n unig blentyn yn

ratlan yn y tŷ mawr, oer 'na – ond pan ddoth hi'n ôl i'r ysgol
i ganol ei chyfoedion, mi fyddai'n cynhyrfu'n lân, yn siarad yn
ddi-stop a'i breichiau'n mynd fel melin wynt. Do'n i na neb arall
yn gallu cael ein pig mewn. Ac roedd hi'n mynd ar nerfau Mrs
Lewis pan oedd hi fel'na, digon hawdd deud.

"Nia, nei di gau dy geg am eiliad bach? Diolch i ti."

"Nia, hisht. Plîs."

"Nia! Sawl gwaith sydd isio deud?"

"Nia, pan mae'r athrawes yn siarad, mae'r plant yn cadw'n
dawel – ac yn GWRANDO! Yn tydyn, Nia?… Iawn… be am
i ni weld fedri di aros fel'na tan amser chwarae… ?"

Ond doedd Nia ddim yn gallu stopio. Roedd o yn ei *genes*
hi, yn doedd? Roedd ei mam yn gallu siarad fel pwll y môr, ac
roedd Nia wedi etifeddu'r un ddawn. Roedd hi wastad wedi
bod yn siaradus ond rŵan, yn un ar ddeg oed, roedd hi wedi
perffeithio'i chrefft o barablu. Ond nid fel crefft na dawn fyddai
Mrs Lewis yn ei gweld hi. Mi fu'n rhaid i Nia aros mewn dros
amser chwarae fwy nag unwaith am siarad ar ei thraws hi, a
doedd hi ddim yn hapus. Mwya'n byd byddai Mrs Lewis yn ei
chosbi hi, mwya'n byd byddai Nia'n cadw sŵn. Do'n i methu
dallt pam oedd hi'n gneud hynna, ond fel'na mae hi. Mwya ti'n
deud wrthi i beidio gneud rwbath, mwya penderfynol ydi hi o'i
neud o.

Mae'n rhyfedd, roedd hi'n hogan fach mor dda, mor swotllyd
i ddechrau, isio plesio pawb o hyd, ond mi newidiodd. Pwdu
nath hi, dwi'n meddwl. Llyncu mul ar ôl y row gynta, a hitha'm
yn meddwl ei bod hi'n ei haeddu. Wedyn aeth pethau o ddrwg
i waeth, yn do. Pan fydden ni y tu allan yn chwarae 'Ciwri' a
'Plîs Mr Blaidd, gawn ni groesi'r afon', mi fyddwn i'n gallu ei
gweld hi'n syllu'n ddigalon arnon ni drwy ddrws gwydr y stafell
gadw cotiau. Allwn i ddim dychmygu dim byd gwaeth na gorfod
aros i mewn ar ddiwrnod braf yn gwylio pawb arall yn rhedeg

a chwerthin, ac ro'n i'n meddwl bod Mrs Lewis yn annheg iawn, ac yn annaturiol o bifish. Roedd Nia'n grediniol nad Mrs Lewis oedd hi mwyach, bod 'na ysbryd drwg neu *aliens* wedi meddiannu ei chorff hi. Ond rai wythnosau'n ddiweddarach, dyma Mrs Lewis yn cyhoeddi ei bod hi'n disgwyl babi ac yn gadael ddiwedd yr haf. Ro'n i'n amau ei bod hi wedi twchu.

Wrth gwrs, rhaid oedd gofyn wedyn sut bod rhywun fel Mrs Lewis yn disgwyl babi. Er mod i'n un ar ddeg oed, yn byw ar ffarm ac wedi hen arfer gweld cŵn, hyrddod a theirw wrthi, do'n i ddim wedi gwneud y cysylltiad efo pobl. A phun bynnag, bob tro y byddai Mam yn gweld y cŵn wedi clymu yn ei gilydd fel'na, byddai'n taflu bwced o ddŵr drostyn nhw. A byddai'r bustych a'r ŵyn yn neidio ar gefnau ei gilydd o hyd, felly ro'n i'n meddwl mai dyna oedd y drefn anifeilaidd drwy'r amser. Mae'n siŵr mod i wedi gofyn be oedd y drefn pan gafodd Aled ei eni, ond dwi'm yn cofio i mi gael ateb. Mi allwn i fod wedi gofyn eto pan gyrhaeddodd Meinir, ond ro'n i'n derbyn erbyn hynny bod Mam jest yn gneud babis a dyna fo. Roedd Mrs Lewis yn wahanol. Doedd ganddi hi'm plant.

"Pam fod disgwyl babi yn gneud Mrs Lewis mor flin, dwa?" gofynnodd Nia un bore.

"Dim clem."

"Sa ti'n meddwl y bysa hi'n hapus, yn bysat?"

"Bysat. Oedd pawb yn hapus pan ddoth Meinir, doeddan?"

"Oeddan. Heblaw chdi, pan dorrodd Jên Idris Terrace dy wallt di i ffwrdd."

Do'n i'm isio cofio'r bennod yna. Saib hir.

"Nia?"

"Ia?"

"Sut mae pobol yn gneud babis?"

"Deryn mawr du a gwyn sy'n dod â nhw, medda Mam."

"Ond di hynna'm yn gneud sens!"

"Yn ôl Mam mae'r mam a dad yn gofyn am fabi, wedyn mae'r deryn yn dod â fo."

"Ond nath Mam ddim sôn am unrhyw dderyn pan ddoth Aled na Meinir. A ble mae'r deryn yn ffendio'r babi yn y lle cynta?"

"Dwi'm yn gwbod. Lapland, dwi'n meddwl."

Do'n i ddim yn derbyn yr eglurhad yna o gwbl. Ro'n i wedi gweld lluniau o adar yn cludo babis mewn hances fawr wen yn eu pigau – roedd gan Mam blatiau glas a gwyn efo'n henwau ni i gyd, ein pwysau a'n dyddiad geni, efo'r union luniau hynny arnyn nhw – ond be oedd y lwmp 'na ym mol Mrs Lewis ta? A sut mod i rioed wedi gweld yr adar 'ma ar hyd y lle? Doedden nhw ddim yn annhebyg i Grëyr Glas, ond nid Crëyr Glas mohonyn nhw, ro'n i'n eitha siŵr o hynny. Felly pan es i adre mi ofynnais i Leusa. Cochi wnaeth hi a deud bod ganddi hi'm clem. Felly mi es i'r beudy i chwilio am John. Roedd o ar ganol carthu.

"Sut mae pobol yn gneud babis, John?"

"Be? Paid â gofyn cwestiyna mor wirion. Dwi'n brysur. Cer o'r ffordd."

Symudais o ffordd llond fforch o dail gwartheg. "Dio'm yn gwestiwn gwirion, a dwi isio gwbod."

"Ti rhy ifanc i wbod."

"Dwi ddim! Ty'd 'laen, deuda wrtha i, neu 'na i ofyn i Dad."

"Argol, na, paid."

"Deuda ta. Achos dio'm byd i neud efo'r adar mawr gwyn a du 'na nacdi?"

"*Storks*? Nacdi."

"A dydyn nhw'm yn dod o Lapland, nacdyn?"

"Lapland?!" chwarddodd. "Lle uffar gest ti'r syniad yna?"

"Dim bwys. O ble maen nhw'n dod ta?"

"*Storks*? *Holland* dwi'n meddwl."

"Naci! Babis!"

"Yr un lle â phob oen a llo, y gloman."

"Be ti'n feddwl?"

"Ti 'di helpu fi i dynnu oen, yn do? Iwsia dy frên."

Ystyriais yn ofalus. Doedd hyn ddim yn gwneud synnwyr. Roedd ŵyn yn dod allan o benolau defaid. A lloeau allan o benolau gwartheg, yn waed ac yn frych ac yn slwtsh i gyd.

"'Di hynna'm yn bosib, John."

"Be sy'm yn bosib?"

"Mae oen yn dod allan o ben-ôl dafad… "

"Yndi, ddigon agos."

"Ti'n trio deud wrtha i mod i wedi dod allan o ben-ôl Mam?!"

"Fel ddeudis i, digon agos."

"Ych! Mae hynna'n disgysting! Ti'n malu nhw, dwyt!"

"Os ti'n deud."

"O, John! Paid â thynnu nghoes i. Dwi isio gwbod."

"Wel, ti'n gwbod rŵan. A cer o 'ma, os na' ti 'sio helpu i garthu."

Mi fyddwn i wedi cytuno carthu er mwyn cael gwybod mwy, ond ro'n i'n dal yn fy nillad ysgol felly doedd wiw i mi. Es i'n ôl at y tŷ a chau fy ngheg ynglŷn â'r pwnc drwy'r nos. Ond roedd fy meddwl yn dal i droi fel peth gwirion. Ro'n i'n dechrau amau nad oedd John yn tynnu nghoes i wedi'r cwbl.

Fore trannoeth, mi ddywedais y cwbl wrth Nia.

"Ti'n malu awyr, Rhiannon Edwards."

Mi fyddai hi wastad yn anghofio ngalw i'n Non pan oedd

hi'n flin efo fi neu'n ddrwgdybus ohono i. "Does 'na'm byd ond burdeddi- brudeddi- baw yn dod allan o dy geg di. Ti'n afiach."

"Ond mae o'n wir!" protestiais.

"Nacdi ddim," cyhoeddodd Nia gan blethu'i breichiau. "Fi 'di dod allan o ben-ôl Mam? Paid â bod yn wirion! A phun bynnag, mae Mam 'di deud y gwir wrtha i neithiwr."

"Do 'fyd?"

"Do, a dod allan drwy'i botwm bol hi wnes i. Lle oeddan nhw 'di'i gwnïo hi'n ôl fyny ydi marc y botwm bol."

"Y? Go iawn? Ond… pam bo' gen ti a fi fotwm bol ta? Pam bod gan fabis fotyma bol?"

Fe'i lloriwyd gan hyn.

"M'bo." Ystyriodd am chydig, yna: "Yn barod ar gyfer pan fyddan ni'n cael babis mae o, siŵr. Mae'n rhaid ei fod o'n mynd yn fwy fêl mae'r babi'n tyfu."

"O." Roedd hyn yn gwneud rhyw lun o synnwyr i mi. Roedd botwm bol Mam yn bendant yn siâp od pan oedd hi'n disgwyl Meinir. "Ia, ella bo chdi'n iawn. Ond sut mac'r babi'n mynd mewn yna'n lle cynta ta?"

"Drwy'r botwm bol, siŵr iawn!"

"Ond sut?"

"Mae'r dadi'n rhoi rwbath ym motwm bol y fam, ac wedyn mae o'n dechra tyfu tu mewn iddi."

"O. Ond be'n union mae o'n roi yna?"

"Dwi'm yn gwbod. Mae Mam yn deud y ca i wybod pan fydda i wedi priodi. Tan hynny, mae o i fod yn sypreis."

"O."

Ac mi dderbyniais yr eglurhad hwnnw nes i ni ddysgu'r gwirionedd gan Tracy Jones Dosbarth Dau pan aethon ni i'r ysgol uwchradd. Ond yn y cyfamser, roedd Nia wedi deud wrth ei mam mod i wedi trio deud wrthi ei bod hi wedi dod allan o ben-ôl ei mam, ac mi ffoniodd honno fy mam i a ges i row a fy hel i ngwely heb swper.

Mae'n anodd credu rŵan ein bod ni mor ddiniwed yn yr oed yna, a phlant yn cael addysg rhyw mor ifanc bellach. Ond fel'na roedd pethau – yn ein hardal ni beth bynnag.

pennod 4

ROEDD MYND I'R YSGOL FAWR yn sioc. Wedi dod i arfer efo ysgol o ryw gwta ugain disgybl, roedd ysgol o bedwar cant a mwy yn fyd arall. Roedd 'na wyth deg o blant yn ein blwyddyn ni, ac roedd Nia a finna mor falch ein bod ni yn yr un dosbarth. Roedden ni hyd yn oed yn cael eistedd drws nesa i'n gilydd am mod i'n dod yn syth ar ei hôl hi ar y gofrestr. Mae'n siŵr bod hynna wedi helpu i'n cadw ni'n driw i'n gilydd, achos roedd y genod eraill yn newid 'ffrindiau gorau' bob whip stitsh. Tair ffrind yn glynu at ei gilydd fel glud am bythefnos, wedyn dwy yn troi yn erbyn un, honno'n crio am ddyddiau cyn dod o hyd i 'ffrind gorau' arall, cyn mynd yn ôl at y ddwy wreiddiol a gadael ei hen ffrind newydd yn crio bwcedi...

Doedd hyn ddim yn digwydd efo'r bechgyn, wrth gwrs, dim ond y genod. Roedd y bechgyn yn gallu gwneud yn iawn efo'i gilydd mewn criwiau, heb orfod mynd drwy'r poetsh 'ffrindiau gorau'. Os oedd 'na anghytuno o rhyw fath, mi fyddai 'na ffeit, chydig o waldio ac ambell lygad ddu, ond dyna fo wedyn, popeth wedi'i setlo. Mae dynion gymaint callach fel'na, yn gallu maddau ac anghofio'n syth. Mae genod yn stiwio am wythnosa, am flynyddoedd weithia, fel y dois i ddeall ymhen amser.

Ond doedd Nia a finna ddim fel'na, ddim yn yr oed yna. Roedden ni'n ffrindiau efo'r genod eraill, yn gwneud yn iawn efo'r rhan fwya ohonyn nhw, a dwi'n cofio, yn y dyddiau cynta 'na, i mi gymryd at Linda Hughes, hogan ffarm o bentref arall, (roedd plant ffermydd yn sticio at ei gilydd, bron nad oedden ni'n gallu nabod ein gilydd cyn agor ein cegau) ac ro'n i'n fwy na bodlon iddi ddod o gwmpas efo ni. Roedd hi'n dipyn o gês,

59

yn dda am ddeud jôcs a chwarae hoci ac yn perthyn i mi o bell. Ond dim ond am ryw wythnos, os hynny, y buon ni'n driawd. Dwi'm yn siŵr be ddigwyddodd, ond rhyw ddiwrnod, doedd Linda jest ddim efo ni.

"Be sy'n bod ar Linda?" gofynnais i Nia, o sylwi bod Linda'n ein hanwybyddu ni yn y ciw cinio. "Dan ni wedi gneud rwbath i'w phechu hi?"

"O, jest hogan wirion ydi hi de."

"Ond sa well i mi ofyn, rhag ofn?"

"Na, gad lonydd iddi. 'Di jest ddim isio bod yn ffrindia efo ni ddim mwy."

"Nacdi? Pam?"

"Jest anghofia hi. Dan ni'm angen *hanger-on* p'un bynnag, ydan ni? Dan ni'n iawn fel ydan ni, jest ti a fi."

"Yndan... ond bechod 'fyd. O'n i licio hi."

Trodd Nia ataf yn araf, ac edrych i fyw fy llygaid. "O, oeddat ti 'fyd? Oeddat ti licio hi fwy na fi?"

"Nago'n siŵr," atebais yn gyflym.

"Iawn 'lly. Oedd ei jôcs hi'n crap eniwe."

A dyna ddiwedd y peth. Ches i byth wybod be nath i Linda benderfynu nad oedd hi am fod yn ffrindiau pennaf efo ni wedi'r cwbl. Ac o hynny mlaen, roedd hi'n berffaith amlwg i bawb nad oedd pwynt trio dod rhwng Nia a fi, na fyddai'r ddeuawd yn troi'n driawd byth.

Roedd nifer yr athrawon yn sioc i'r system hefyd. Nid dwy athrawes gymharol glên oedd yn fan'ma, ond ugeiniau o athrawon blin mewn siwtiau a theis a phrifathro anferthol yn chwyrlio i lawr y cynteddau mewn clogyn du. Dyna pam cafodd o'r enw Batman wrth gwrs. A Robin Goch oedd y dirprwy, dynes fach walltcoch, flin a byn tynn ar dop ei phen, yn matsio ei cheg twll tin iâr i'r dim. Mae'n siŵr bod y ddau ohonyn nhw'n bobl ddigon clên, ond anaml fydden nhw'n glên efo ni. Brawychus ydi'r gair sy'n dod i'r meddwl, ac mi fydden ni'n mynd ati i osgoi'r ddau hynny fedren ni. Roedd y gansen yn dal mewn bri bryd hynny; dim ond i'r bechgyn wrth gwrs, ond roedd y syniad ohoni'n ddigon i wneud i ni'r genod grynu wrth weld y clogyn du yn hedfan i lawr y cyntedd tuag aton ni. A bod yn onest, roedden ni fwy neu lai yn trio gwasgu ein hunain i mewn i'r wal gan sbio'n ddwfn i fyw carrai ein hesgidiau er mwyn trio bod yn anweledig.

Roedden ni, fel pawb arall, yn blant bach da yn Nosbarth Un. Roedd Nia yn enwedig, yn benderfynol o fod yn angel. Roedd ein gwisg ysgol yn daclus ac yn cyd-fynd yn llwyr â'r rheolau. Roedd sgidiau pawb yn rai 'call' du neu frown efo sodlau isel; roedd botymau bob blows wedi eu cau reit i'r top, ac roedd pob nicar (hyd yn oed rhai Nia) yn rai mawr nefi blŵ oedd bron â chyrraedd ein ceseiliau. Ond roedd 'na fwy o raen ar wisg ysgol Nia na f'un i oherwydd bod ei dillad hi i gyd yn newydd sbon danlli, a fy rhai i eisoes wedi gwneud blynyddoedd o wasanaeth i Leusa. Doedd hyd yn oed y crys *artex* gwyn gorfodol ar gyfer chwaraeon ddim cweit yr un shêd o wyn â chrysau pawb arall, wedi i Mam ei roi i olchi efo blows binc Leusa.

Doedd pethau felly ddim yn fy mhoeni i, ro'n i'n rhy hapus yn cael gwneud chwaraeon 'go iawn', dysgu gemau fel pêl-rwyd a hoci, cael moethusrwydd campfa efo rhaffau a cheffylau a *buck*. Ro'n i'n gallu dringo'r rhaff reit i'r top yn syth, ond doedd breichiau Nia ddim cweit digon cry i fynd heibio hanner ffordd, er gwaetha'i diffyg pwysau. Ro'n i hefyd yn gallu gwneud fflic fflacs yn ddidrafferth, a *somersaults* oddi ar y trampet. Mi driodd Nia wneud *somersault* unwaith, ond roedd hi'n rhy stiff neu rywbeth. Mi laniodd ar ben Miss James yr athrawes, a chafodd hi'm mynd ar gyfyl y trampet wedyn.

Roedd hi'n well am chwarae hoci. Ges i fod yn *centre forward* yn weddol handi, ond mi ddatblygodd Nia'n arbennig o dda ar yr asgell chwith. A deud y gwir, roedd hi'n blydi peryg efo'r ffon 'na ar y dechrau, ond unwaith iddi ddysgu peidio â'i thrin fel clwb golff, mi gafodd ei dewis i'r tîm. Mi ges i newis i'r tîm pêl-rwyd hefyd, fel *Goal Attack*, ac mi nath Nia ei gorau i gael ei dewis fel *Centre*, ond roedd Melanie Holden yn well na hi. Mi driodd fel *Wing Defence* wedyn, (safle pawb sy ddim cweit digon da neu'n ddigon cegog i fod yn *Centre*) ond Jên Wyn gafodd y lle yn y tîm.

Mi bwdodd Nia braidd wedyn, a nath hi'm trio gymaint yn y gwersi chwaraeon, dim ond pan fydden ni'n chware hoci. Doedd 'na fawr o gariad rhyngddi hi a Miss James a bod yn onest, a dwi'n siŵr y byddai honno wedi licio ei gollwng o'r tîm hoci hefyd, ond roedd Nia'n benderfynol o gadw'r asgell chwith i gyd iddi hi ei hun. A phan gafodd hi (a finna) ein dewis i dîm hoci Meirionnydd, roedd ei lle yn nhîm yr ysgol yn hollol saff wedyn. Mi fues i'n aelod ffyddlon o'r gwahanol dimau bob blwyddyn yn ddiffael, ond, fel cymaint o ferched eraill o'r un oed, mi gollodd Nia ddiddordeb ar ôl Dosbarth 3. Pethau eraill yn mynd â'i bryd... ond mwy am hynny'n nes ymlaen.

Dim ond merched Dosbarth Un fyddai'n fodlon stripio'n noeth i gael cawod ar ôl pob gwers chwaraeon hefyd. Erbyn Dosbarth 2, dim ond golchi'n traed fydden ni, ac mi fyddai hyn yn gwylltio Miss James yn rhacs. Ond roedd ein cyrff ni'n datblygu, a ninnau'n mynd yn fwy swil doedden? Roedd y rhai oedd yn datblygu'n gyflym yn swil o ddangos eu bronnau llawnion, newydd, heb sôn am y blewiach diarth mewn mannau rhyfedd, ac roedd y rhai oedd yn arafach eu datblygiad yn swil oherwydd eu bod nhw ar ei hôl hi.

Ro'n i'n un o'r rhai arafa. Mi nath y bechgyn ddechrau ngalw i'n '*walking javelin*' am mod i mor hir a fflat, ond mi dyfodd Nia dros nos. Erbyn dosbarth tri roedd hi'n 30 C, a finnau'n dal yn 32 A, a hynny efo fest o dan y bra. Ylwch, ro'n i'n despret am ryw fath o stwffin. 34 B ydw i byth, ond erbyn y Pumed Dosbarth, roedd Nia'n 30 D a'i blows hi jest â byrstio. A hithau mor denau, edrychai fymryn bach yn od, ond roedd hi (a'r hogia) wrth eu boddau, a'r hogia mwya powld i gyd am y gorau yn trio datod ei bra yn dragwyddol. Ond dwi'n neidio, wedyn ddoth hynny.

Nôl yn Nosbarth Un a Dau, roedd hi'n anodd anwybyddu'r ffordd roedd corff Nia'n datblygu, a phrin gallai Nia na'i mam ymdopi efo prynu bras mwy mewn pryd, heb sôn am flowsus a siwmperi. Mi gafodd ei chadw mewn gan Robin Goch unwaith, am fod 'na ormod o fotymau yn agored ar ei blows. Ond un o'r botymau oedd wedi byrstio, ac roedd hi ar ei ffordd i'r adran Gwyddor tŷ i ofyn am seffti-pin. Ro'n i efo hi, ac mi wnaethon ni'n dwy drio egluro, ond chymrodd Robin Goch ddim sylw ohonan ni, a mynnu bod Nia'n cael *detention* drwy'r awr ginio. Roedd y peth yn gwbl anheg a chwerthinllyd.

"Ti'n gwbod be 'di o, dwyt?" meddai Nia wedyn.

"Be?"

"Wel sbia ar y sguthan. Mae'i thits hi'n llai na rhai chdi. Jelys ydi'r ast."

Erbyn meddwl, roedd cwpan Robin Goch yn fwy fel soser.

Dyna'r tro cynta i Nia gael ei chosbi fel'na gan un o'r athrawon yn yr ysgol uwchradd, ac o edrych yn ôl, roedd o'n drobwynt. Dwi'm yn ei chofio hi'n deud ei bod hi am fod yn rebel o hynny allan, dwi'm yn siŵr os gwnaeth hi benderfyniad pendant ynglŷn â'r peth chwaith, ond yn sicr, mi newidiodd Bron na ddeudwn i ei bod hi wedi deud wrth ei hun: "Reit, os ydw i'n cael fy nghosbi a finna'n gwbl ddiniwed, waeth i mi fod yn ddrwg a chael hwyl ddim, wedyn mi gawn nhw blydi rheswm i nghosbi i... "

Ond doedd hi'm yn ddrwg i ddechrau. Mi ddechreuodd fod yn ddrwg mewn ffyrdd bach digon diniwed, torri rheolau ynglŷn â gwisgo colur ac ati. Dwi'n meddwl mai dylanwad cylchgronau fel *Jackie* ac *Oh Boy!* oedd o, a'r holl hysbysebion am golur Miners, Rimmel a Max Factor, ac roedd hi'n addoli *Charlie's Angels* wrth gwrs, yn enwedig Farrah Fawcett. A bod yn onest, mi fydden ni gyd yn ceisio fflicio'n gwallt yn ôl i geisio edrych yn debyg iddi hi. Beth bynnag, mi ddechreuodd Nia ddod â cholur a drych efo hi ar y bws ysgol. Erbyn i ni gyrraedd yr ysgol, roedd ei llygaid yn las golau, ei haeliau fel pryfed cop, ei bochau yn *rouge* i gyd a'i gwefusau yn sgleinio efo rhyw *varnish* o stwff blas lemon. Erbyn diwedd y gwasanaeth, mi fyddai llygaid barcud Robin Goch wedi ei dal hi.

"Nia Davies, rydach chi'n gwybod yn iawn nad ydan ni'n caniatau i'n disgyblion wisgo *make up*! I'r stafell molchi 'na – *this minute*! Wedyn gewch chi ddod ata i'n syth ar ôl y gloch ac ysgrifennu 'Mae gwisgo colur yn erbyn rheolau'r ysgol' dri chant o weithiau'."

Felly mi fyddai Nia'n rhoi llyfiad i'w hwyneb efo chydig o bapur tŷ bach, ac yn osgoi Robin Goch am weddill y diwrnod, yna'n sgwrio'i hwyneb yn iawn jest cyn y gloch olaf. Wedyn mi fyddai'n dod i'r ysgol yn golur i gyd eto'r diwrnod wedyn, ond chydig llai o las ar y llygaid efallai, ac yn cuddio y tu ôl i mi wrth adael y neuadd ar ôl y gwasanaeth boreol pe bai Robin Goch yn barcuta eto.

Ches i rioed y gyts i'w chopïo hi, ro'n i'n ormod o fabi. Ond ro'n i wrth fy modd efo'i hanturiaethau hi. Yn dawel bach, ro'n i'n ysu am fod yn rebel fel hi, a bron nad o'n i'n falch pan ges i fy nghadw i mewn un amser cinio am fod gen i bâr o glust dlysau oedd yn rhy hir. Dim ond *studs* oedd yn cael eu caniatau. Dros y blynyddoedd, mi gafodd Nia ei chadw i mewn droeon:

"Nia Davies! Ai paent ydi hwnna ar eich ewinedd? Fy stafell i – rŵan."

"Nia Davies, dewch yma ar unwaith. Be ydi'r rheina ar eich traed chi?"

"Sgidiau, syr."

"Peidiwch chi â siarad fel'na efo fi *young lady*—"

"Ond syr!"

"Dach chi'n gwybod yn iawn mai sodlau hanner modfedd rydan ni'n eu caniatau, a sawl modfedd sydd ganddoch chi fan'na?"

"Ryw un a hanner syr... "

"Peidiwch â siarad drwy'ch het ferch, mae 'na dair modfedd yna os nad pedair! Beryg i chi dorri'ch coes ar y fath ddrychiolaethau! Dewch i ngweld i amser egwyl ac amser cinio – ac ar ôl ysgol."

Doedd cael ei chadw i mewn yn poeni dim ar Nia, yn enwedig pan fyddai hi'n bwrw glaw. Fi oedd yn diodde fwya, am fod gen i neb i grwydro efo hi amser cinio. Os oedd 'na ymarfer pêl-rwyd neu athletau, ro'n i'n iawn, ond gan amla, mi fyddwn i ar goll yn llwyr. Mi wnes i gadw cwmni iddi fwy nag unwaith, a'i helpu i sgwennu'r holl linellau. A rhywsut, mi lwyddodd Nia i gadw'r holl ddetentions yn gyfrinach llwyr oddi wrth ei mam. Os byddai hi'n cael ei chadw ar ôl ysgol, mi fyddai Nia'n deud ei bod hi jest wedi colli'r bws a dyna fo.

Ond roedd hi'n fater cwbl wahanol i'r hogia. Os oedden nhw'n cambihafio, mi fydden nhw'n cael plimsol wen ar eu penolau o flaen pawb, ac os oedd y drosedd yn un ddifrifol iawn, mi fydden nhw'n cael eu gyrru at y prifathro i gael y gansen. Ar gledr eu dwylo fydden nhw'n ei chael hi gan amla', ac mi ddysgodd y drwgweithredwyr cyson ei bod hi'n well cadw'r llaw yn berffaith syth a pherffaith llonydd. Os oedden nhw'n ei symud hi ar yr eiliad ola, byddai'r gansen yn eu taro ar draws eu bysedd, a bryd hynny, byddai'r boen mor arteithiol, mor debyg i sioc drydan, mi fydden nhw'n cael trafferth anadlu am sbel. John fu'n egluro hyn i mi; mi gafodd o'r gansen fwy nag unwaith, nes roedd cledr ei law o'n biws, a hynny'n gosb am ymladd efo hogia dre neu beidio â dod i'r ysgol am ddyddiau ar y

65

tro. Ond pan oedd hi'n adeg defaid neu hel gwair, ychydig iawn o feibion ffermydd fyddai'n dod i'r ysgol. Ac roedd y tensiwn rhwng hogia'r dre a hogia'r wlad yno drwy'r flwyddyn. Roedd o'n fwy na gwahaniaeth daearyddol. Cymry oedd hogia'r wlad, a Chymry oedd hogia'r dre hefyd o ran hynny, dim ond eu bod nhw'n dewis siarad Saesneg, a hwnnw'n Saesneg digon rhyfedd, yn gymysgedd o Wenglish a Sgowsar. Pêl-droed oedd gêm hogia dre, tra oedd hogia'r wlad yn tueddu i ffafrio rygbi. Roedd John yn chwip o bêl-droediwr, ond mi wrthododd ymuno â thîm dre. Mae'n debyg y byddai wedi cael ei daclo fwy gan ei dîm ei hun am ei fod o'n "Welshie." Ond eto, yn yr ysgol, pêl-droed fyddai pawb yn ei chwarae yn ystod amser egwyl, dim ond bod hogia'r wlad yn chwarae ar y cwad isa a'r lleill yn chwarae ar y cwad ucha.

Fyddai genod dre byth yn mynd allan efo hogia'r wlad chwaith, a *vice versa*. Doedd y peth jest ddim yn digwydd. Nid yn gyhoeddus o leia. Roedd 'na apartheid acw, ni a nhw go iawn, a'r athrawon yn dewis anwybyddu'r peth. Dwi'm yn siŵr pryd daeth y cwbl i ben, tua dechrau'r wyth degau o bosib, a dwi'm yn siŵr iawn pam chwaith, ond mae'n debyg bod â wnelo fo rhywbeth â phêl-droed neu rygbi. Neu'r ffaith bod 'na Gymry'n dechrau symud i fyw i'r dre yn ara' bach, a Saeson rhonc yn dod i fyw i'r wlad, i fythynnod bach anghysbell heb na dŵr na thrydan fel arfer, bythynnod neiniau a theidiau y Cymry oedd yn symud i'r dre.

Pan o'n i'n yr ysgol beth bynnag, doedden ni jest ddim yn cymysgu, yn enwedig pan ddechreuon nhw ein gwahanu i ffrydiau iaith gyntaf, dysgwyr a'r di-Gymraeg rhonc. Waeth iddyn nhw fod wedi adeiladu wal Berlin arall ddim. Iawn, roedden ni'r Cymry'n cael dysgu am hafaliaid cydamserol yn hytrach na *simultaneous equations*, am losgfynyddoedd yn hytrach na *volcanoes*, ond roedd 'na bydew mawr tywyll yn tyfu rhyngon ni a'r Saeson. Mi wellodd fy Nghymraeg i'n arw yn ystod y cyfnod yna, dwi'm yn deud, ond aeth cannoedd o Saeson drwy'r gyfundrefn addysg heb ddysgu gair o Gymraeg, heb wneud ffrindiau efo'r *natives,* heb ddeall y diwylliant Cymraeg o gwbl, dim ond digon i'w ddilorni, ac roedd hynny, wrth gwrs, yn gwneud yr hollt yn ddyfnach rhyngon ni â nhw. Mae'n siŵr bod 'na rai o'r Saeson yn fwy parod na'u cyfeillion i ddysgu Cymraeg, yn enwedig y rhai oedd wedi cael addysg gynradd efo ni, ond pan dach chi'n eich arddegau ac yn un o griw, mae'n anodd bod yn wahanol.

Pan benderfynodd Nia y dylen ni'n dwy ymuno efo Cymdeithas yr Iaith, roedd ein bathodynnau bach coch fel blancedi mawr fflamogoch o flaen cyrn y tcirw di-Gymraeg.

"You're pathetic, you are," poerai Melanie Holden, *"dirty little Welshie josgins."*

"Yeah, fighting for a language that's going to die anyway," cytunai Christopher Henderson. *"A language that ought to die because of all the spitting and spraying whenever you speak."*

"If you bothered to learn Welsh properly, you'd realise we don't spit, actually," cegai Nia, a'i thrwyn yn yr awyr.

"Yeah, but you paint signs and stuff."

"So? What's it got to do with you?" meddai Nia gan blethu ei breichiau. Doedden ni erioed wedi paentio arwydd ar y pryd, ond doedd Nia ddim am gyfadde hynny.

"I'm a responsible citizen," meddai Christopher, *"and I could report you to the police."*

"Www! I'm scared!" chwarddodd Nia, yna gafael yn fy mraich, a'm llusgo i ffwrdd. Wel, nid llusgo fel y cyfryw chwaith, ro'n i'n hapus iawn i adael. Ro'n i'n casau unrhyw fath o ffraco fel'na, yn rêl babi – ond byddai Nia yn ei helfen, wrth ei bodd yn cega a scfyll dros yr hyn roedd hi'n gredu. A deud y gwir, ro'n i'n synnu ei bod hi wedi gadael maes y Gad mor sydyn.

"Nia!" meddwn mewn braw, "be os eith o at y polîs?"

"Christopher Henderson? Paid â bod yn wirion, mae o'n ormod o rech. A phun bynnag, dan ni'm 'di gneud dim byd!" Nag oedden, ar y pryd. Dim ond aelodau mewn enw oedden ni, yn gwisgo'n tafodau cochion a dyna'i gyd. Ond buan y newidiodd pethau.

"Mae'n rhaid i ni fod yn fwy gweithredol sti Non," meddai Nia un bore ar ôl gweld arwyddion ffordd yng Ngheredigion yn cael eu malu ar y newyddion.

"Y? Be ti'n feddwl?"

"Gneud rwbath go iawn dros yr iaith."

"Be? 'Di 'i siarad hi'm yn ddigon?"

"Nacdi siŵr. Tydan ni'n cael pobol fatha Christopher blydi Henderson a Melanie a rheina'n gneud hwyl am ein pennau ni am ein bod ni'n siarad ein hiaith ein hunain yn ein gwlad ein hunain! A gorfod mynd drwy Wasanaeth Boreol Saesneg bob bore Gwener 'ffor ddy siec of awr Inglish ffrends'? Arglwydd, tydyn nhw'n ein gorfodi ni i ganu Gweddi'r Arglwydd, o bob dim, yn Saesneg!" Wyddwn i rioed fod Nia mor grefyddol, ond ches i ddim cyfle i dynnu ei sylw at y ffaith. Roedd hi wedi mynd i hwyl, a throdd ataf yn ddramatig. "Dwi'n gwbod!" meddai, "dan ni'n mynd i baentio wal yr ysgol!"

"Y?"

"Mae Mam ar ganol paentio'r bwtri pella. Mi fydd hi 'di gorffen erbyn heno, garantîd, a mi fydd 'na baent ar ôl yn y tun. 'Di byth yn gorffen tunia paent, mae 'na filoedd yn y cwt 'cw, wedi sychu'n grimp mwn, ond mi fydd hwn yn dal yn wlyb…"

"Pa liw 'di o?"

"Dim bwys pa liw nacdi'r gloman! Be dan ni'n mynd i'w ddeud sy'n bwysig!"

"Ei ddeud? Be ti'n feddwl?"

"Pa slogan dan ni am roi ar y wal 'cw, de!"

"Howld on rŵan. Be? Dan ni'n mynd i baentio slogan? Ar wal yr ysgol?"

"Yndan. Chdi a fi, heno."

"I be?"

"I dynnu sylw at y ffaith fod yr ysgol 'ma ddim yn rhoi... be 'di *justice*?"

"Ym... cyfiawnder?"

"Ia, bod yr ysgol 'ma ddim yn rhoi cyfiawnder i'r iaith!"

"Ia, ond... be os cawn ni'n dal?"

"*Martyrdom*, Non. Fel Joan of Arc."

Roedden ni newydd fod yn trafod honno yn y wers hanes.

"Ond cael ei llosgi nath hi Nia."

"Hei! Ella gawn ni'n rhoi'n jêl!" Roedd Nia, am ryw reswm, yn meddwl bod y syniad o gael ei charcharu'n un gwych.

"Anghofia fo, dwi'm isio mynd i run blydi jêl," meddwn. "Sa Dad yn 'yn lladd i."

"O tyd 'laen Non, sa fo'n falch ohonot ti, wrth ei fodd bod ei ferch o wedi gneud safiad dros yr iaith." Roedd fy nhad yn Bleidiwr, roedd hynny'n saff. Roedd o wedi mynd allan i feddwi'n dwll pan gafodd Dafydd Êl ei ethol dros Feirionnydd Nant Conwy rhyw flwyddyn ynghynt. Ond do'n i ddim yn siŵr be fyddai ei ymateb o tase ei ferch tair mlwydd ar ddeg yn cael ei chloi mewn carchar.

"Be am dy rieni di?" gofynnais.

"Be amdanyn nhw?"

"Fyddan nhw'm yn hapus na fyddan? A dy dad yn flaenor a bob dim." Roedd hi'n berffaith amlwg nad oedd Nia wedi ystyried teimladau ei rheini o gwbl nes i mi godi'r peth. Eisteddodd ar y wal a dechrau cnoi gewin ei bys bach. Felly mi eisteddais wrth ei hochr a gadael iddi bendroni mewn tawelwch. Yna:

"Stwffio nhw," meddai, gan godi ar ei thraed. "Mae 'na rai pethau'n bwysicach mewn bywyd na phlesio dy rieni. Ac mi ddyla bod gynnyn nhw'r sens i fod yn falch ohona i, fel dy rieni di."

"Howld on rŵan. Ers pryd dan ni 'di cytuno y byddai fy rhieni i'n falch ohona i?"

"Mi fyddan nhw. Reit, dan ni angen... be 'di *plan of action* yn Gymraeg?"

"Cynllun?"

"Ia. Reit, heno, am hanner nos, ddown ni lawr ar hyd y ffordd gefn i'r ysgol."

"Sut?"

"Ar y beics siŵr dduw. 'Na i ddod â'r paent a'r brwshus."

"Ond be os gawn ni'n gweld?"

"Chawn ni ddim."

"Elli di'm bod yn siŵr!"

"O, blincin hec, Non. Reit, mae gan John falaclafa du yndoes?"

"Oes, ac Aled 'fyd."

"Iawn, tyd â nhw efo chdi, ac mi wisgwn ni nhw tra dan ni'n paentio, iawn?"

"'Sa'm yn well i ni eu gwisgo nhw ar y ffordd yna hefyd?"

"Ia! Cŵl! Fyddan ni'n edrych fel *Highwaywomen*!"

A chyn i mi sylweddoli'n iawn be oedd yn digwydd, ro'n i wedi cytuno i wneud 'safiad cadarn' dros yr iaith. Roedd gan Nia'r gallu i wneud i bopeth swnio mor bwysig rhywsut, mor rhamantus, fel rhywbeth allan o ffilm: "Ella bod hyn yn ddechra rwbath mawr sti Non! Y Chwiorydd Gwaed ar garlam dros ein gwlad!" Roedd y syniad o sleifio allan o'r tŷ am hanner nos a beicio i'r dre mewn balaclafas i dorri'r gyfraith yn apelio, rhaid cyfadde. Ond byddai'n llawer haws i Nia na fi. Byddai ei rheini yn noswylio cyn un ar ddeg bob nos, tra doedd dim dal ar fy rhieni i. Hefyd, doedd Nia ddim yn gorfod rhannu llofft efo dwy chwaer oedd yn deffro ar ddim.

Felly, wrth newid i mhyjamas y noson honno; yn hytrach na thaflu nillad dros y lle fel ro'n i'n arfer ei wneud, mi blygais bob dim yn daclus a'u gosod yn ofalus ar y gadair wrth ymyl fy ngwely. Mi sylwodd Leusa wrth gwrs.

"A be sy 'di dod drostat ti mwya sydyn?" gofynnodd, "dwi rioed wedi dy weld ti'n plygu dy ddillad fel'na o'r blaen."

"Meindia dy fusnes."

"Hy! Dim ond gofyn o'n i!" Ro'n i'n teimlo'n euog am fod mor swta efo hi, ond ro'n i ar bigau drain a do'n i ddim wedi gallu meddwl am esgus yn ddigon sydyn. Ond o leia doedd hi ddim wedi sylwi mod i wedi gosod y ddau falaclafa o dan fy mhentwr dillad.

Roedd Meinir eisoes yn cysgu'n sownd, diolch byth, ond mi gymerodd Leusa oes i setlo. Beryg ei bod hi'n dal i ferwi wedi i mi gega arni. Ond o'r diwedd, mi allwn glywed ei hanadl yn dyfnhau. Mi arhosais lle ro'n i, a cheisio gwrando'n astud ar y synau o'r gegin oddi tanaf. Roedd Mam yn dal i olchi llestri, a Dad yn gwylio'r teledu. Bocsio, yn ôl y sŵn. Edrychais ar y cloc: 10.55. Ro'n i fod gyfarfod Nia wrth y groesffordd am hanner nos. Sut yn y byd ro'n i'n mynd i allu aros yn effro cyhyd? Onibai am y ddwy arall, mi fyddwn yn rhoi'r golau bach ymlaen i ddarllen *Jackie*, ond mi fyddai Leusa'n siŵr o ddeffro. Gorweddais yn ôl a cheisio adrodd rhigymau gwirion i mi fy hun.

Neidiais i fyny'n sydyn. Roedd pob man yn hynod dawel, a doedd dim golau'n dod o dan y drws o'r landing. Edrychais ar y cloc. 12.10! Mae'n rhaid mod i wedi syrthio i gysgu! Mi fyddai

Nia'n fy mlingo i! Rhwygais fy mhyjamas i ffwrdd a newid i fy nillad. Roedd ceisio gwneud hynny'n sydyn a thawel yn y tywyllwch yn dipyn o gamp, a bu bron i mi anghofio'r balaclafas, ond mi es yn ôl i'w nôl nhw a chau drws y llofft yn ofalus iawn, iawn. Roedd ceisio mynd i lawr y grisiau'n dawel bron yn amhosib. Mae'n hen dŷ, efo hen risiau sy'n gwichian ar ddim. Mi geisiais gadw at ochr y wal er mwyn lleihau'r gwichian, ond ro'n i wedi anghofio am y rhes o Whimsies oedd ar hyd y silff ar y wal honno. Disgynnodd o leiaf pedwar ohonynt – ond ar y carped, diolch byth. Rhegais dan fy ngwynt, a rhewi. Clywais sŵn rhywun yn troi yn y gwely yn llofft Mam a Dad, ond dyna'i gyd. Cyn pen dim, roedd sŵn chwyrnu tawel Dad yn rheolaidd eto. Ystyriais osod y Whimsies yn ôl ar y silff, a phenderfynu y byddai hynny'n fwy o drafferth nag o werth.

Es ymlaen fesul cam, a chyrraedd gwaelod y grisiau o'r diwedd. I mewn a mi i'r gegin, drwadd at y bwtri pella, gwisgo fy nghôt, stwffio'r balaclafas i mewn i'r pocedi, ac allan a mi i'r sied i nôl y beic. Yn anffodus, roedd beic Aled ar y llawr o flaen fy meic i, ond welais i mohono fo, ac mi faglais ar fy hyd drosto. Rhegais yn uchel. Ro'n i'n ddigon pell o'r tŷ i beidio a gorfod poeni y byddai'r sŵn yn deffro unrhyw un. Ond mi glywodd y cŵn yn do… mi ddechreuodd y pump ohonyn nhw gyfarth ac udo fel ffyliaid. O na! Datgysylltais fy hun o'r beic, brysio at yr Hounds of The Baskervilles gwirion a hisian arnyn nhw i fod yn dawel. Roedden nhw'n nabod fy llais i, diolch byth, ac mi gaeon nhw eu cegau'n weddol ufudd. Edrychais i fyny at ffenest llofft fy rhieni. Dim golau, dim cyrten yn symud, dim. Dechreuais anadlu eto, a dyna pryd sylweddolais i bod fy mhen-glin dde yn brifo. Ond doedd gen i ddim amser i edrych arni. Neidiais ar y beic a phedlo am y groesffordd fel peth gwirion.

Ches i fawr o groeso.

"Lle ddiawl ti 'di bod!"

"Sori... "

"Sori?! Dyna'r cwbl sgen ti i'w ddeud?! A finna'n fferru fan'ma ers oria!" Roedd ei llygaid yn fflachio arna i, ei pheneliniau'n sticio allan fel dau driongl, fel Mrs Lewis pan oedd hi ar ei gwaetha. Roedd hi'n edrych droedfedd yn dalach nag arfer hefyd. Doedd gen i ddim llai na'i hofn hi. Ond eto... Nia oedd hi wedi'r cwbl. Allwn i ddim peidio a gwenu. "Ti'n gwenu! Y bitsh bach – ti'n gwenu!"

"Yndw, achos ti'n edrych yn uffernol o debyg i Mrs Lewis rŵan – a dy fam, a Robin Goch, i gyd efo'i gilydd. Ac oedd hi'n ddigon hawdd i chdi adael y tŷ heb i neb dy glywed di – dwi'n rhannu llofft efo dwy chwaer cofia!"

"Dyna dy esgus di?"

"Ia, ond ddim esgus ydi o – rheswm! Rŵan, wyt ti isio'r balaclafa 'ma ta beidio?"

Cymerodd y balaclafa oddi arna i'n chwyrn a rhegi dan ei gwynt.

"Ti'n blydi poen Rhiannon Edwards," meddai wrth dynnu ei beic a'r pot paent o'r clawdd. "Hwda, gei di gario'r blydi paent 'ma am neud i mi aros."

"Fel'na? Ti'm 'di rhoi bag amdano fo na dim?"

"Ches i'm amser!"

"Pa liw ydi o ta?"

"Magnolia."

"Magnolia?!"

"Ia. Neith tro'n iawn. Rŵan, tyd!"

Bachais handlen y pot paent dros handlen fy meic, gwisgo'r balaclafa, ac i ffwrdd â ni ar hyd y ffordd gefn i baentio'r byd yn wyrdd, wel wal yr ysgol yn magnolia.

Yn anffodus, mae 'na goblyn o allt i fyny'r ffordd gefn 'na, ac erbyn hanner ffordd, roedd fy wyneb yn chwys diferol ac yn cosi mwya ofnadwy. Roedd Nia'n amlwg yn cael yr un profiad. Stopiodd yn sydyn a thynnu'r balaclafa.

"Dwi'n mygu yn y blydi peth 'ma!" protestiodd.

"Mae o braidd yn gynnes," cytunais, gan dynnu f'un innau. "Dyro fo'n dy boced am rŵan, allwn ni eu gwisgo nhw jest cyn cyrraedd dre."

"Dyna'r peth calla ti 'di ddeud drwy'r nos," meddai Nia, ac i ffwrdd â ni eto.

Wrth ddod i lawr yr allt am yr ysgol, roedd fy mrêcs i'n gwichian fel mochyn yn cael ei sticio.

"Hisht!" chwyrnodd Nia.

"Sgen i mo'r help!" chwyrnais yn ôl. "Brêcs fel'na ydyn nhw!"

"Cerdda ta!" Felly mi gerddais i lawr gweddill yr allt – yn ofnadwy o hamddenol. Roedd fy mhen-glin yn brifo, oedd, ond ro'n i am wneud i Nia aros amdana i fwy nag oedd raid, jest am ei bod hi mor flin ac yn fy meio i am bob dim. Roedd hi wedi peltio i lawr o mlaen i ac yn disgwyl amdana i wrth y tro am yr ysgol gyda'i balaclafa am ei phen. Ro'n i'n gallu gweld ei breichiau'n chwyrlio fel melin wynt yn trio f'annog i frysio. Ond chymerais i ddim sylw ohoni. Erbyn i mi ei chyrraedd, roedd hi'n poeri drwy'r agoriad yn ei phenwisg.

"Be uffar sy'n bod arnat ti? Ti'n trio sabotajio'r cwbwl cyn dechra dwyt?"

"Nacdw tad. Ti ddeudodd wrtha i gerdded."

"Ia, cerdded, ddim blydi cropian!"

"Os ti'n mynd i weiddi arna i fel'na, dwi'n mynd adre."

"Non! Paid â bod mor ffwcin stiwpid!"

"Stopia regi. Ac os wyt ti'n mynd i ddal ati i weiddi fel'na, fyddi di 'di deffro'r stryd 'ma i gyd."

"Sibrwd yn uchel o'n i!"

"Di hynna'm cweit yn gneud sens nacdi, Nia? Be 'di pwynt sibrwd os ti'n ei neud o'n uchel?"

"O, cau hi, *clever clogs*. Rŵan, ty'd. Adawn ni'r beics fan hyn, tu ôl i'r clawdd 'ma, a gwisga dy falaclafa."

"Yes, boss." Gadewais iddi gymryd cam neu ddwy, yna:

"Nia?"

"Ia?"

"Ddylet ti wisgo balaclafa'n amlach sti."

"Y? Pam?"

"Cuddio dy wyneb di."

"Piss off."

Cerddodd y ddwy ohonon ni'n araf a gofalus i lawr yr allt at wal fwyaf amlwg yr ysgol, y wal oedd yn wynebu'r ffordd fawr.

"Sa'm yn well i ni ddewis wal arall?" sibrydais, "beryg i rywun ein gweld ni fan'ma."

"Be 'di pwynt sgwennu slogan ar wal os nad oes neb yn gallu gweld y blydi wal, y?" chwyrnodd Nia, "mae pawb yn mynd i weld y wal yma bore fory, a dyna dan ni isio'n de?" Roedd hi'n llygad ei lle, ond ro'n i'n ofnadwy o nerfus, mor nerfus, ro'n i'n cael ffitiau o chwerthin hurt bob hyn a hyn, oedd yn mynd dan groen Nia, wrth gwrs.

"Dyro'r gora i drio dynwared *hyena*, a tyd â'r pot paent 'na yma."

Estynnais y pot iddi, gan biffian chwerthin. Ro'n i bron a chwerthin yn uchel pan welais i hi'n ceisio ei agor efo'i hewinedd.

"Di hyn ddim yn blydi ffyni, Non!" sibrydodd yn hynod

chwyrn ac uchel, "neith y blydi peth ddim agor!" Estynais law i mhoced a thynnu fy hen gyllell boced allan gyda gwên. Roedd 'na fymryn o wên yn llygaid Nia hefyd, wedyn.

"Agora di o," meddai, "dwi'm yn trystio'r blydi gyllell 'na."

"Ti 'di mynd i regi'n ofnadwy sti, Nia."

"O, cau hi."

Wedi cwta ddeg eiliad efo'r gyllell rownd ymyl y caead, daeth yn rhydd. Tynnais y caead, ei osod ar dop y wal a phasio'r pot i Nia. Estynnodd hithau i'w phoced am y brwshus paent.

"Damia," meddai'n sydyn.

"Be sy?"

"Dim ond un brwsh sy 'na! Ond rois i ddau i mewn!"

"Wedi disgyn allan ar y ffordd, mae'n siŵr," rhesymais.

"Ond mi gymrith ddwywaith yr amser rŵan!"

"Gneith."

Felly mi ges i'r dasg o gadw llygad am geir a phlismyn tra dechreuodd Nia baentio ein neges. Roedd y llythrennau'n sgleinio'n glir yng ngolau lampau'r stryd, a doedd na'm golwg o gar o fath yn y byd. Roedd popeth yn mynd yn grêt wedi'r cwbl. Ond yna, mi ddechreuodd fwrw glaw. Dim ond pigo i ddechrau, ond erbyn CYFIAW-, roedd hi'n tywallt.

"Brysia!" hisiais, "dwi'n gwlychu'n socien fan'ma!"

"Ty'd ti i orffen y blydi peth ta!" hisiodd Nia'n ôl, "mae'n llaw i'n brifo!" Rhedais ar draws y stryd a chymryd y brwsh oddi arni.

"Be dwi fod i sgwennu 'fyd?"

"Cyfiawnder i'r iaith! A brysia!" Doedd o ddim yn hawdd gan fod y brwsh mor fach a'r ysgrifen mor fawr, ond roedd y pot yn llenwi efo glaw, felly o leia roedd yr ychydig baent oedd ar ôl yn mynd ymhellach.

"Ti isio *exclamation mark* ar ôl 'iaith'?" hisiais ar draws y stryd ar ôl gorffen yr 'h'.

"Ia, iawn, rwbath, jest – brysia!"

Cyn pen dim, ro'n i wedi gorffen; rhedodd Nia ata i, a dyma fi'n rhedeg efo'r pot a'r brwsh a hithau efo'r caead ac i ffwrdd â ni i fyny'r allt.

"Be s'isio ni neud efo'r pot a'r brwsh 'ma rŵan?" tuchais wrth gyrraedd y clawdd lle roedd y beics.

"Mynd â nhw adre siŵr! Mae Mam yn licio'r brwsh 'na!"

"Ond 'dyn nhw'm yn *incriminating evidence*?"

"Damia. Ia, ti'n iawn. Daflan ni nhw dros y clawdd ar dop yr allt."

"Ond be am dy fam?"

"Mae'r ci'n mynd â petha o acw o hyd. Ro i'r bai ar hwnnw."

Roedd y siwrne adre'n un faith a gwlyb, ond roedden ni'n dwy yn hapus braf, yn teimlo'n bod ni rêl bois, wedi llwyddo i gyflawni camp fythgofiadwy fyddai'n codi statws yr iaith yn cin bro unwaith ac am byth. Ac roedden ni wedi ei wneud o efo'n gilydd – fel chwiorydd gwaed go iawn. Mi lwyddais i fynd i ngwely heb ddeffro neb, ddim hyd yn oed y cŵn, ac er i mi gael sioc o weld ei bod hi bron yn dri y bore, mi syrthiais i gysgu efo gwên ar fy wyneb.

Do'n i ddim yn gwenu pan ges i neffro bum munud wedyn (wel, roedd hi'n teimlo felly) i fynd i'r ysgol. Ac wrth gwrs, mi sylwodd Leusa bod fy nillad ar hyd y llawr eto.

"Ac – ych – maen nhw'n wlyb! Be ti 'di bod yn neud?" cwynodd wrth faglu dros fy siwmper. Mi wnes benderfynu ei hanwybyddu a chicio'r dillad dan y gwely.

Doedd tynnu brwsh drwy ngwallt ddim yn hawdd chwaith,

gan ei fod o wedi sychu'n gaglau tyn dros nos. Erbyn i mi gyrraedd y gegin, roedd y lleill wedi gorffen eu cornfflêcs ac wrthi'n hel eu pethau i gychwyn am yr ysgol. Ro'n i am fynd heb fy mrecwast, ond roedd hynny'n dân ar groen fy mam.

"Does 'na run o mhlant i'n cael gadael y tŷ 'ma heb frecwast *iyng lêdi!*" Felly mi lyncais dair llond llwy o gornfflêcs, gafael yn fy mag ysgol a rhedeg i fyny'r wtra ar ôl y lleill. Roedd fy mhenglin i'n brifo ac ro'n i'n nerfus, ofnadwy o nerfus, ac erbyn i'r bws droi'r gornel olaf cyn yr ysgol, ro'n i jest â marw isio mynd i'r lle chwech.

Dwi'm yn siŵr be ro'n i wedi ei ddisgwyl. Torf yn sbio ar y brotest baentiedig efo llygaid fel soseri am wn i. Ceir plismyn a CID o gwmpas y lle, llond gwlad o newyddiadurwyr a chamerau teledu o bosib. Yn sicr, do'n i ddim wedi disgwyl yr ymateb gafwyd mewn gwirionedd. Wel, y diffyg ymateb ta. Doedd 'na affliw o neb yno. A sylwodd neb oedd ar y bws ar ddim nes roedden nhw'n sefyll reit o'i flaen o.

"Be di'r sgribls 'ma?" gofynnodd Leusa i'w ffrind, Marian.

"Dwn i'm. Ond mae'n flêr tydi?" Doedden nhw ddim hyd yn oed yn gallu ei ddarllen yn iawn – ein safiad ni dros yr iaith, y llythrennau mawrion, magnolia aethon ni i ffasiwn drafferth i'w paentio! Roedd y glaw wedi gwneud llanast llwyr o'r cwbl, y llythrennau wedi llifo'n raeadrau hyll, di-synnwyr, fel bod ein 'Cyfiawnder i'r Iaith' ni'n debycach i "GyPlgwnden l'n lglth." Ro'n i isio crio. Es i chwilio am Nia, a dod o hyd iddi'n pwyso'n bwdlyd yn erbyn y gwresogydd y tu allan i'r stafell ddosbarth. Symudodd i fyny i wneud lle i mhen ôl innau.

"Sioe goc de," meddai'n swta.

"Blymin glaw," meddwn yn yr un cyweirnod.

Saib. Yna, "Ond pam nath o sbwylio cymaint?" gofynnais wedyn.

"*Emulsion*. Dyla bo ni 'di iwsio *gloss*. O wel, fyddan ni'n gwbod yn well tro nesa."

"Tro nesa? dan ni'n mynd i neud hynna eto?"

Ond er i Nia daeru du'n las ar y pryd mai dim ond megis dechrau roedden ni, wnaethon ni'm trafferthu wedyn. Chawson ni mo'n beio am y llanast ar wal yr ysgol chwaith, roedd pawb wedi cymryd yn ganiataol mai rhyw hwligans Cymdeithas yr Iaith o rywle fel y Bala neu Lanuwchllyn oedd yn gyfrifol. Chafodd Ffustan y gofalwr fawr o drafferth glanhau'r paent dyfrllyd chwaith, ac o fewn dim, roedd y wal yn berffaith lân unwaith eto.

Mi gawson ni edrychiad od gan Christopher Henderson yr amser cinio hwnnw, ond ddywedodd o run gair. Mi nath mam Nia ffendio bod y pot a'r brwsh paent ar goll ymhen rhyw bythefnos, ac ia, y ci gafodd y bai. Wel, am y brwsh o leia. Mi lwyddodd Nia i'w darbwyllo ei bod hi'n dechra ffwndro ynglŷn â'r pot paent. Y ddau balaclafa ddaeth allan ohoni waetha. Ro'n i wedi eu stwffio'n ôl mewn i'r drôr menyg a ballu – heb eu sychu – ac erbyn i Mam ddod o hyd iddyn nhw, roedden nhw wedi dechrau drewi a mwsogli. Aethon nhw'n syth i'r bin. Aled gafodd y bai am eu rhoi nhw'n y ddrôr fel'na, ond chafodd o'm row mawr, felly ddeudis i'm byd. Wnes i rioed gyfadde wrth Aled chwaith. Yn un peth, roedd o wedi anghofio bob dim am y peth o fewn deuddydd, ac fel y digwyddodd pethau, ches i'm cyfle.

pennod 5

ROEDD EIN FFARM NI ar ddwy safle: y tŷ ac ambell hen sgubor ar un ochr i'r ffordd fawr, a'r beudai yr ochr arall. Doedd hyn ddim yn broblem pan oedd Taid yn ffermio acw, ond erbyn y saith degau, pan oedd Dad wedi cymryd drosodd, roedd 'na fwy o geir ar y ffordd, a bob haf, mi fyddai 'na fflyd o bobl ddiarth yn heidio am y môr a'r mynyddoedd ar hyd y ffordd yna, o Lundain, Wolverhampton a Birmingham. I wneud pethau'n waeth, roedd y tro am y tŷ a'r ffarm ar gornel. Anaml byddai gynnon ni gath am fwy na chwe mis, ac mi fyddai Dad yn colli cŵn yn rheolaidd. Ni'r plant fyddai'n dod o hyd i'r cyrff gan amla', wrth fynd i ddisgwyl am y bws i'r ysgol. Anghofia i fyth y golwg oedd ar Pero, y ci calla fu ganddon ni rioed, ein ffefryn ni i gyd, ac yn sicr, ffefryn Dad. Mi fyddai Pero'n ei ddilyn i bobman, byth yn tynnu ei lygaid oddi arno, a fu rioed raid i Dad weiddi arno fo. Roedd o'n ei ddallt o i'r dim. Allwn i'm gadael i Dad jest dod o hyd iddo fo fel'na, yn swp gwaedlyd ar ochr y ffordd, felly mi wnes i redeg yn ôl adre i ddeud wrtho fo, a dyna'r tro cyntaf i mi ei weld o â dagrau yn ei lygaid.

Ond flwyddyn yn ddiweddarach, mi welais i o'n crio go iawn. Ro'n i'n helpu Mam, Nain a Leusa i baratoi swper cneifio. Roedd 'na bymtheg o ddynion yr ochr draw yn chwysu chwartiau ar ddiwrnod crasboeth o Fehefin, yn cneifio, lapio a dal. Fan'no ro'n inna isio bod, ro'n i wrth fy modd ynghanol yr holl lanolin a thestosterôn, ond roedd Mam wedi mynnu mai yn y tŷ oedd fy lle i y diwrnod hwnnw. Roedd Nain yn sleisio'r ham anferthol yn dafelli trwchus, Leusa a Meinir yn gosod y bwrdd a gofalu am y bara menyn, ond yn cega am fod Meinir yn rhoi'r cyllyll a ffyrc ar yr ochr anghywir bob tro, Mam yn gofalu am y tatws a'r moron a'r pys a'r nionod, y pwdin reis a'r darten riwbob, a finna'n gorfod troi y cwstard a'r saws gwyn ar gyfer y nionod. Hen joban chwyslyd ar y gorau, a llawer llai o hwyl na lapio gwlân. Ro'n i'n berwi oherwydd y gwres o'r hen Aga felen a'r ffaith fod John ac Aled yn cael bod dros y ffordd efo'r dynion, ac yn bytheirio dan fy ngwynt fod bywyd ddim yn deg. Ro'n i newydd sylweddoli bod y cwstard yn lympiau i gyd, pan glywson ni frêcs yn sgrechian o'r ffordd fawr.

"Dow? Be goblyn oedd hwnna dwed?" gofynnodd Nain. Mae'n rhaid bod Mam wedi synhwyro rhywbeth, achos mi ollyngodd y sosban datws yn glewt yn y sinc, a rhedeg allan drwy'r drws. Edrychodd Leusa arna i, ac mi edrychais i arni hi, ac i ffwrdd â ni ar ei hôl hi, gan adael Nain yn sefyll yn hofran efo'r gyllell gig yn ei llaw, a Meinir yn dal i bendroni dros y cyllyll a ffyrc.

Wyddwn i rioed bod Mam yn gallu rhedeg fel'na. Erbyn i ni gyrraedd y ffordd fawr, roedd hi eisoes ar ei gliniau yn cofleidio corff bach llipa ar ganol y ffordd, ac yn udo. Dyna'r unig air alla i ei ddefnyddio'i ddigrifio'r sŵn. Udo. Udo anifeilaidd, a'r boen oedd ynddo'n oeri ngwaed i; udo arteithiol nad o'n i byth, byth isio'i glywed eto. Mi rewodd Leusa a finna am chydig, ddim yn siŵr be i'w wneud, ddim yn siŵr be oedd wedi digwydd.

Leusa gychwynnodd ati gynta, ac mi'i dilynais hi mewn breuddwyd, heibio gyrrwr y BMW gwyn oedd yn sefyll yn fud wrth ddrws ei gar. Aled oedd y swp yn ei breichiau, ei ben bach melyn yn waed i gyd, a'i lygaid ar gau. Roedd hi'n ei siglo fo nôl a mlaen, yn cusannu ei ben o, yn ei wasgu'n dynn. Dyna pryd redodd Dad a'r dynion eraill dros y ffordd aton ni. Mi safodd y dynion eraill yn stond wrth y giât, wedi dallt yn syth. Mi frysiodd Dad at Mam gan weiddi:

"Di o'n iawn? Aled – dio'n iawn? Nes i yrru fo draw i ddeud

y bydden ni yna mewn deg munud… " Doedd Mam ddim yn gallu ateb, dim ond dal i siglo'i mab yn ôl ac ymlaen yn ei breichiau ac udo. "Ella na ddylet ti'i wasgu fo fel'na," meddai Dad, "ella–" Ond mi welodd yntau be oedd Mam wedi'i ddallt yn syth. Mi afaelodd o'n dynn yn Mam ac Aled ac mi fu'r ddau yno, ar ganol y tarmac, am hir, yn deud dim.

Do'n i heb ddallt bod y dagrau'n powlio i lawr fy wyneb nes i Leusa afael yn fy llaw. Mi fuon ni'n dwy'n sefyll yna am hydoedd, methu symud, methu deud dim, ond methu tynnu ein llygaid oddi ar ein rhieni a'r gwaed, y gwaed oedd drostyn nhw i gyd.

Yn sydyn, mi gododd Dad ar ei draed ac edrych o'i gwmpas. Mi welodd y creadur wrth y BMW gwyn.

"I-I'm really sorry," ceciodd hwnnw, *"he just-just ran into the road – nothing I could–"* Ond roedd Dad wedi cydio ynddo fo, wedi ei hyrddio'n ôl dros fonet y BMW.

"You killed my son, you bastard!" sgrechiodd, a dechrau ei ddyrnu. Mi ruthrodd Idris Foel a Jac Tanyfedw i'w dynnu oddi arno'n syth, ond roedd o wedi cael nerth hanner dwsin o ddynion o rywle, mi daflodd nhw i ffwrdd a neidio eto am y gyrrwr oedd yn griddfan mewn braw a phoen. Mi gymerodd bedwar i'w lusgo fo oddi arno fo, wedyn aeth o'n llipa i gyd, eistedd ar y glaswellt wrth ochr y ffordd a beichio crio.

Mae 'na rhywbeth annaearol am ddyn yn crio fel'na.

Mi redodd un o'r dynion i'r tŷ i ffonio'r ambiwlans, tra bu'r gweddill yn trafod a ddylid symud Aled ai peidio. Roedd 'na draffig wedi hel bob ochr i ni, ac un diawl hurt mewn Ford Capri coch yn canu'i gorn. Idris Foel aeth ato i ddeud wrtho i "gau ei ffwcin sŵn rŵan, munud 'ma."

Mi benderfynon nhw y dylid cario Aled yn ôl i'r tŷ, ond roedd Mam yn gwrthod ei ollwng. Hi gariodd o'n ôl bob cam, a Dad wrth ei hochr, ei fraich am ei hysgwydd, yn rhythu'n syth o'i flaen. Mi ddoth John, Leusa a finna y tu ôl iddyn nhw.

Doedd Nain ddim yn gwybod be i'w wneud efo hi'i hun. Roedd hi'n eistedd ar y soffa wrth ymyl yr Aga, yn dal llaw Meinir.

"Panad, 'na i banad i ni," dywedodd hi'n y diwedd a dechrau ponsian efo'r tecell.

Aeth Mam drwadd i'r gegin orau a rhoi Aled i orwedd ar y soffa yn fan'no. Yna, mi gymerodd hances o boced ei ffedog, poeri arno a dechrau glanhau'r gwaed oddi ar ei wyneb. Poeri, glanhau'n ofalus, dyner, drosodd a throsodd nes roedd yr hances yn binc i gyd.

Aeth hi a Dad efo fo yn yr ambiwlans, ac aeth y dynion i gyd adre. Eisteddodd y gweddill ohonon ni'n fud yn y gegin, ynghanol y bwyd i gyd.

Y noson honno, roedd hi'n amlwg fod pawb wedi clywed. Mi ganodd y ffôn yn ddibaid, drwy'r nos, am oriau, ac mi ddoth 'na bobl draw, fesul llond ceir, efo tuniau ffrwythau mewn bagiau brown, wyau a darnau mawr o ham, fel tasen nhw'n meddwl y bydden ni'n anghofio bwyta neu rywbeth. Roedd 'na rai yn ffrindiau a theulu, yn dod i gofleidio Mam a gwasgu llaw Dad, ac roedd 'na rai eraill nad oedd gen i syniad pwy oedden nhw, pobl oedd yn dal gafael yn ein dwylo'n llawer rhy hir, yn syllu i fyw'n llygaid ni, bron fel tasen nhw'n mynnu'n gweld ni'n crio.

Ro'n i isio i bawb fynd, i adael llonydd i ni, ond mi arhosodd pawb efo ni, yn baglu dros ei gilydd yn y gegin orau, y bwtri a'r parlwr, am oriau ac oriau. Wedyn mi ddoth 'na fwy o geir y diwrnod wedyn, mwy o'r un peth, mwy o'r un geiriau a'r un tuniau ffrwythau, a Nain a Leusa a fi'n golchi cwpanau te drosodd a throsodd.

Ynghanol hyn i gyd, roedd Idris Foel a Jac Tanyfedw a'r dynion wedi dod yn ôl yn dawel bach i orffen y cneifio a mynd â'r defaid yn ôl i'r mynydd.

Roedd y cynhebrwng ryw dridiau wedyn, ar ddiwrnod arall llethol o boeth. Roedden ni i gyd wedi gorfod cael dillad newydd, duon. Er mawr gywilydd i mi, mi wnes i ffraeo efo Mam am ei bod hi'n mynnu mod i'n cael ffrog yn hytrach na throwsus. Does gen i ddim esgus, dim ond styfnigrwydd yr arddegau am wn i. Ges i row gan Dad nes mod i'n crio, a chytunais i fynd yn ufudd i Gaer efo Anti Lowri i brynu ffrog. Dwi'n difaru hyd heddiw mod i wedi bihafio fel'na, ond wisgais i byth mo'r ffrog 'na wedyn.

Dwi'm yn cofio llawer am y gwasanaeth, dim ond mai un o'r emynau oedd 'O Iesu Mawr, rho d'anian bur', a bod y canu'n llenwi'r capel, yn codi'r to, ond fethon ni ganu'r un nodyn. Roedd pawb yn crio. Pawb ond Dad. Jest sbio'n syth yn ei flaen roedd o, sbio i nunlle. Nath o'm crio wedyn ar ôl y tro cynta 'na, ddim o'n blaenau ni beth bynnag. Ond mi aeth o i ben y mynydd ar ei ben ei hun yn syth ar ôl y te cnebrwng, i ffensio. Doedd o'm isio i John fynd efo fo, a ddoth o'm yn ôl am oriau.

Aethon ni i gyd i'r fynwent. Dwi'n cofio hynny. Roedd 'na dorf anferthol wedi hel yno, yn disgwyl amdanan ni. Dad â'i fraich am Mam, oedd yn crio heb stopio, aeth gynta, John a fi wedyn, yna Leusa'n gafael yn llaw Meinir. Pan ddechreuon nhw ollwng yr arch i mewn i'r bedd, bedd ofnadwy o ddwfn am fod isio cadw lle i Mam a Dad uwch ei ben o, mi lewygodd Mam. Ond mi lwyddodd Dad i'w dal hi. Roedd y cwbl fel niwl wedyn – prin gallwn i weld am mod i'n crio gymaint. Mi roddodd John ei fraich amdana i a ngwasgu'n dynn, y tro cynta iddo wneud hynny i mi rioed.

Petha od ydi te cnebrwng. Sut mae pobl yn gallu byta ar adeg fel'na? Roedd 'na ambell un yn sglaffio go iawn, ac ro'n i isio deud wrthyn nhw am fynd o 'na. Nid te parti oedd hwn. Doedd na'm jeli ac eis crîm, doedd 'na'm *musical chairs*. Roedd fy mrawd bach naw oed i wedi marw. Doedden ni byth yn mynd i'w weld o eto.

Eistedd ar stôl ar lawr y gegin fu Mam, yn derbyn cydymdeimlad aelodau'r teulu, cymdogion, ffrindiau, ac yn troelli lliain sychu llestri yn ei dwylo, drosodd a throsodd, ei dwistio a'i wasgu, yna'i agor a gwneud y cwbl eto, nes roedd esgyrn ei bysedd hi'n wyn. Ro'n i isio rhwygo'r lliain oddi arni. Allwn i mo'i gwylio hi.

Dyna pryd welais i Nia. Roedd hi'n sefyll yn y drws mewn sgert a siaced ddu, smart. Dwi'n cofio meddwl pam na allwn i fod wedi cael rhywbeth fel'na, yn lle'r ffrog grimplîn ddu afiach ddewisodd Anti Lowri i mi. Amneidiodd arna i, a chodais yn syth. Aethon ni allan i'r ardd, ond roedd 'na lwyth o bobl yn fan'no, lot o ffermwyr yn smocio mewn cylchoedd. Gafaelais yn ei llaw.

"I'r granar, ty'd." Ddywedodd yr un ohonon ni air nes i mi gau'r drws ar ein holau. Edrychodd hi arna i. Doedden ni ddim wedi siarad ers y ddamwain. Do'n i ddim wedi bod yn yr ysgol, a doedd y ffôn heb stopio canu, a do'n i ddim wedi gallu mynd ar y beic i'w gweld hi achos doedd Mam ddim isio i run ohonon ni fynd o'i golwg hi, ar wahân i fynd i Gaer efo Anti Lowri. Edrychais yn ôl arni, ond do'n i'm yn gwybod be i'w ddeud. Yna mi gamodd ata i, rhoi ei breichiau amdana i a nghofleidio'n dynn. Mi fuon ni'n dwy'n crio felly am hir, nes i mi sylweddoli mod i'n difetha ysgwydd ei siaced smart hi.

"Sori," meddwn, gan geisio sychu'r llanast efo llawes fy ffrog.

"Anghofia fo," meddai, gan estyn i'w bag ysgwydd. "Ti 'sio ffag?"

Roedd hi wedi dechrau smocio ers pythefnos, efo rhai o genod dre yn y toilets. Ro'n i wedi gwrthod bryd hynny, ond rŵan roedd y syniad yn apelio'n arw. Mi fues i'n tagu ar yr Embassy No 1 am chydig, ond roedd hynny'n gneud i ni'n dwy chwerthin, a buan y dois i arfer efo'r blas a'r mwg yn cosi fy nghorn gwddw.

Mi fuon ni'n eistedd ar hen fwrdd yn smocio, a hi'n gadael i mi neud y siarad i gyd, yn gadael i bob dim lifo allan, ac yn gwrando. Dwi'm yn cofio be ddeudis i, hel atgofion am Aled dwi'n meddwl, sôn gymaint o gariad oedd o, hogyn bach mor annwyl, mor ddel a chlên, cofio am y den yn y bêls yn disgyn ar ei ben o, cofio amdano'n gwneud llun o bysgodyn aur i mi ar fy mhen-blwydd, yn fy nghofleidio i pan ddisgynnais i oddi ar y beic un tro, a cheisio chwythu ar fy mriw i fel y byddai Mam yn neud, a nagrau i'n troi'n chwerthin am mai dim ond peth bach oedd o.

Erbyn i ni adael y granar a chnoi polo mints, roedd y rhan fwya o bobl wedi gadael, a rhieni Nia'n eistedd yn annifyr yn y parlwr efo Nain, oedd yn trio tywallt mwy o de iddyn nhw.

"Fyddi di'n 'rysgol ddydd Llun?" gofynnodd Nia.

"Bydda. Dwi'n mynd i drio, beth bynnag," atebais.

"Ia, gorau po gynta," meddai Magi Davies, "i chi drio mynd nôl at fywyd normal eto."

"Be sy haru chi, ddynes?" meddai Nain yn siarp, "fydd bywyd byth yn 'normal' yn y tŷ yma eto. Fydd petha byth run fath i ni heb Aled."

Mi gochodd Magi Davies yn syth a dechrau siarad fel melin wynt i geisio cyfiawnhau ei hun.

"Ia, ond dyna fysa ora yndê? I'r plant fynd nôl i'r ysgol yn o handi – dyna fydd y plant ei angen – iddyn nhw gael dod drosto fo. Mae'n wahanol i Gaenor ac Emlyn, yntydi? Mae colli plentyn yn beth ofnadwy – ond dim ond wedi colli'u brawd mae'r plant yndê?"

Ges i ffasiwn sioc, fethes i ddeud dim. Roedd hyd yn oed Nain yn gegrwth. Diolch byth, mi gododd tad Nia ar ei draed yn syth, diolch i ni am y te, gafael ym mhenelin ei wraig a'i hel at y drws. Mi drodd Nia ata i, cau ei llygaid am eiliad, a brathu'i gwefus isa.

"Sori," meddai. "Dydi hi'm yn meddwl cyn siarad weithia. Wela i di'n r'ysgol. Ty'd draw unrhyw bryd – neu, ym… ddo i yma ella – os ti 'sio. Ffonia, ocê?" Nodiais fy mhen, yn dal mewn sioc, a'u gwylio'n mynd.

"Y blydi Magi Davies 'na!" poerodd Nain, wedi iddi osod y tebot yn glewt ar y bwrdd, "dwi'n methu penderfynu os mai dwl ydi hi ta jest hen ast!"

Mi edrychais arni'n hurt. Do'n i erioed wedi clywed Nain yn rhegi o'r blaen. Mi edrychodd hithau arna inna, ac yn sydyn mi ddechreuon ni'n dwy chwerthin. Mi fuon ni'n chwerthin gymaint, mi ddisgynnon ni ar y soffa, ac wedyn mi ddechreuon ni grio eto, ond roedd o'n gymysgedd o grio a chwerthin.

"Nain," meddwn drwy nagrau, "dach chi'n briliant!"

Pan ddoth Leusa drwadd aton ni a sbio'n wirion arnon ni, fethon ni ddeud wrthi be oedd.

* * *

Doedd bywyd byth yr un fath wedyn. Doedd Mam byth yn siŵr sut i ateb pobl ddiarth pan fydden nhw'n gofyn faint o blant oedd ganddi. Roedd sbio ar luniau Aled fel cyllell drwy'r galon, yn enwedig y llun hwnnw ohonon ni mewn dillad priodi a thwll lle bu ei wyneb o. Nath Mam fframio'r llun ysgol ohono fo mewn crys tsiec glas, llun ohono'n gwenu â'i ddau ddant blaen ar goll, a'i osod reit uwch ben y silff ben tân. Mi gadwodd ei lyfrau ysgol i gyd mewn bocs dan ei gwely, ac mi wrthododd roi ei ddillad i Oxfam. Mi gadwodd bob un dim mewn wardrob yn y garat, wardrob Aled, a fan'no arhoson nhw. Aeth Leusa i fyny yno un tro, a gweld Mam ar ei gliniau o flaen y wardrob a'i phen yn un o'i hoff grysau o, yn trio'i arogli fo, meddai hi.

Bob Dolig, mi fyddai ei absenoldeb o yn wirioneddol boenus – am flynyddoedd. Fo fyddai wastad yn cynhyrfu fwya, yn rhedeg o gwmpas y tŷ fel peth gwirion, yn dangos i bawb be roedd Santa Clôs wedi'i roi iddo, yn cofleidio pawb am ei fod o mor hapus. Tawel fu bob Dolig wedyn. Fo fyddai wastad yn cael corn gwddw'r twrci, yn treulio oes yn cnoi'n hapus ar yr esgyrn bychain 'na. Doedd gan neb y galon i gyffwrdd â'r corn gwddw wedyn. Fyddai o ddim wedi bod yn iawn, rywsut. A bob Ionawr yr 8fed, ei ben-blwydd o, mi fydden ni'n dod yn ôl o'r ysgol i weld Mam yn crio wrth y sinc, a golwg wedi bod yn crio drwy'r dydd arni. Ddoth hi byth drosto fo. Nath hi'm torri, ond doedd hi ddim yr un ddynes ar ôl hynna.

A Dad? Dwi'm yn siŵr. Roedden ni i gyd yn gwybod i bethau fynd yn rhyfedd rhyngddo fo a Mam am sbel go hir wedyn. Roedd pobl yn deud y byddai colli Aled yn dod â ni'n agosach fyth fel teulu, ac efallai ei fod o'n wir amdanon ni'r plant, ond nid ein rhieni. Dwi'm yn siŵr pam. Ella bod Mam yn beio Dad am ei yrru fo i ddeud bod y dynion ar eu ffordd i nôl cinio. Ond roedd hynny'n beth digon arferol i'w wneud, roedd Aled wedi croesi'r ffordd 'na filoedd o weithiau ar ei ben ei hun. Ella bod Dad yn teimlo'n euog, yn beio'i hun, neu'n flin efo Mam am ei feio fo, dwn i'm. A cha i byth wybod. Mi arhoson nhw efo'i gilydd hyd y diwedd beth bynnag, ond fuon nhw byth run fath.

Dwi'n dal i gadw llun bach o Aled yn fy mhwrs. Mae o wedi breuo'n arw erbyn hyn, prin fedra i weld ei wyneb o bron, ond fedra i mo'i daflu o. A wna i byth. Mi ddywedodd y gweinidog yn y cnebrwng fod Duw wastad yn mynd â'r goreuon cyn eu hamser, a dwi'n tueddu i gytuno efo fo. Aled oedd y gorau ohonon ni i gyd. Mi ddywedodd hefyd fod 'na rai plant yn cael eu rhoi ar y byd 'ma jest i ddod â chydig o hapusrwydd i'r gweddill ohonon ni, i ddangos i ni sut y dylen ninnau fod, ond mai anrheg dros dro ydyn nhw.

Mi nath hynna helpu Mam, dwi'n meddwl. Ond ro'n i'n ei weld o'n hen dric cas ar ran Duw, rhoi rhywun fel'na yn anrheg i ni, dim ond i'w gymryd yn ôl cyn iddo fo hyd yn oed ddysgu'r gwirionedd am Santa Clôs.

pennod 6

NIA HELPODD FI ddod dros colli Aled, fwy 'na run gweinidog nac adnod. Nath hi rioed flino arna i'n siarad amdano fo, ac roedd ganddi wastad hances i mi taswn i'n mynd braidd yn emosiynol. Os byddwn i'n hiraethus a dagreuol yn yr ysgol, mi fyddai'n mynd â fi i rywle tawel, o olwg pawb arall, yn cadw unrhyw blant bach busneslyd draw. Roedd hi'n debycach i'w thad yn hynny o beth, dyn tawel, dwys, fyddai ddim ond yn siarad pan fyddai ganddo rywbeth o werth i'w ddeud. Dwi'n dal ddim yn dallt be welodd o yn ei wraig erioed, ond '*opposites attract*' meddan nhw yn Saesneg yndê.

Roedd Nia'n gallu gwneud i mi chwerthin hefyd, gwneud i mi anghofio weithiau, efo'i jôcs gwirion a'r pethau gwirion fyddai hi'n ei wneud. Mi benderfynodd ei bod hi angen plycio'i haeliau ryw dro, er mai blewiach coch, bron yn felyn oedd ganddi a doedd dim angen eu twtio o gwbl. Ond pan ddaeth hi i'r ysgol y bore wedyn, doedd 'na'm golwg o'i haeliau, dim un blewyn, a llinell denau o *eye-liner* brown tywyll oedd yno'n eu lle. Edrychai'n hollol hurt, fel albino, rhywsut.

"Be uffar ti 'di neud?" holais yn syth.

"O, paid, mae'n ofnadwy, tydi?"

"Braidd. Be ddigwyddodd?"

"Wel, oedd eu plycio nhw efo *tweezers* yn brifo, felly es i i'r bathrwm i nôl Immac Mam, y stwff mae'n ei roi ar ei mwstásh. A mae'n rhaid mod i 'di rhoi gormod."

Allwn i'm peidio, mi wnes i chwerthin nes mod i'n sâl. Roedd Nia'n flin efo fi i ddechra, ond yn y diwedd mi nath hitha fyrstio chwerthin hefyd. Mi fuon ni'n giglan drwy'r dydd; doedd dim ond eisiau i mi edrych arni ac mi fyddwn i'n piffian, ac fel mae'n digwydd, dyna oedd y ffordd orau i ddelio efo herian hogia Dosbarth Pump, chwerthin yn eu hwynebau nhw. Mi dyfodd ei haeliau hi'n ôl yn weddol sydyn beth bynnag, yn daclus fel roedden nhw i ddechrau, ond fymryn yn fwy coch.

Doedd na'm dwywaith, roedd Nia'n donic. Roedd hi'n wych am ddynwared athrawon, ac yn perfformio bob cyfle gâi hi. Mi ddaliodd ati efo'i chanu a'i hadrodd drwy'r ysgol uwchradd. Roedd ei mam yn talu Mrs H Idris Terrace i roi gwersi iddi am wythnosau cyn tymor y steddfota, ac mi nath hi reit dda hefyd, er gwaetha'i hanallu i ddeud 'r' yn iawn yn y blynyddoedd cynnar (ond roedd 'na lot o adroddwyr yn 'erian' fel'na bryd hynny)!

Roedd 'na lwyth o gwpanau bychain o'r steddfodau lleol yn y cwpwrdd gwydr, steddfodau y byddai ei mam yn mynd â hi iddyn nhw'n ffyddlon drwy bob tywydd. Ges i fynd efo hi unwaith, ond ro'n i'n hollol, hollol bôrd, felly mi wnes i wrthod bob cynnig o hynny mlaen.

Yr Urdd oedd yr un bwysig, wrth gwrs. Mi fyddai'n cael mynd drwadd i'r Sir bob blwyddyn yn ddi-ffael, ac mi gafodd lwyfan yn y Genedlaethol deirgwaith. Ond chafodd hi rioed fwy na thrydydd. Doedd hynny ddim yn plesio Magi Davies o gwbl, wrth gwrs.

"Nia oedd yr ora o bell ffordd," byddai'n deud yn chwyrn, "jest am ein bod ni'm yn nabod neb o bwys... oedd honna ddoth yn gynta'n nith i rywun pwysig yn y BBC, ti'n gweld; ac mae honna ddoth yn ail yn mynd i ysgol enwog lawr yn y de 'na – cael ei hyfforddi gan ryw actores neu rwbath, garantîd. Na, gawson ni gam. Mae gen i awydd mynd â'r gweinidog efo ni i'r prilims tro nesa – mae o'n siarad ar y radio reit aml felly mi fyddan nhw'n ei nabod o – ac wedyn yn gwbod ein bod ni'n ffrindia mawr efo fo, a'n bod ni'n fwy na jest ryw ffarmwrs di-nod."

Doedd hi byth yn fodlon cydnabod bod y lleill jest yn digwydd bod yn well na Nia. Mi welais i'r gystadleuaeth unwaith neu ddwy am ein bod ni wedi mynd drwadd efo'r côr neu'r parti cyd-adrodd neu rwbath, ac ro'n i wastad yn cytuno efo'r beirniad. Nes i rioed ddeud hynny wrth gwrs. Ond dyna fo, mae 'na lot o bobl fel Mrs Davies yng Nghymru, yn teimlo'u bod nhw wedi cael cam oherwydd nad ydyn nhw'n perthyn i'r bobl 'iawn'. Dydyn nhw'm fel tasen nhw'n gallu cydnabod dawn unrhyw un heblaw eu cyw bach melyn nhw, nac yn sylweddoli fod 'na lawer iawn o bobl lwyddiannus wedi dod o nunlle, heb nabod affliw o neb 'pwysig'.

Roedd gan Nia dalent, cofiwch, ac mi brofodd hynny'n nes ymlaen, ond roedd yr adroddwyr a'r cantorion eraill jest yn digwydd perfformio'n well na hi ar y pryd. Roedd 'na ddarn adrodd am gi defaid un flwyddyn, ac roedden ni gyd yn meddwl mai dyma fyddai blwyddyn Nia, a hithau'n ferch ffarm. Roedd y parti unsain ro'n i'n canu grwndi ynddo wedi mynd drwadd hefyd (ond heb gael llwyfan), felly roedden ni i gyd yn y pafiliwn yn clapio fel ffylied pan gerddodd hi ar y llwyfan.

Roedd Magi Davies wedi mynnu ei bod hi'n gwisgo blows wen crimplîn, sgert *pleats* coch a thei yr Urdd – a sanau pen-glîn gwyn dros ei theits *American tan* – a chap stabal. Roedd hi'n edrych yn hollol hurt – ac yn gwybod hynny. Roedd fy nghalon i'n gwaedu drosti. Ond mi roddodd berfformiad caboledig iawn, ac ro'n i'n falch iawn ohoni. Bron nad o'n i isio troi at y bobl oedd yn eistedd y tu ôl i mi a deud: "Fy ffrind gora i ydi honna." Ond trydydd gafodd hi, a hogan o Gaerdydd oedd yn amlwg rioed 'di gweld dafad, heb sôn am gi defaid, enillodd.

Mi gafodd Nia wared o'i mam wedyn, ac aethon ni rownd y maes yn sbio ar y bechgyn. Syniad Nia oedd hynny, wrth reswm. Roedd Mam wedi deud ers blynyddoedd bod "y Nia 'na'n *boy mad*". Dwi ddim yn siŵr pam oedd angen term Saesneg am y fath gyflwr, chwaith. Efallai bod genod Cymraeg neis ddim i fod gwirioni ar fechgyn yr un fath â phawb arall. Dwi chwaith ddim yn siŵr sut bod fy mam wedi sylwi ar yr elfen hon o gymeriad Nia. Ond erbyn meddwl, roedd gan Mam lygaid yng nghefn ei phen, tra do'n i byth yn sylwi ar ddim nes byddai rhywun yn tynnu fy sylw. Hefyd, er nad o'n i'n cofio'r peth, arferai Nia, yn ôl Mam, ddilyn John fel ci bach rownd y lle pan fyddai hi'n dod acw'n beth bach.

"Ti'm yn ei chofio hi'n dychryn y creadur isio sws bob munud? Yn trio dringo ar ei ben o a dal yn sownd fel gefail?"

"Nacdw."

"Doedd 'na run ohonoch chi'n gneud hynna."

"Ond doedd ganddi'm brawd, nag oedd Mam?"

"Hmff."

Beth bynnag, os oedd hi wedi mopio efo fo'n bedair oed, mae'n amlwg ei bod hi wedi callio wrth dyfu. Prin byddai hi'n sbio arno fo ar ôl i ni gyrraedd ein harddegau.

Doedd 'na fawr o bishyns yn ein dosbarth ni yn yr ysgol – roedden nhw i gyd yn fach a thenau a chwbl blentynnaidd. Roedd yr arlwy'n well yn uwch i fyny'r ysgol, ac mi fyddwn i'n cochi at fy nghlustiau bob tro y bydden ni'n gorfod pasio criw o fechgyn Dosbarth Pedwar. Ond prin fyddai Nia'n sylwi ar rheiny; na, crysh ar Elfed Price, y Prif Fachgen, oedd gan Nia.

"Mae o run ffunud â Donny Osmond, ti'm yn meddwl?"

Nagoedd, doedd o ddim byd tebyg, ond doedd gen i fawr o feddwl o Donny Osmond beth bynnag. Doedd Elfed Price ddim yn hyll o bell ffordd, braidd yn ddanheddog at fy nant i, ond doedd o'n bendant ddim yn hyll. Roedd o yn y Chweched beth bynnag, yn llawer rhy hen i gywion Dosbarth Dau, fel ni. Efallai bod Nia'n gwneud llygaid llo arno bob cyfle gâi hi, ond prin fyddai o'n sylwi ar neb o dan Dosbarth Tri.

"Mi ga i o ryw ben," meddai'n benderfynol wrth ei wylio'n

darllen rhywbeth diflas yn y gwasanaeth boreol, "dwi jest angen practisio, dyna i gyd."

"Practisio be?" sibrydais.

Roedd hi ar fin f'ateb i pan gonsertinawyd fy ngwddw gan lyfr emynau gwyrdd, trwm a hynod boenus. Seico, yr athro Gwaith Coed, oedd wedi fy labio ar fy mhen efo'i lyfr emynau. Fi, wrth gwrs, oedd yn cael fy nghosbi am siarad yn y gwasanaeth, nid Nia. Roedd Seico'n digwydd bod yn flaenor yn yr un capel â thad Nia. A dim ond yr athrawon benywaidd fyddai'n cosbi Nia, erbyn cofio. Chlywais i fawr mwy o'r darlleniadau na'r cyhoeddiadau am fod fy mhen i'n dal i ganu drwy'r cwbl, ac mi anghofiais ofyn i Nia egluro'n union be roedd hi'n ei feddwl. Ond mi wnes i ddeall rai dyddiau'n diweddarach.

Roedd 'na drefn bendant i weithgareddau min nos pobl ifanc y cylch yn y saith degau: byddai criw dre yn mynd i'r 'Iwff clyb' a Chymru'r wlad a'r pentrefi'n mynd i'r Clwb Ffermwyr Ifanc a'r Aelwyd. Cyhoeddodd Nia ein bod ni'n dwy'n mynd i ymuno efo'r Ffermwyr Ifanc – yr wythnos honno. Roedden nhw'n cymryd plant iau na'r Aelwyd ar y pryd. Gan fod John a Leusa eisoes yn aelodau o'r CFfI lleol, ro'n i'n gwybod yn o lew be i'w ddisgwyl ac yn edrych ymlaen yn arw, ond roedd Mam wedi deud y byddai'n rhaid i mi aros nes mod i'n dair ar ddeg.

"Stwffio hynna," meddai Nia, "dwi isio mynd rŵan."

"Ond chawn ni ddim."

"Mae Mam yn deud ei bod hi'n iawn i mi fynd. Bryd i dy fam symud efo'r oes."

Brathais fy nhafod. Roedd fy mam i dipyn iau na Magi Davies ac yn gwisgo gryn dipyn yn iau hefyd.

Es i adre a gofyn i Mam a gawn i ymuno efo'r ffermwyr ifanc.

"Na chei."

"Pam?"

"Achos ti'n rhy ifanc."

"Mae Nia'n mynd."

"Ydi hi 'fyd?"

"Yndi. A Marian Foel. A Dafydd Ty'n Ffridd."

"Mae'r ddau yna flwyddyn yn hŷn na chdi!"

"Chwe mis! Plîs Mam… "

"Mi 'na i edrych ar ei hôl hi," cynigiodd Leusa.

Do'n i ddim yn siŵr sut i gymryd hynna. Do'n i'm angen i Leusa edrych ar fy ôl i, diolch yn fawr. Ond eto, roedd o'n beth clên iawn i'w gynnig. Un fel'na oedd Leusa, wastad yn edrych ar ôl pobl, meddwl amdanyn nhw fwy nag amdani hi ei hun. Mae'n swnio'n sentimental a rhamantus, ond wir yr, mae 'na bobl fel'na i'w cael weithia, ac roedd fy chwaer fawr i'n digwydd bod yn un ohonyn nhw. Ond do'n i ddim yn sylweddoli hynny ar y pryd. I mi, llipryn oedd hi, llo o hogan oedd yn gadael i bobl gerdded drosti. A finna'n ei sathru gymaint â neb.

Mi gytunodd Mam adael i mi fynd i'r Clwb Ffermwyr Ifanc wedyn, wrth gwrs – roedd ganddi ffydd yn Leusa. Roedd hi wedi amau erstalwm y byddwn i'n fwy o lond llaw, ac roedd hi wedi dechrau gweld hefyd bod rhoi Nia a finna efo'n gilydd fel rhoi bocs o fatsys wrth ochr can o betrol. Ac o shio'n ôl, doedd hi'm yn bell o'i lle.

Mi ddylwn i fod wedi sylweddoli bod gan Nia reswm pendant dros ymuno efo clwb Llan ond, fel arfer, ro'n i ar ei hôl hi. Wnes i ddim hyd yn oed amau dim pan gyrhaeddodd hi acw efo tomen drymach nag arfer o liw glas dros ei haeliau, gwefusau sgleiniog coch a dau gylch oren ar ei bochau. Ond o fewn munudau o gerdded mewn i neuadd y pentref, roedd o mor amlwg â'r ploryn mawr coch oedd wedi codi ar fy nhrwyn i'r bore hwnnw. Cerddodd yn syth at yr hogia mawr a gwasgu ei hun wrth ochr Jac Coed Foel. Do'n i ddim yn siŵr iawn lle ro'n i fod i fynd, felly mi sefais yno fel llo ar ganol patsh efo Leusa'n gwylio'r cwbl. Ac mae'n siŵr bod fy ngheg i ar agor hefyd.

Dechreuodd Nia wneud y pethau rhyfedda efo'i llygaid; bron na allwn i weld ffrinj Jac Coed Foel yn codi efo'r gwynt a ddeuai o injan drên ei haeliau mascaredig.

"Be ma hi'n neud?" gofynnais i Leusa.

"Gneud ffŵl ohoni'i hun," wfftiodd honno a cherdded i gyfeiriad y genod mawr wrth y bwrdd ping-pong. Roedd gan Leusa amynedd Job efo pawb – pawb ond Nia. Dilynais hi a gwylio Nia ond gan gadw'n ddigon pell oddi wrthi. Doedd hi ddim yn edrych fel petai hi'n gwneud ffŵl ohoni ei hun i mi. Roedd Jac Coed Foel a'i ffrindiau yn chwerthin yn braf ac yn amlwg yn mwynhau ei chwmni. Tynnodd hi ei llygaid oddi ar Jac am eiliad a ngweld i. Amneidiodd arna i ddod i ymuno â hi. Llyncais yn galed a cherdded draw. Wedi'r cwbl, roedd John fy mrawd yn un o'r criw, ac ro'n i'n nabod Jac yn reit dda. Ro'n i wedi hen arfer dringo coed efo fo, wedi taflu cannoedd o beli eira ato fo, wedi treulio oriau'n nofio yn yr afon efo fo a'r criw. Ond roedd yr awyrgylch yn gwbl wahanol yn y clwb. Roedd yr hogia'n edrych gymaint hŷn, gymaint mwy aeddfed, ac roedd eu chwerthin yn wahanol i'r chwerthin peli eira diniwed ro'n i wedi arfer efo fo.

"Mae Jac yn licio'n *eyeshadow* i," gwenodd Nia. "Dwyt Jac?"

"Blydi lyfli," chwarddodd hwnnw, ac edrych ar yr hogia, oedd yn arwydd i'r rheiny gyd-chwerthin yn ei sgil. "Neud i ti edrych tua *sixteen*… "

"Glywaist ti hynna, Non?" gwenodd Nia, "neud i mi edrych yn *sixteen,* yli. Dylet ti wisgo mêc-yp sti."

"Dylet–" dechreuodd Jac.

"Ddim uffar o beryg," meddai John, gan roi edrychiad rhyfedd i Jac. Oedodd hwnnw, cyn troi at Nia a sibrwd rhywbeth yn ei chlust. Gigodd hithau a rhoi winc i mi, cyn cyhoeddi ei bod hi'n mynd i'r tŷ bach.

"Ti'n dod, Non?"

Doedd gen i ddim angen mynd, ond mi ddilynais hi. Roedd y sgwrs wedi fy nrysu braidd. Pam fod John ddim wedi hoffi'r syniad ohona i'n gwisgo colur? Ro'n i'n meddwl bod Nia'n edrych yn smart ofnadwy efo fo, felly pam na ddylwn innau gael cynnig arni? Nid fy mai i oedd o fod gen i chwaer fawr henffasiwn fel brwsh oedd yn gwrthod gwisgo peth ei hun heb sôn am fy nysgu i sut i'w wisgo.

"Ti'n gwbod be ddeudodd Jac wrtha i fan'na?" gofynnodd Nia wrth iddi gloi drws y tŷ bach.

"Nacdw."

"Mae o isio i mi gyfri i ugain wedyn mynd rownd i'r cefn."

"Y? I be?"

"Be ti'n feddwl? I roi snog i mi, yndê!"

"Naci!"

"Ia. Paid â swnio mor *shocked*," chwarddodd gan roi mwy o liw ar ei gwefusau yn y drych.

"Ond ti'm yn mynd?"

"Yndw siŵr."

"Ond ti rioed wedi rhoi sws i neb o'r blaen."

"Hen bryd i mi ddysgu felly, tydi?"

"Ond ti'm yn ei ffansïo fo!"

"Dim bwys, nacdi? Practus de, nes ga i rwbath gwell… " Ac i ffwrdd â hi.

Es i'n ôl at Leusa a'r genod eraill wrth y bwrdd ping-pong. Mi wnaethon nhw adael i mi chwarae'n y diwedd, ac mi'u curais nhw i gyd yn rhacs, er nad oedd fy meddwl i'n llwyr ar y bêl. Ro'n i'n trio canolbwyntio ar beidio meddwl be roedd Nia'n ei wneud rownd y cefn efo Jac. Oedd hi wedi anghofio be ofynnodd o iddi ei wneud ar y ffordd adre o'r ysgol gynradd? Oedd hi wedi anghofio amdani'n crio wedyn oherwydd ei bod hi'n teimlo'n fudur, a bod Jac wedi deud ei hanes wrth bawb a rhoi'r enw 'Nia dim nicyrs' iddi? Do'n i jest ddim yn dallt. Allwn i'm dychmygu rhoi sws i neb nad o'n i wir yn ei hoffi – neu yn yn ei garu hyd yn oed. Sut yn y byd gallai Nia ddiodde cyffwrdd ceg y fath sglyfath? Oedd hi'n difaru? Ddylwn i fynd i'w helpu hi? Ro'n i ar fin mynd allan i'w hachub pan gerddodd hi i mewn efo gwallt fel gwrych a gwên lydan ar ei hwyneb. Allwn i – na hi – ddim peidio sylwi bod y merched eraill yn sbio arni i fyny ac i lawr efo gwefusau Elvis Presley.

Amneidiodd arna i i'w dilyn i'r lle chwech.

"Wel?" holais yn syth.

"Wel," meddai hithau'n ddramatig, cyn troi at y drych i dwtio'i gwallt, "dwi'n *fully qualified snogger* rŵan."

"Ond be oedd o fel?"

"Jac? Iawn. Chydig o ogla tail, ond doedd o'm yn rhy ddrwg."

"Naci, y snogio!"

"Ocê. Reit neis. Oedd o'n od i ddechra, sgwishi rhywsut, a do'n i'm yn gallu anadlu'n iawn i ddechra, ond dwi'n dysgu'n sydyn medda fo." Trodd i fy wynebu gyda gwên ddrwg. "A gesia be... naethon ni neud *French kissing* hefyd."

"Be 'di hwnnw?"

"Efo tafodau."

"Be ti'n feddwl?"

"Ti'n gwbod... ei dafod o'n fy ngheg i a nhafod i'n ei geg o."

"*Yyyych!* Tafod Jac Coed Foel yn dy geg di?"

"Ia, o fath. Oeddan ni'n cyfarfod yn y canol rywsut."

"O mai god! Dwi'n teimlo'n sâl."

"Paid â bod mor ddramatig, Non, mae pawb yn snogio fel'na dyddia yma."

"Medda pwy?"

"Medda Jac."

"Ac ers pryd mae o'n gymaint o *expert*?"

"Mae o'n gwbod mwy na ti'n feddwl. Mae o'n Fform Ffaif wedi'r cwbwl, ac wedi cael lot fawr o brofiad."

"Efo pwy? Pwy fysa'n ddigon gwirion?"

"Oi! Watsia be ti'n ddeud! Dwi newydd fod efo fo'n do!"

"Ia, sori, do, ond ti'n gwbod be dwi'n feddwl."

"Nacdw. Dwi'm yn gwbod be sgen ti'n erbyn Jac, ond ti'n gneud cam efo fo. Mae o'n foi lyfli, sensitif."

Allwn i ddim credu'r peth. "Be sgen i'n ei erbyn o? Be amdanat ti? Y tro 'na pan nest ti ddangos dy bechingalw iddo fo!"

"Ia, ifanc oeddan ni de. Nath o—"

"Ifanc! Dim ond deuddeg wyt ti rŵan!"

"Eniwe, nath o sôn am hynna, deud ei fod o 'di teimlo'n euog am oesoedd wedyn."

"'Swn i feddwl 'fyd, y sglyfath. Ych... sut fedret ti?" Edrychodd Nia arna i fel tase hi ugain mlynedd yn hŷn na fi.

"God, ti'n rêl *prude* dwyt?"

"Nacdw, jest—"

"Wyt. Dim ond snogio 'nes i. Ti'n bihafio fel taswn i wedi mynd yr holl ffordd efo fo!"

"Wel? 'Nest ti?"

"Non! Dwi'm yn coelio bo ti 'di gofyn hynna! Dwi'm yn slag, sti! Dwi'n mynd i safio'n hun ar gyfer rhywun sbeshal!"

"A dw inna'n mynd i safio'n snog cynta ar gyfer rhywun sbeshal!"

"Y cwbwl o'n i isio oedd dysgu sut i snogio er mwyn i nhro cynta i efo Mr Sbeshal *fod* yn sbeshal! Paid ti â nhrin i fel baw, *Miss Goody Two Shoes*!"

"Dydw i ddim!"

"Wyt tad! Eniwe, ti 'mond yn jelys am mod i'n gwbod sut i snogio a ti ddim."

Roedd 'na elfen o wirionedd yn hynny, mae'n siŵr, ond doeddwn i ddim am gyfadde hynny am bensiwn. Ro'n i wedi bod yn ymarfer ar gefn fy llaw yn slei bach o flaen y posteri o Dave Gilmour yn fy llofft, ond doeddwn i ddim am gyfadde hynny wrth neb, ddim hyd yn oed Nia, ac yn enwedig ddim rŵan. Felly mi wnes i wadu'n llwyr mod i'n teimlo unrhyw fath o genfigen, holi mwy am fecanics y weithred, ac wedyn roedden ni'n ffrindiau eto.

"Dwi'n falch," meddai Nia, "achos mae o 'di cynnig rhoi snog i ti hefyd os ti 'sio."

"Be?!"

"I titha gael dysgu. Oedd o reit fodlon."

Doedd dim angen i mi ddeud gair; roedd yr edrychiad rois iddi'n ddigon.

Felly ar ôl giglan am chydig, aethon ni'n ôl mewn i'r neuadd lle wnes i ei churo hi'n rhacs mewn tair gêm o ping-pong. Ond doedd hi'm yn canolbwyntio'n iawn am fod Jac Coed Foel ynghanol yr hogia, a'r rheiny i gyd yn sbio draw a chwerthin yn afresymol o uchel. Roedd pawb yn gwybod fod y ddau wedi bod rownd y cefn yn gwneud rhywbeth ond, erbyn deall, nid y nhw oedd yr unig ddau.

"Oedd dy frawd di rownd cefn y sied hefyd, efo Manon Ty'n Twll."

"John?"

"Ia."

"John ni? Efo Manon? Ond mae hi yn y Chweched! Mae hi'n hŷn na fo!"

"Yndi, ac os ti'n gofyn i mi, oeddan nhw'n gneud dipyn mwy na snogio 'fyd."

Ro'n i wedi fy syfrdanu. John ni? Yn gneud pethau na ddylai efo hogan smart, glyfar fel Manon Ty'n Twll? A finna wedi cael fy nghyflyru i feddwl mai dim ond genod drwg oedd yn gwneud pethau felly. Ond roedd Manon yn mynd i'r capel bob dydd Sul ac wedi cael deg Lefel O. Roedd hi'n dechrau dod yn amlwg bod hormôns pawb yn rhemp, a phawb yn gwneud rhywbeth am y peth − pawb heblaw fi.

Ron i'n dal yn benderfynol na fyddwn i byth, byth yn gadael i neb fel Jac Coed Foel gyffwrdd bys ynot ti. Y diawl digywilydd yn cynnig rhoi snog i mi fel'na, fel tase fo'n gneud ffafr â fi? Ych! Ro'n i am i nghusan gyntaf fod yn berffaith, yn y man perffaith ar yr achlysur perffaith efo'r dyn perffaith. Dave Gilmour oedd ar dop y rhestr, a Brian Conolly o Sweet yn ail, a waeth i mi gyfaddef, roedd David Cassidy rhywle yn y deg uchaf. Ond go brin y byddwn i'n debygol o gyfarfod a'r un o'r rheiny, a doedd 'na neb yn yr aclwyd na'r ysgol ro'n i'n ei ffansïo ddigon i feddwl am rannu poer efo nhw, heb sôn am glymu tafodau.

Ond roedd pethau'n wahanol ar faes y Steddfod rai misoedd yn ddiweddarach. Roedd y lle'n berwi efo hogia del, a'r rheiny'n ymateb yn ffafriol iawn i edrychiadau hirion, powld Nia. Sbio i fyw fy nghandi fflos ro'n i, yn marw o embaras.

"Ti'n anobeithiol," meddai Nia, "a pam fod gen ti gymaint o ofn beth bynnag? Ti'n byw efo hogyn, dwi ddim, a sgen i'm llwchyn o ofn."

"Dydi o'm yr un peth."

"Wel fachi di byth neb ar y rêt yma. Ty'd, awn ni i ista at y criw acw fan'cw."

"Be am beidio?"

"O, jest ty'd."

Ac i ffwrdd â ni i eistedd wrth ymyl criw o fechgyn o Ysgol Rhydfelen.

"Shwmai ferched," gwenodd un boi tal efo gwallt melyn mewn *feather cut*, oedd yn amlwg yn trio edrych fel Brian Conolly, ond yn methu.

"Haia," meddai Nia, "Nia ydw i, a Non ydi hon."

"Gogs ife?"

"Be?" Doedd yr un ohonon ni wedi clywed y gair o'r blaen.

"Gogs – gogleddwyr."

"O! Ia, o'n i'n meddwl am funud mai 'goncs' ddeudist ti! Ti'n gwbod, fatha goncs Mr Urdd."

"O, na. So ti run siâp o gwbl." Roedd o'n fflyrtio efo hi – yn syth bin – jest fel'na! Doedd o ddim hyd yn oed wedi sbio arna i. Cyn pen dim, roedd y ddau wedi mynd y tu ôl i fan banc y Nat West, ac mi fuon nhw yno am oes. Yn y cyfamser, ro'n i'n styc efo'r pump bachgen oedd ar ôl, yn methu deud gair heb sôn am edrych arnyn nhw. Ar ôl munudau meithion, annifyr, dyma un ohonyn nhw'n troi ata i a gofyn:

"Cystadlu?"

"O'n. Parti unsain."

"Cest ti lwyfan te?"

"Naddo."

"O."

Roedd 'na saib hir wedyn cyn i mi sylweddoli mod i heb ofyn yr un peth iddo fo. "Ym... cystadlu ar be oeddech chi ta?"

"Y cyd-adrodd, y cerdd dant, y côr a'r gân actol."

"O. Gawsoch chi lwyfan efo rwbath?"

"Do, y cyfan. Ni newydd ennill y cyd-adrodd a'r cerdd dant."

"Waw! Llongyfarchiada."

"Diolch."

"Ti'm yn edrych yn hapus iawn."

"Wel, so fe'n *big deal* yw e? Cyd-adrodd? *Come on...* "

Ro'n i'n gegrwth. Tasen ni wedi cael llwyfan, mi fysen ni i gyd yn rhedeg o gwmpas y lle fel pethau gwirion.

"Mae 'da ni hanner awr cyn y côr," meddai Mr Cŵl wedyn, "ti moyn mynd rownd y bac 'da fi?"

Ro'n i hyd yn oed yn fwy cegrwth. Do'n i ddim hyd yn oed yn gwybod ei enw o, ac ro'n i'n amau'n fawr a oedd o'n cofio f'enw i. Do'n i ddim yn siŵr o'n i'n ei ffansïo fo chwaith. Doedd o'n bendant ddim yn hyll, ond doedd o ddim byd tebyg i Dave Gilmour na Brian Conolly. Roedd o'n debycach i'r boi llais uchel 'na yn y Rubettes. Ond rhywsut, mi wnes i ffendio fy hun yn cerdded y tu ôl i stondin hufen iâ Thayers efo fo. A chyn i mi allu gofyn be oedd ei enw o, heb sôn am gyfeirio at y dwsinau o gacwn oedd yn hofran dros y bagiau sbwriel duon, roedd ei freichiau'n dynn amdana i a'i wefusau mawr gwlyb wedi'u lapio am fy ngheg i.

Doedd o ddim yr hyn ro'n i wedi'i ddisgwyl. Roedd cusanu'n edrych mor hyfryd o berffaith a rhamantus mewn ffilmiau, ond roedd hyn yn erchyll, yn fecanyddol, yn ddi-enaid a gwlyb. Roedd ei dafod a'i wefusau dros y lle i gyd, yn fy sugno a nghleisio, a doedd gen i ddim clem be ro'n i fod wneud. Mi wnes i drio adleisio symudiadau ei geg o, ond roedd fy ngwefusau ar goll. Allwn i ddim peidio â meddwl fod yr holl beth fel cael fy nghusanu gan hŵfyr – un gwlyb oedd yn drewi o chwys (haf poeth '76 oedd hi). O'r diwedd, mi lwyddais i dynnu ngheg yn rhydd.

"Beth sy'n bod?" gofynnodd.

"Dim byd. Jest… o'n i 'di deud 'swn i'n cyfarfod 'yn ffrind. Hwyl."

A dyna ni. Dyna oedd fy nghusan gyntaf. Ro'n i wedi breuddwydio gymaint am sêr ac enfys a ieir bach yr haf efo bachgen ro'n i wir yn ei garu, a dyna fi wedi chwalu'r cwbl drwy fynd yn llywaeth y tu ôl i stondin hufen iâ i ganol bagiau sbwriel a chacwn, efo hŵfyr o Rydfelen. Ro'n i'n flin, ac ro'n i'n rhoi'r bai i gyd ar Nia.

Mi wnes i fartsio'n syth at fan y Nat West, troi'r gornel, a dyna lle roedd hi a'r boi gwallt melyn yn bwyta'i gilydd ffwl-pelt.

"Nia! Dwi'n mynd!" cyhoeddais yn flin.

"Pam? I lle?" gofynnodd hi, heb lacio'i gafael yn ei hysglyfaeth.

"Dwi'm yn gwbod! Dwi jest yn mynd!"

"Ond sut 'na i dy ffendio di?"

"Dwi'm 'bo, nacdw!"

"Fi'n credu galle hi yrru *smoke signals*, y mŵd mae hi yn," gwenodd y pen melyn, gan wneud i Nia giglo fel hogan pump oed.

"Ffyc off," medda fi. A doedd o'm byd tebyg i Brian Conolly.

Ro'n i hanner ffordd rownd y pafiliwn cyn i Nia ddal i fyny efo fi.

"Be uffar sy'n bod?" gofynnodd yn fyr ei gwynt.

"Dim. Jest… paid â disgwyl i fi neud petha jest am dy fod ti'n eu gneud nhw."

"Y? Am be ti'n sôn, dwa? O, wela i… jelys wyt ti."

"Dwi'm yn blydi jelys! Fues inna'n snogio efo un o'r lleill, i ti gael dallt!"

"Do? O, go dda. Be 'di'r broblem ta?"

"Does 'na'm blydi problem, o'n i jest isio mynd, iawn?"

"Jelys wyt ti, dwi'n gallu deud. Rhydian oedd y dela ohonyn nhw, a ti'n flin am mod i wedi'i fachu o a gadael y dregs i ti."

Dyna oedd ei hateb hi i bob dim, bob amser, mod i'n wyrdd o genfigennus. Ond do'n i ddim. Wel, ddim yn y ffordd roedd hi'n feddwl. Mi wnes i ystyried am eiliad os oedd 'na bwynt trio rhesymu efo hi, a phenderfynu *bod* 'na bwynt, yn bendant. R o'n i wedi cael llond bol.

"Gwranda, Nia! Dyro'r gora iddi! Dwi ddim yn jelys, reit! A meddylia am y peth — doedd hynna'm yn beth neis iawn i'w neud, nagoedd? Gadael dy fêt fel'na, jest am bod 'na foi 'di gwenu'n ddel arnat ti!"

"A, dyna fo yli, ti newydd ddeud ei fod o'n ddel, dyna brofi dy fod ti'n je—"

"Nia! Stopia! Yndw, dwi'n jelys mewn ffordd, am bo' ti'n amlwg wedi cael *whale of a time* efo'r blondyn, a finna 'di cael uffar o siom ynghanol y blydi bagia bins a'r cania efo'r boi arall 'na!"

"Siom? Pam? Be ddigwyddodd?"

"Ocê… ro'n i 'di gobeithio y bysa fy snog cynta i'n ffantastic, yn rwbath 'swn i'n ei gofio am byth, iawn? A dwi'n siŵr o'i gofio fo am byth, yndw, ond ddim am y rhesyma iawn! Do'n i'm yn ffansïo'r boi'n y lle cynta… ond am bo chdi 'di mynd efo'r llall, a ngadael ni'n teimlo'n stiwpid… a hwn 'di gofyn *out of the blue* fel'na… a finna'n ormod o fabi i wrthod, es i efo fo 'ndo… ac oedd o'n horibyl!"

"Pam? Be nath o?"

"Dwi'm yn gwbod, nacdw! Jest swsian fatha pawb arall am wn i. A do'n i'm yn licio fo!"

"Doedd o'm yn neud o'n iawn 'lly. Oedd Rhydian yn lyfli. *Ace snogger.*"

"Oedd mwn. Ti 'sio rhaw?"

"Rhaw? I be?"

"I lwytho'r halen mewn i'r briw!"

"O. Sori. Yli. Mae gen i rwbath i gyfadde i ti." Roedden ni wrth ymyl mainc bren; gafaelodd Nia yn fy mraich a'm harwain i eistedd arni. "Ti'n cofio'r noson 'na efo Jac Coed Foel?"

"Yndw siŵr."

"Nes i ddeud mod i 'di mwynhau, yn do?"

"Do. Be? Deud celwydd oeddat ti?"

"Ia. O'n i isio cyfogi, yn enwedig pan stwffiodd o 'i dafod i lawr 'y nghorn gwddw i. O'n i'n meddwl mod i'n mynd i fygu."

"Nia!" Allwn i ddim peidio â chwerthin. "Pam na fyset ti 'di deud?"

"Achos do'n i'm isio i ti wybod mai chdi oedd yn iawn o'r dechra un, nago'n?"

"Go iawn? Dyna be oedd?"

"Ia, a dwi'n gwbod mod i'n wirion, ond do'n i'm isio cyfadde mod i'n rong. Pam ti'n meddwl mod i byth 'di bod rownd cefn efo fo wedyn?"

"O'n i'n meddwl mai fo oedd heb ofyn."

"Do, llwyth o weithia. Wel, dydi o'm 'di gofyn *gofyn*, jest codi'i aeliau neu nodio at y drws a ballu, ti'n gwbod? A dwi'n sbio'r ffordd arall bob tro."

"Pam ti'n deud hyn wrtha i rŵan?"

"I fod yn onest efo chdi am unwaith. Ti wastad yn onest efo fi, dwyt?"

Do'n i ddim yn hollol siŵr faint o wirionedd oedd yn hynna, ond wnes i'm anghytuno, dim ond gadael iddi ddal ati efo'i haraith.

"Ti'n deud yn syth bod dy snog gynta di'n *disaster*, a nes i gogio fod bob dim 'di bod yn hynci-dôri. Dwi'n stiwpid, a dwi'n sori."

Ro'n i'n fud. Doedd Nia erioed wedi ymddiheuro i mi o'r blaen. Ro'n i bron ag estyn am ei llaw i afael yn dynn a dagreuol ynddi, ond doedd hi'm wedi gorffen deud ei deud: "Eniwe," meddai efo gwên ddrwg, "nes i fwy na snogio tro 'ma."

"Y? Be ti'n feddwl?"

"Nes i adael i'w ddwylo fo grwydro… "

"Nia!"

"Paid â sbio arna i fel'na! Dim ond y darn top, a dim ond yr un chwith." Ro'n i'n gegrwth, fy ngheg yn llydan agored, yn methu yngan gair. "Oedd o'n deimlad neis 'fyd. *Dead* secsi. Difaru rŵan na nes i adael iddo fo gael yr un dde hefyd."

Mi ddoth y geiriau o rhywle: "Nia! Ti'n sglyfath! Gadael i hogyn ffidlan efo dy… dy… ddidis di?!"

"Didis?" Chwarddodd Nia'n uchel, "ti rioed yn dal i'w galw nhw'n ddidis?! O mai god! Brestia ydyn nhw, Non, tethi, tits! A fel ddeudis i, dim ond un gafodd o, a dwi'n falch mod i wedi gadael iddo fo'i thwtsiad hi!"

"Dwi'm yn gwbod be i ddeud," meddwn, wedi cochi at fy nghlustiau o gywilydd drosti.

"Paid â deud dim ta. Eniwe, dwi'n dal i ddeud bo ti'n jelys mai fi gafodd Rhydian," meddai. "Hyd yn oed os ydi o'n dy *sub-conscious* di. O't ti methu peidio sbio arno fo. A wir yr, oedd o'n wych am snogio, hollol gorjys."

"Nia, ti'n gallu bod rêl bitsh." Allwn i ddim peidio gwenu.

"Yndw tydw?" Gwenodd yn ôl arna i. "Ac wsti be? Titha 'fyd. Ty'd laen ta. Sut fath o snog gest ti'n union? Fatha hŵfyr ar *full blast*? Fel tasa fo'n trio sugno dy berfedd di allan a manglo dy wefusa di'n flymonj run pryd? Achos, waeth i mi fod yn onest, fel'na oedd hi efo Jac Coed Foel… "

O, ia, mi gafodd hi snog efo Elfed Price y Prif Fachgen yn y diwedd. Roedd o wedi bod yn yfed ar ôl gorffen ei arholiadau Lefel A, ac mi nath hi ei gornelu o wrth y lle bysys. Ond mi chwalodd o wynt yn ei gwyneb hi. Aeth hi 'off' o wedyn.

pennod 7

O SBIO'N ÔL, gawson ni hwyl drwy'r ysgol uwchradd. Dwi'm yn meddwl ein bod ni wedi dysgu llawer, ond r'argol, gawson ni hwyl. Roedden nhw'n ddyddiau da go iawn. Tasa gen i *backing track* i'r cyfnod, cân Hergest fyddai hi, "On'd doedden nhw'n ddyddiau da… dros ben… " Ond doedden nhw'm yn teimlo felly ar y pryd. Clwy'r arddegau mwn. Ti'm yn blentyn mwyach, ond ti'm yn oedolyn chwaith; mae dy hormons di dros y siop i gyd ond ti'm yn siŵr sut i'w rheoli nhw, a ti'm yn hollol siŵr chwaith pwy wyt ti na lle ti'n ffitio, na be fydd dy ddyfodol di. Mae 'na rieni sy'n disgwyl gormod ac eraill sy'm yn disgwyl digon. Mae o'n ormod i ambell un, ond mae'r rhan fwya'n dod drwyddi, a rhai, fel fi, yn gweld y cwbwl drwy sbectol binc wedyn.

Dwi'n meddwl bod fy rhieni i'n perthyn i'r garfan oedd ddim yn disgwyl gormod. Do'n i'm yn cael llawer o A's yn fy adroddiadau, ar wahân i chwaraeon, arlunio a Gwyddor Tŷ – a Chymraeg weithia os o'n i'n digwydd cael llyfr oedd yn fy niddori i. Doedd stwff Kate Roberts yn gneud dim byd i mi, blaw ngyrru fi i gysgu, ond ro'n i wrth fy modd efo *Gwres o'r Gorllewin* Ifor Wyn Williams. Roedd hwnnw fatha ffilm *Ben Hur* neu *Spartacus* neu rwbath, dim ond ei fod o'n sôn am arwr Cymraeg, Gruffudd ap Cynan, a doeddwn i erioed wedi dysgu dim am hanes Cymru tan hynny. Roedd Gruffudd yn uffar o foi a'r golygfeydd yn y carchar yn anhygoel, bron fel stwff Stephen King, ond ei fod o'n wir, neu o leia'n weddol agos at y gwir. Ro'n i'n edrych ymlaen at ateb cwestiynau am hwnnw. Ges i B+ am un gwaith cartref amdano fo, y marc ucha i mi gael erioed gan Wil Welsh.

Roedd Nia, ar y llaw arall, yn cael rhip o A's o hyd, a'i marciau i gyd yn yr wyth degau o leia, ar wahân i Maths. Crafu rhyw chwe degau fyddai hi yn hwnnw os oedd hi'n lwcus, ond hyd yn oed wedyn mi fyddai Mr Lewis yn rhoi A iddi bob tro. Doedd 'mond isio iddi wyro'i phen fymryn i'r ochr a gwenu'n ddel arno fo, ac mi fyddai'n maddau'n syth iddi am beidio gwneud ei gwaith cartref. Roedd hi'n gallu troi'r rhan fwya o'r athrawon (gwrywaidd) rownd ei bys bach. Dwi'n dal ddim yn siŵr sut oedd hi'n llwyddo. Fflyrtio oedd hi, debyg, ond fflyrtio clyfar, ddim yn rhy amlwg; doedd hi'm isio iddyn nhw wirioni a glafoerio drosti fel rhyw hen ddynion budur, dim ond meddwl y byd ohoni a marcio'i gwaith hi'n gleniach nag y bydden nhw fel arfer. Weithia, roedd hynny'n boenus o amlwg.

Un bore, pan oedden ni yn Nosbarth Pedwar, doedd Nia heb wneud ei gwaith cartref Daearyddiaeth, ond mi ro'n i; felly, yn ystod egwyl y bore, mi nath hi gopïo fy ngwaith i air am air. Pan gawson ni'n llyfrau'n ôl, ro'n i wedi cael saith allan o ddeg ac 'Eithaf da', a hitha wedi cael wyth a hanner a 'Da iawn Nia'. Roedd Nia'n meddwl bod y peth yn hilêriys wrth gwrs, ond do'n i ddim. Do'n i'm yn gweld y peth yn deg o gwbl. Ond allwn i'm gneud dim amdano fo heb gael Nia i mewn i drwbwl am gopïo, a finna am adael iddi ei gopïo'n y lle cynta. Felly mi wnes i gau ngheg.

Roedd Nia'n gwybod yn iawn be oedd hi isio bod: actores, fel Farrah Fawcett. "Ond 'swn i'm yn meindio darllen y newyddion ar y teledu chwaith. Sbia dillad maen nhw'n gael, top newydd ar gyfer bob diwrnod, ac mae'n siŵr eu bod nhw'n cael llwyth o mêc-yp am ddim. God, 'swn i wrth 'y modd. Ond actores fydda i. Dwi isio bod yn Blodeuwedd a Lady Macbeth. Wedyn, ar ôl chydig o flynyddoedd yn y theatr, 'na i neud ffilms, rhannau da, ti'n gwbod, petha fel mae Meryl Streep yn neud."

Roedden ni newydd weld *Kramer v Kramer* ac wedi crio llond bwcedi nes bod ein mascara ni (ro'n innau'n gwisgo colur erbyn hynny) yn rhaeadru i lawr ein hwynebau ni a phob hances bapur yn ein pocedi'n wlyb diferol.

Doedd ganddi hi – na'i mam ddim amheuaeth o gwbl na fyddai hi'n llwyddo, ac ro'n innau'n gwbl ffyddiog ynddi hefyd. Ro'n i wir yn credu y byddwn i'n cael mynd ar wyliau ati yn Hollywood ymhen rhai blynyddoedd. Ond dyna fo, roedd David Jones yn meddwl ei fod yntau'n mynd i chwarae pêl-droed i Lerpwl, a Hayley Hughes yn meddwl y byddai hi'n ddoctor. Mi fethodd Hayley ei Lefel A yn rhacs, ac aeth David ddim pellach na dwy gêm i dîm Bangor cyn iddo dorri'i goes. Dwi'm yn siŵr weithia os ydi codi disgwyliadau pobl ifanc yn beth da. Ond, ar y llaw arall, pwy a ŵyr be fyddai fy hanes i tase rhywun wedi deud bod 'na botensial ynof i?

Ta waeth, roedd rhan gynta Nia ar y llwyfan yn achlysur o bwysigrwydd mawr iddi. Blodeuwedd, neb llai. Genod y Chweched ocdd yn arfer cael y prif rannau yn nramâu'r ysgol, ond dim ond yn Nosbarth Pump oedd Nia ar y pryd. Dwi'm yn meddwl bod Robin Goch yn cytuno efo'r castio, na Miss James yr athrawes chwaraeon, ond Mr Lewis Maths oedd y cynhyrchydd, a dyno fo.

Doedd genod y Chweched ddim yn hapus chwaith, yn enwedig ffrind Leusa, Elliw Wyn, gafodd ran Rhagnell. Roedd hitha'n ffansïo'i hun fel tipyn o actores, ac wedi gwneud sioe reit dda ohoni fel yr Iarlles Else von Dietlof yn *Brad* y flwyddyn cynt, felly roedd pawb wedi cymryd yn ganiataol mai hi fyddai Blodeuwedd ond, chwarae teg, roedd Nia'n siwtio'r rhan i'r dim.

Roedd ei gwallt hi wedi tyfu erbyn hyn, felly roedd ganddi gyrls (er gwaetha'r diffyg crystiau) hir o liw coch naturiol (yn hytrach na *shaggy perm* fel pawb arall), oedd jest y peth ar gyfer Blodeuwedd. A synnwn i damed nad oedd Mr Lewis Maths wedi dewis llwyfannu *Blodeuwedd* yn arbennig ar gyfer Nia. Ond roedd y ffaith ein bod ni'n astudio'r ddrama ar gyfer Lefel O Cymraeg yn help, mae'n siŵr.

Ges i helpu efo paentio'r set. A mam Nia nath ei ffrog hi. Rhaid i mi ddeud, roedd Magi Davies yn dipyn o giamstar efo'i Singer. Roedd hi'n ffrog wirioneddol dlws, un wen, hir, efo blodau drosti yma ac acw, jest digon, ddim gormod, efo bodis tyn am y wasg, ac yn ddigon isel i ddangos *cleavage* Nia i'r dim. Y llewys ro'n i'n licio, roedden nhw'n dynn at y penelin, wedyn yn hir, hir a phigog, bron at y llawr, fel ffrog Rapunzel yn un o fy hoff lyfrau i'n yr ysgol gynradd. Roedd Nia wrth ei bodd efo'r ffrog hefyd; mi fyddai'n dawnsio hyd y lle a throi rownd a rownd nes bod y llewys 'na'n beryg bywyd. Roedd hi wrth ei bodd efo rhan Blodeuwedd hefyd, wrth reswm, ac mi ddysgodd y cwbl cyn pen dim. Mi fyddai'n crwydro coridorau'r ysgol yn perfformio'n dragwyddol ac yn dychryn hogia bach Dosbarth Un drwy lefain yn eu hwynebau:

"O, ni ddeelli fyth,

Fyth, fyth, fy ngofid i, na thi na neb.

Wyddost ti ddim beth yw bod yn unig… "

Wedyn, yn y ciw cinio, yn drysu merched y gegin efo:

"… chwilia Wynedd draw

A Phrydain drwyddi, nid oes dim un bedd

A berthyn imi, ac mae'r byd yn oer,

Yn estron imi… "

Ac amser chwarae, mi fyddai'n gwylltio'r gofalwr yn rhacs drwy gerdded dros ei lawntiau perffaith i actio efo'i rosod:

"A weli di'r rhai hyn? Mor dawel ŷnt,

Fe dd'wedit fod eu harddwch yn dragywydd;

Ac eto marw a wnân… "

Doedd hi jest ddim yn gallu stopio. Roedd o'n ddigri i

ddechra, ond ges i lond bol ohoni'n y diwedd, ac ro'n i'n falch o gael dianc at y criw oedd yn adeiladu'r set. Roedden ni'n deip gwahanol o bobl, yn gwneud ein gwaith yn dawel bach, ddi-ffws. Ac roedd 'na hogyn o'r Chweched efo ni, Adrian Pugh. Roedd o'n neis ofnadwy efo fi, ac yn dda am neud y petha bach manwl – fel fi. Roedden ni'n dau wedi treulio oes ar ein pennagliniau efo'n gilydd yn darlunio blodau'r maes dros y set. Ro'n i'n licio Da Vinci, yr athro arlunio hefyd. Efo'i farf fach bwch gafr a'i siwtiau cordyroi, roedd o'n edrych fel arlunydd, ac yn siarad yn dawel bach efo ni yn ei acen hwntw, yn hytrach na gweiddi fel y rhan fwya o'r lleill. Ac roedd o'n licio fi, ac yn canmol fy ngwaith i reit aml.

Fo ddeudodd y dylwn i fynd i goleg arlunio – bod gen i ddawn. A nath Adrian ddeud yr un peth. Ond do'n i'm wir yn eu credu nhw. Wel, mi ro'n i, ro'n i'n gwbod mod i'n dda am dynnu llun, ond do'n i'm yn meddwl mod i'n ddigon clyfar i fynd i goleg. Do'n i'm yn meddwl mod i'n ddigon clyfar i neud Lefel A. A do'n i'm yn siŵr be fysa Mam a Dad yn ddeud taswn i isio mynd i goleg celf chwaith. Roedd Dad isio i mi fynd i Glynllifon i ddysgu ffarmio – wel, i ffendio gŵr a dysgu sut i fod yn wraig ffarm, debyca. Roedd Mam isio i mi fod yn athrawes ysgol gynradd, achos dyna be oedd hi isio neud cyn iddi gael clec gan Dad pan oedd hi'n ddeunaw oed. A finna? Doedd gen i'm clem be ro'n i isio'i neud. Roedd 'na gymaint yn dibynnu sut hwyl gawn i ar fy Lefel O. Roedd Nia'n gwybod y byddai hi'n gneud yn dda, yn gneud Lefel A ac yn mynd i goleg i astudio drama.

Ac ar ôl noson gynta *Blodeuwedd*, roedd hynny'n edrych yn hynod debygol. Roedd hi'n wych. Mi gafodd hi *standing ovation,* ac oedd ei mam hi'n crio. Ia, Magi Davies yn crio fel babi a chwythu'i thrwyn yn y rhes flaen. Ro'n inna'n teimlo reit emosiynol wedyn, a nes i roi hyg iddi – i Nia, ddim i Magi Davies.

"Oeddat ti'n ffantastic," medda fi, "briliant!"

"O'n, do'n?" gwenodd, "yn enwedig yn y *love scenes* efo Gronw Pebr. Ti'm yn meddwl?"

"Yndw, bendant. Oedd y *chemistry* rhyngoch chi'ch dau'n ofnadwy o *convincing.*"

"Wel, do'n i'm yn gorfod actio llawer, sti."

"Be ti'n feddwl? Ti'm yn–?"

"Yndw, ffansïo fo'n uffernol. Mae o mor secsi tydi?"

Do'n i'm yn siŵr be i'w ddeud. Rhys Jones, hogyn o'r Chweched, oedd yn chwarae rhan Gronw Pebr – hogyn dre, mab y gweinidog. A do'n i'm yn meddwl ei fod o'n secsi o gwbl; a deud y gwir, ro'n i'n ei weld o'n dipyn o gadach llestri. Roedd o wastad mor or-ddramatig pan fyddai o'n darllen yn y gwasanaeth, ac oedd ei wallt o wastad mor boenus o daclus. Ond dyna fo, do'n i'm wir yn ei nabod o, ond roedd Nia'n amlwg wedi dod i'w nabod o'n reit dda. Ac roedd hi wedi cael dipyn o brofiad efo bechgyn erbyn hynny, yn newid cariadon bob pythefnos. Doedd bod yn 'gariadon' ddim yn golygu llawer bryd hynny; ambell snog yn nhywyllwch cefn y llwyfan amser cinio neu, os oedd o'n fodlon, yn gwbl gyhoeddus wrth ddisgwyl am y bws adre o'r ysgol. Ond prin iawn oedd y bechgyn oedd yn fodlon dal dwylo, heb sôn am snogio'n gyhoeddus, a do'n i ddim yn meddwl y byddai Rhys Jones yn rhy fodlon chwaith.

"Ydi o'n ffansïo chdi hefyd, ta?"

"Yndi siŵr. Dio'm cystal actor â hynna... "

"Nia!"

"O, tyd 'laen. Welest ti mo'no fo'n crynu pan o'n i'n deud: 'Edrych arnaf. Llanw dy enau â blas y cusan hwn, a'th ffroen â sawr fy mynwes... '? Oedd o'n crynu go iawn, sti."

"Be ti'n ddisgwyl, a chditha'n stwffio pen y creadur reit mewn i dy fynwes di o flaen pawb? Beryg bod o ofn mygu."

"Ffyc off." Rhoddodd bwniad caled i mraich i. "Ti 'mond yn jelys."

"Jelys o be? Dy fŵbs di, ta'r ffaith bod Rhys yn lystio amdanat ti?" Gwenais yn gellweirus.

"Y ddau. Ac mae o'n ffansïo fi, so ddêr. Aros di tan y parti, gei di weld."

Roedd 'na barti'n mynd i fod ar ôl y perfformiad olaf ar y nos Wener, ac roedden ni i gyd yn bwriadu meddwi, athrawon neu beidio. Roedd Adrian Pugh wedi addo prynu fodca a leim i mi, a dod â dwy botel o seidar efo fo i ni gael eu hyfed yn y cefn tra oedd yr actorion wrthi. Do'n i'm wedi deud wrth Nia. Ro'n i'n gwbod nad oedd hi'n meddwl llawer o Adrian, am mai ffarmwr oedd o efo dwylo fel rhawiau a gwinedd budron rownd ril.

"Dwi'n gwbod mod i'n ferch ffarm, ond does gen i ddim llwchyn o awydd treulio gweddill fy mywyd yn drewi o seilej a bwydo ŵyn llywaeth, diolch yn fawr, felly na, dwi ddim yn pasa mynd efo run ffarmwr byth."

"Ddim hyd yn oed am snog?"

"Na, ges i snog gan Jac Coed Foel. Oedd hwnnw'n ddigon."

"Be? Does 'na'm un hogyn ffarm ti'n ffansïo'n y lle 'ma?"

"Wel, 'di ambell un ddim yn ddrwg."

"Pa rai?"

"Meindia dy fusnes." A ches i'm gwybod am hir iawn.

Ro'n i'n teimlo'n gas am beidio deud wrthi am y seidar. Roedden ni'n dwy, fel pawb arall yr oed yna, jest â drysu isio meddwi. Roedden ni wedi cael ambell wydraid bach yn ystod rhai o dripiau'r Clwb Ffermwyr Ifanc, ac wedi meddwl ein bod ni wedi meddwi ar ôl hanner o lager. Mi wnaethon ni yfed potel gyfan o win rhyngon ni pan fuon ni'n gwarchod i fy Anti Jean un Noson Calan. Doedden ni'm i fod i wneud – roedd hi wedi gadael llwyth o frechdanau *salmon paste* a photeli o Corona i ni. Ond roedden ni wedi busnesa yn y gegin a dod o hyd i lwyth o boteli o Blue Nun y tu ôl i'r cornfflêcs.

"Neith hi'm gweld colli un," meddai Nia, ac mi gytunais.

Dyma ddod o hyd i ddau wydr crand a theclyn agor poteli, a drwadd â ni i'r parlwr eto at y teledu a rhyw sioe wirion o'r Alban. Roedd agor y botel yn her. Roedden ni'n rhy dwp i ddeall mai teclyn agor poteli cwrw oedd y teclyn dan sylw, ac mi fuon ni'n ffidlan yn ofer efo'r bali peth am oes. Yn y diwedd, mi ges i'r syniad o ddefnyddio beiro. Felly dyma stwffio'r corcyn i lawr gwddw'r botel a gneud chydig o lanast yn trio tywallt y gwin, efo'r corcyn a'r beiro yn amharu ar y llif. Doedd y blas ddim yn neis iawn chwaith.

"Afiach, tydi?" meddai Nia.

"Fatha finag," cytunais.

Ond roedd yr awydd i feddwi'n gryfach na'n hatgasedd at y blas ac mi yfon ni'r cwbl, a hynny braidd yn gyflym. Doedden ni'm yn gallu jest sipian yn gall, roedd yn rhaid ei glecio. Dwi'm yn meddwl bod Blue Nun a brechdanau *salmon paste* yn mynd efo'i gilydd yn dda iawn, chwaith. Gawson ni hwyl garw am chydig, yn gorwedd ar ein cefnau ar y carped yn gweld y nenfwd yn troi, yn chwerthin nes oedden ni jest â gwlychu'n hunain, yn trio dawnsio *flamenco* ar ben y bwrdd a'r lliain bwrdd crand amdanon ni fel siôl. Pan sathrodd Nia a'r un o'r brechdanau, roedden ni'n meddwl mai dyna un o'r pethau mwya digri yn y byd erioed. Lwcus bod plant Anti Jean yn gysgwrs trwm.

Ond cyn pen dim, ro'n i'n chwydu mherfedd yn y toilet a Nia yn pebl-dashio'r bath. Mi wnaethon ni sobri wedyn. A threulio gweddill y noson yn clirio'n llanast a gwagio'r bath (mi wnes i gyfogi eto) a chladdu'r botel wag ym mhen draw'r ardd. Ac am ryw reswm, roedden ni'n dal i edrych ymlaen at feddwi eto, a hynny cyn gynted â phosib.

Beth bynnag, wnes i'm sôn gair wrth Nia am y seidar, achos roedd angen iddi fod yn sobor i actio, 'yn doedd? Ac roedd *Blodeuwedd* yn llwyddiant ysgubol, a phawb yn canmol Nia i'r cymylau. Ro'n i'n meddwl bod Bedwyr – oedd yn actio Llew Llaw Gyffes – yn actio'n dda hefyd, ond mi faglodd dros ei eiriau yn yr un lle ar y tair noson. Doedd o jest ddim yn gallu deud:

'Fy nghaer, f'arglwyddiaeth, a'r hanner ellyll acw

Fu ar enw gwraig i mi.'

Yr 'll' yn 'yr hanner ellyll' oedd yn ei gael o bob tro, y creadur. Rwbath i neud efo damwain rygbi a dau ddant gosod. Poeri, does ganddoch chi'm syniad! Erbyn iddo ynganu'r geiriau'n iawn, roedd Gronw Pebr/Rhys druan angen *windscreen wipers*, a Gwydion yn piso chwerthin y tu ôl i'w farf. Doedd y gynulleidfa fawr callach – roedd o'n edrych fel tasa Llew Llaw Gyffes wedi gwylltio go iawn.

Ond ar y noson ola, roedd Gronw wedi cael digon. Ar ddiwedd araith Llew Llaw Gyffes, roedd o i fod ddeud, mwya syml:

Fy mrawd, pa fodd y mynni fy lladd? Ond tro 'ma, mi ychwanegodd: "Fy moddi?!" gan sychu'i wyneb efo'i lawes. Mi rewodd Llew am eiliad, ac mi dagodd Gwydion. Mi nath pawb yn y cefn golapsio (roedd y seidar wedi cael effaith erbyn hynny), a bu bron i Mr Lewis gael hartan. Ond mi lwyddodd Llew a Gwydion i ddod atynt eu hunain cyn i bethau fynd yn ffradach, ac aeth y sioe yn ei blaen.

Mi benderfynais i wedyn nad oedd Rhys Jones yn gadach llestri wedi'r cwbl. I'r gwrthwyneb, roedd o'n dipyn o gês. Roedden ni i gyd yn meddwl hynny; pawb ond Mr Lewis – a Nia.

"Rhag dy gywilydd di!" ffrwydrodd Mr Lewis pan gaewyd y cyrtens ar y llwyfan am y tro olaf. "Ymddygiad cwbl amhroffesiynol! Dwi'n synnu atat ti!"

"Sori, syr."

"Difetha bob dim fel'na," chwyrnodd Nia gan chwifio'i thusw o flodau, "oeddat ti'n hollol hunanol!"

"Ond nes i'm difetha bob dim! Glywest ti'r gynulleidfa 'na, oeddan nhw wrth eu bodda!"

"Ond o'n i isio i'n noson ola i fod yn berffaith! 'Na i byth fadda i ti, Rhys Jones!"

"O, siwtia dy hun. Fel arfer," meddai Rhys a cherdded i ffwrdd gan adael Nia'n gegrwth.

Allwn i'm peidio â gwenu. Roedd hi'n hen bryd i hogyn siarad fel'na efo Nia, yn enwedig un roedd hi'n ei ffansïo. Roedd yr actorion eraill – yn enwedig Elliw Wyn – wedi bod yn cwyno ei bod hi wedi mynd yn rêl *prima donna*, yn mynnu cael ei ffordd ei hun efo bob dim, yn cwyno bod y lleill ddim yn gwneud eu gwaith yn iawn. A doedd hi'm yn gadael i Mrs Evans ei choluro hi, er bod gan honno flynyddoedd o brofiad yn y maes – roedd hi'n mynnu ei wneud ei hun. Roedd hi wedi mynd yn rêl Blodeuwedd a deud y gwir. Ella mai *method acting* oedd o – ond naci, wedi mynd i'w phen hi oedd y cwbl. Mi bwdodd yn y stafell newid am chydig, ond wedi i Mr Lewis ddod mewn a'i hargyhoeddi ei bod hi'n actores wych, bod 'na ddyfodol disglair iddi, mai hi oedd y peth gora yn y byd erioed ayyb ayyb, ac wedi i mi rannu chydig o seidar efo hi, mi ddoth ati ei hun.

"Reit ta, y parti 'ma, awê," meddai, "dwi isio meddwi, a dwi isio bachu."

"Pwy sgen ti mewn golwg? Rhys, ia?"

"Ddim uffar o beryg. Mae hwnna wedi piso ar ei jips go iawn."

Ond pan gyrhaeddon ni'r parti, mi wnes i sylwi ei bod hi'n methu cadw ei llygaid oddi arno fo. Wrth gwrs, pan fyddai o'n troi ei ben i'w chyfeiriad hi, mi fyddai hi'n troi i ffwrdd a siarad yn uchel iawn efo rhywun arall. Roedd gen i bethau gwell i'w gwneud na dilyn y berthynas yna; roedd Adrian, er gwaetha llygaid barcud Mr Lewis, wedi prynu fodca a leim i mi – un mawr. A do'n i rioed wedi cael fodca o'r blaen.

"Diolch. Ti'n trio fy meddwi i?" gwenais.

"Be? Fysa raid i mi?" gwenodd yntau, gan dynnu cyrlen strae yn ôl o nhalcen i.

Wnes i'm cweit deall be roedd o'n ei feddwl am eiliad, roedd cyffyrddiad ysgafn ei fysedd ar fy nhalcen i wedi rhoi'r ffasiwn sioc i mi. Do'n i'm yn gwybod be i'w ddeud wedyn, felly 'nes i jest cochi a chwerthin. Roedd o'n dal, dwy fodfedd dros chwe troedfedd, ac yn sbio i lawr arna i. Doedd 'na'm llawer o fechgyn y taldra yna yn yr ysgol. Ro'n i'n ymwybodol iawn o hynny am mod i'n 5' 9". Roedd 'na rai o hogia Dosbarth Pump wedi tyfu dros nos, ac yn dal i dyfu; roedd 'na ddau neu dri bron â mhasio i, ond roedd Adrian ddwy flynedd yn hŷn ac wedi hen dyfu. Doedd ganddo fo mo'r fflyff bach mwstash babi 'na oedd gan y lleill chwaith, na phlorod. Wel, dim ond un bach ar ei dalcen. Roedd hi'n amlwg ei fod o'n siafio erstalwm hefyd, a'i ên wedi tywyllu'n barod ers siafio'r bore hwnnw.

Es i'n rhyfedd i gyd. Ro'n i wedi bod yn agos iawn ato fo'n gorfforol tra oedden ni'n paentio'r set, ond roedd hyn yn wahanol. Roedd y seidar a'r fodca wedi corddi fy hormonau i a drysu mhen i; ro'n i'n dal i allu teimlo lle roedd ei fysedd o wedi nghyffwrdd i ar fy nhalcen ac roedd o'n sbio arna i mewn ffordd wahanol. Dau ffrind yn cydweithio a thynnu coes a malu awyr oedden ni ar y set. Gwryw a benyw oedden ni rŵan, yn ffansïo'n gilydd yn rhacs. Do'n i'm wedi teimlo fel hyn o'r blaen, ac ro'n i wastad wedi meddwl mai bod yn or-ddramatig roedd Nia a'i disgrifiadau manwl am sut roedd hi'n teimlo bob tro y byddai hi'n ffansïo rhywun. Ro'n i'n dallt rŵan, yn sylweddoli nad gormodiaith mo'i disgrifiadau wedi'r cwbl. Ro'n i'n boeth i gyd, tu mewn a thu allan; mi allwn i deimlo nghalon yn pwmpio a nwylo'n chwysu, ac ro'n i'n gwybod nad dim ond effaith y fodca oedd o. Roedd 'na ryw hapusrwydd hurt yn rhedeg drwy fy ngwythiennau i, ac ro'n i jest â marw isio cyffwrdd y gwefusau hyfryd 'na oedd yn gwenu i lawr arna i. Ro'n i isio iddo fo gyffwrdd fy nhalcen i eto.

"Non!" gwaeddodd llais Nia y tu ôl i mi, "ty'd, dwi isio dawnsio."

Suddodd fy nghalon. "Ym… sgen i'm llawer o awydd ar hyn o—"

"Ty'd! Dwi 'di gofyn am 'Hot Legs' Rod Stewart! Ty'd!"

Rhoddais wên annifyr i Adrian."Nia, dwi wir ddim—"

"Dwi'm isio dawnsio ar fy mhen fy hun — ty'd 'laen."

"Ddo i nes mlaen."

"Be s'an ti ? Paid â bod mor boring." Trodd ei phen yn sydyn wrth i Rhys basio am y lle chwech.

"Sa well i ti fynd," meddai Adrian yn fy nghlust, "ond cofia ddod nôl."

"Nei di gadw'n fodca a leim i'n gynnes i mi?"

"Cynnes? 'Na i ferwi fo os leci di."

Ac yna roedd Nia wedi gafael yn fy llawes i a'm llusgo i'r stafell fechan dywyll oedd i fod yn rhyw fath o ddisgo. Dei Lloyd y *lab assistant* oedd yn ffansïo'i hun fel DJ, ac roedd ganddo fo *record player*, cwpwl o amps a set o oleuadau gwirioneddol bathetic.

"Sbia," ochneidiodd Nia, "does gynno fo'm hyd yn oed un o'r peli mawr 'na'n sgleinio uwch ein penna ni, fel sy 'na'n y Drill Hall. Fedri di mo'i alw fo'n ddisgo heb un o'r rheiny, siŵr."

"Waeth i ni fynd nôl at y bar ta," meddwn, a throi ar fy sawdl.

"Ddim uffar o beryg. Mi fydd 'Hot Legs' 'mlaen yn y munud. A sbia, mae gen i botel o rym yn 'y mag. Mi nath Bedwyr gael un i mi o'r *off licence* amser cinio. Dwi 'di yfed ei hanner o'n y bog. Swn i 'di rhannu efo ti ond mi fethes i dy ffendio di. Cym swig bach rŵan."

Felly mi wnes. Roedd o'n afiach.

Roedd Rhagnell – sori, Elliw Wyn – Leusa a'r genod eraill o'r Chweched eisoes ar ganol y llawr yn dawnsio rownd eu handbags i 'I Love to Boogie' T Rex. Roedd y genod i gyd, yn cynnwys Nia a finna, yn gwisgo crysau *cheesecloth* byr efo patrwm tsiec arnyn nhw, a throwsusau haff-mast efo tri botwm ar y gwasg, ac roedd gwalltiau pawb wedi'u fflicio'n ôl yn ofalus mewn ymdrech i edrych fel Farah Fawcett o *Charlie's Angels*. Pawb ond Nia – roedd ei gwallt hi'n dal yn ringlets hirion. Felly roedd hi'n wahanol ac yn amlwg. Er fod ei bwtsias platfform hi o leia fodfedd a hanner yn uwch na rhai pawb arall, roedd hi'n dal yn fyrrach na fi.

"Sut ti'n gallu cerdded yn rheina?" gofynnais.

"Ti'n dod i arfer. A phun bynnag, mae gan rai ohonan ni *natural grace*. Ges i ngeni ar ddydd Mawrth cofia, a *Tuesday's child is full of grace*."

"Y?"

"Ti'm yn cofio'r hen rigwm Saesneg 'na?"

"Pa rigwm?"

"Oedd o mewn llyfr ges i gan Dodo Lisi pan o'n i tua chwech neu saith oed:

Monday's child is fair of face
Tuesday's child is full of grace
Wednesday's child is full of woe
Thursday's child has far to go

Friday's child is loving and giving

Saturday's child works hard for a living

And the child that is born on the Sabbath day is fair and wise and good and gay." Mi ddechreuodd chwerthin. "O mai god, dwi'n cofio bod yn flin efo'r rhigwm yna, ro'n i'n pisd off mod i heb gael fy ngeni ar ddydd Sul. Dwi'n falch rŵan! Ond doedd *gay* ddim yn golygu'r un peth bryd hynny, nagoedd? Pa ddiwrnod gest ti dy eni?"

"Wel, os oeddat ti ar ddydd Mawrth, ro'n i ar ddydd Mercher, do'n? Felly pa un o'n i?"

"O mai god! Ti'n *full of woe!*"

"Blydi rhigwm stiwpid." Wedyn nes i gofio mai ar ddydd Sul y cafodd Aled ei eni. Ella fod y rhigwm ddim mor anghywir wedi'r cwbl.

Mi wnaethon ni ddechrau dawnsio i T Rex. Roedd 'na rhyw ddwsin o fechgyn yn sefyll rownd yr ochrau yn gwylio'r genod oedd yn dawnsio, ac es i'n swil i gyd. Y cwbl allwn i ei wneud oedd symud fy mhwysau o un goes i'r llall gyda fy llygaid wedi eu hoelio i'r llawr. Roedd y blydi '*Wednesday's child is full of woe*' 'na'n dal i nghorddi i. Ro'n i'n difaru na fyddwn i wedi clecio fy niod. Ond roedd Nia'n *boogyin' down* go iawn, er gwaetha'r ffaith na allai symud ei thraed rhyw lawer yn ei bwtsias trymion. *Full of grace*, wir, meddyliais. Sylwais ar Elliw Wyn a Leusa'n troi eu trwynau arni. Pan ddaeth 'Hot Legs' ymlaen, mi ddechreuodd Nia ddawnsio'n wirioneddol dros ben llestri, yn siglo'i phen-ôl yn awgrymog o ochr i ochr, a chwifio'i breichiau ymhobman a'i llygaid ar gau. Ro'n i'n marw o gywilydd.

"Nia, callia, nei di?"

"Be?"

Doedd hi'm yn fy nghlywed i, neu'n dewis peidio. Roedd hi wedi dechrau codi'i choesau, un ar y tro, a chyd-ganu' r gytgan:

"Hot legs, you're wearing me out, hot legs, you can scream and shout, hot legs are you still in school? I love you honey… !"

O'r nefi! Ro'n i'n gallu gweld Elliw Haf a Leusa'n sbio'n wirion arni, a rhai o'r bechgyn ar yr ochrau'n piso chwerthin. Ac o na, roedd Rhys/Gronw Pebr newydd gerdded i mewn. Doedd Nia ddim callach, am fod ei llygaid hi'n dal ar gau, ond roedd ei lygaid o'n bendant arni hi, ac roedd o'n gwenu fel giât. Gafaelais yn ei braich.

"Nia, stopia, plis… "

"Gad lonydd! *Hot legs! You can scream and—*"

"Mae Rhys yma Nia… "

Mi agorodd ei llygaid, ei weld, colli'i balans gan ei bod yn sefyll ar un goes ar y pryd, a disgyn yn glewt ar ei phen-ôl i ganol handbags genod y Chweched, a thynnu Elliw Wyn i lawr efo hi yr un pryd. Chwarae teg, chwerthin nath Nia, ond roedd Elliw Wyn wedi gwylltio'n gacwn.

"Y bitsh wirion! Watsia be ti'n neud!"

"Sori. Disgyn wnes i—" dechreuodd Nia.

"Be ti'n ddisgwyl a chditha'n dawnsio fatha rhyw felin wynt! A pwy ti'n feddwl wyt ti, yn pwmpio dy belfis fel'na? Elvis?!"

"Ia, doniol iawn rŵan… " gwenodd Nia.

"Dio'm yn blydi doniol o gwbl, Nia Davies! Ti'n beryg bywyd! Ia, fel blydi Blodeuwedd – 'Yr wyt ti'n symyl, Iarlles, megis plentyn, Ac megis plentyn yn ddinistriol'. A ti'n rêl slag hefyd!"

Roedd yr amseru'n anhygoel. Mi orffennodd y gân yn union fel roedd Elliw'n gorffen dyfynnu Rhagnell, felly mi glywodd pawb yn y stafell y frawddeg ola 'na'n glir fel cloch. Sythodd Nia, a dechreuodd ei gwefus ucha godi, yn union fel Elvis. Llyncais fy mhoer yn galed.

"Nia, paid. Callia… " sibrydais.

Ond ysgydwodd fy llaw i ffwrdd oddi ar ei braich, plannu'i dwy law yn solat ar ei gwasg a chamu'n nes at wyneb Elliw.

"Pwy ti'n alw'n slag?" gofynnodd, gan bwysleisio pob un sill yn araf a phendant. Sylwais fod ei ffroenau wedi agor led y pen. Arwydd drwg. Ond doedd gan Elliw ddim llwchyn o'i hofn hi. Sythodd bob modfedd o'i 5' 6".

"Chdi," atebodd, "ma' pawb yn gwbod. 'Nia dim Nicyrs' mae'r hogia i gyd yn dy alw di."

"Ti'n swnio fel hogan fach ysgol gynradd, Elliw," ysgyrnyg-odd Nia, a hynny i gyfeiliant 'Dancing Queen', y gân roedd Dei Lloyd newydd ei rhoi i chwarae'n reit handi.

"A ti'n bihafio fel putain ceiniog a dima," meddai Elliw. "Ac mae pawb yn gwbod pam nath Mr Lewis roi rhan Blodeuwedd i chdi hefyd."

"Ydyn nhw 'fyd? A be oedd y rheswm felly, Rhagnell – sori – Elliw?"

"Am bo chdi a fo'n cael affêr."

"Be?! Mr Lewis a fi?!" chwarddodd Nia.

"Ia, nath o drio efo fi llynedd, ond do'n i'm isio gwbod. Amlwg bo chdi'n haws dy gael o beth uffarn."

"Dwi'm yn coelio hyn! Pwy sy 'di dechra'r stori 'ma? Ti, mwn?"

"Dwi'm 'di dechra dim byd. Jest ailadrodd be dwi 'di glywad. A ti'm yn gwadu'r peth, nagwyt?"

"Yndw tad! Stori goc 'di hi! Ac eniwe, ti 'mond yn jelys am mai fi gafodd y rhan! Ac o't ti'n crap fatha Rhagnell hefyd!"

O na… ochneidiais yn uchel. Ond cyn i mi orffen f'ochenaid, roedd y ddwy ar y llawr yn cicio a brathu a thynnu gwalltiau'i gilydd, a phawb arall wedi hel yn gylch o'u cwmpas i wylio'r

124

sioe. Roedd Dei Lloyd wedi dechrau gneud sylwebaeth ar y meic...

"W! A dyna *left hook* hyfryd gan Ms Elliw Wyn! Ond mae Ms Nia Davies wedi cael gafael mewn lwmp da o'i gwallt hi... aw! Mae'n ffeit a hanner, gyfeillion, a dwi'm yn siŵr ar bwy fyswn i'n rhoi mhres ar hyn o bryd... aw, www... *below the belt* fan'na dwi'n meddwl... o, mae Elliw Wyn ar ei thraed rŵan – ond, na, mae hi ar ei thîn eto –"

Ges i lond bol. Doedd run o'r hogia fel tasen nhw'n mynd i gamu mewn i roi stop arnyn nhw, a doedd 'na'm golwg o'r athrawon, felly mi afaelais i yng ngwydr diod un o'r gynulleidfa a'i daflu dros y ddwy ohonyn nhw.

Mi stopiodd hynny'r ffeit, ond roedd y ddwy'n rhegi ac yn gweiddi arna i wedyn. Felly es i'n ôl i'r bar. Mi basiais i Rhys ar fy ffordd.

"Neis won," meddai gan wenu.

"Falch bod rhywun yn 'y ngwerthfawrogi i," meddwn yn swta. "Ond pam na fyset ti wedi'u stopio nhw?"

"O'n i'n cael gormod o hwyl yn gweld pa un fyddai'n disgyn allan o'i bra gynta."

"Sglyfath."

Roedd Adrian yn dal wrth y bar, yn siarad efo dau arall o griw y set.

"Be oedd y sŵn 'na i gyd?" gofynnodd, gan roi ei stôl i mi. (*Manners*. R o'n i'n licio hynna.)

"Yr actorion yn parhau â'r perfformiad," meddwn, "Tasa Saunders 'di sgwennu golygfa fel'na, 'sa 'i'n dipyn gwell drama."

"Pwy oedd wrthi?"

"Blodeuwedd a Rhagnell, yn ffustio'i gilydd go iawn,

gwinedd a gwallt dros bob man. Nes i daflu peint drostyn nhw i'w stopio nhw, a ches i'm byd ond abiws ganddyn nhw."

"Ma'i 'di mynd yn oes felly, tydi. Dim cydnabyddiaeth, dim gair o ddiolch. Hwda. Ti'n haeddu dy fodca."

"Os ro i bres i chdi, nei di brynu rownd arall?"

"Dim ond os ga i brynu'r un wedyn."

Roedd ganddo lygaid bendigedig. A nes ymlaen, mi ddysgais i fod ganddo fo wefusau eitha ameising hefyd. Ond dwi'n neidio eto.

Mi ddoth Nia'n ei hôl o'r lle chwech.

"*Thanks a bunch*, Rhiannon Edwards," meddai, gan roi dwrn cas yn fy mraich.

"Aw! Oedd raid i mi stopio chi rywsut, doedd? A do'n i'm yn ffansïo cael slap fy hun. A ti 'di sychu'n champion."

"Dwi 'di bod dan y blydi *hand-dryer* 'na ers ugain munud. A lle oeddat ti? Mae mêts i fod i fynd i'r toilet efo'i gilydd – yn enwedig ar ôl rwbath fel'na. O'n i angen help efo ngwallt a mêc-yp. Oedd Leusa a Linda yna'n helpu Elliw blydi Wyn, doedden? A finna fan'na, rêl *Billy-No-Friends* ar fy mhen fy hun bach!"

"Sori… "

"'Swn i feddwl 'fyd! 'Swn i 'di dod i dy helpu di'n syth!"

"Ond fyswn i'm 'di cael fy hun mewn ffeit, naf swn?"

"O, cau hi. Be ti'n da fan'ma eniwe? Boring yma."

Mae'n rhaid ei bod hi wedi sbio drwy Adrian. Wnes i'm trafferthu ei hateb hi beth bynnag, ond nath hi'm sylwi, roedd hi'n dal i siarad fel trên. "A sbia be ma'i 'di neud i nghrys i! Sbia golwg!" Dangosodd fod coler ei blows *cheesecloth* wedi rhwygo. "Geith hi blydi talu am un newydd i mi, dwi'n deud wrthat ti rŵan!"

"Be? Oedd ei dillad hi'n gyfa?"

"Oedd hi'n ffysian mod i 'di malu'i chadwyn hi, a bod ei fflics hi'n ffliwt, a neb 'di dod â *hairspray* efo nhw, ac oedd y gloman yn crio jest oherwydd hynna, ond sbia – mae gen i ddarn moel fam'ma!"

Doedd o ddim yn edrych yn foel i mi, ond yn sicr roedd 'na wallt wedi hedfan yn ystod y frwydr.

"Sgen ti fawr o sgriffiada chwaith."

"Mêc-yp, de. Ond mae'n rhaid bod gen i winedd hirach na hi… " gwenodd yn faleisus.

"O, Nia… oes 'na olwg arni?"

"Oes. A dyna be mae'n gael am 'y ngalw i'n slag, yr ast."

"A'u malu nhw amdanat ti a Mr Lewis."

"O ia, a hynny. Reit, dwi angen diod yn uffernol. Dwi 'di gorffen y rym. Ty'd â swig o hwnna," meddai, gan estyn am fy fodca i.

"Dim peryg. Pryna un dy hun."

"O, ty'd 'laen."

"Na. Fi pia hwn."

"God, ti'n hen fuwch weithia. Wnân nhw mo fy syrfio i beth bynnag na 'nan?"

"Ti'n lwcus eu bod nhw'm wedi dy daflu di allan yn barod," meddai llais gwrywaidd y tu ôl iddi. Rhys. "Am *public affray* a *GBH*," ychwanegodd.

"Paid ti â dechra, y crinc," meddai Nia'n bwdlyd.

"*Charming*. A finna'n mynd i gynnig prynu diod i ti."

Os oedd o wedi piso ar ei jips yn gynharach, doedd Nia ddim fel tase hi'n cofio. Mi dderbyniodd ei gynnig, a chyn pen dim roedd y ddau wedi diflannu.

"Gawn ni lonydd ganddi rŵan, ti'n meddwl?" gofynnodd Adrian.

"Dwi'm yn amau," gwenais.

"Ti ffansi bop ta?" gofynnodd.

Edrychais arno'n hurt. Doedd yr hogia byth yn dawnsio, dim ond neidio o gwmpas yn chwarae *air-guitar* i gyfeiliant Status Quo neu neud y ddawns peneliniau i Tiger Feet gan Mud, ac roedd y ddawns honno'n hynod henffasiwn bellach.

"O'n i'n meddwl mai jest sefyllian rownd yr ochra oeddech chi ddynion?"

"Dim ond y rhai sy'm yn gwbod be arall i neud. Ty'd."

Felly aethon ni drwadd i'r disgo. Roedd Elliw Wyn yn eistedd yn y gornel efo'r genod eraill ac yn dal hances i'w thalcen. Mi wnes i ddal llygaid Leusa; ysgydwodd honno'i phen arna i a rhowlio'i llygaid. Beryg fod Elliw Wyn yn dipyn o *drama queen* hefyd.

Mi ddoth 'Nutbush City Limits' gan Ike a Tina Turner ymlaen, un o fy hoff ganeuon i, ac un o'r chydig ganeuon dwi'n gallu dawnsio iddi.

"Grêt. Dwi wrth fy modd efo hon," meddai Adrian, gan fy nhynnu i ganol y llawr.

Es i'n swil i gyd; fyddwn i byth yn mynd reit i'r canol fel'na – ro'n i'n llawer hapusach yn hofran ar yr ochrau, allan o'r golwg, yn gadael i Nia gymryd y sylw i gyd. A doeddwn i erioed wedi dawnsio efo hogyn o'r blaen, ddim dawnsio disgo, beth bynnag. Dawnsio gwerin, do, ddigon, ar gwrs yr Urdd yn Llangrannog pan o'n i'n un ar ddeg, efo llwyth o fechgyn oedd ddim llwchyn o isio dawnsio, ond oedd yn cael eu gorfodi gan wahanol swogs i ddal dwylo chwyslyd efo ni'r genod oedd ddwywaith eu maint nhw. Ond roedd Adrian yn dalach na fi, a llawer iawn lletach. Ffarmwr go iawn, efo ysgwyddau ffarmwr. Roedd Taid wastad wedi deud wrtha i am beidio trystio dynion heb ysgwyddau, "Dynion potel HP sôs" chwedl yntau. A dwi wedi dilyn ei gyngor o ar hyd fy mywyd.

Roedd o'n gallu dawnsio hefyd (Adrian hynny yw, weles i rioed mo Taid yn dawnsio). Doedd o'm fatha John Travolta yn *Saturday Night Fever* – mi fyswn i wedi marw tasa fo'n dangos ei hun fel'na – ond roedd o'n gallu symud yn dda. Ffarmwr oedd yn gallu dawnsio. Creadur prin. Ac roedd o'n ei elfen yn 'Nutbush City Limits'. A 'Love Really Hurts Without You' gan Billy Ocean, a 'Disco Inferno' gan The Tramps. A finna – do'n i methu peidio â gwenu fel giât wrth sbio arno fo'n mynd drwy'i bethau. Rhywiol? Ro'n i jest â thoddi! A nes ymlaen, pan ddoth y smŵtshis, mi ges i mhlesio hyd yn oed yn fwy. Do'n i rioed wedi cael smŵtsh gall o'r blaen. Ro'n i wedi hanner trio yn Dosbarth Un yn y disgo Dolig, ond do'n i byth yn gwbod lle i roi mreichiau. Ond beryg mai ddim isio cydio'n dynn yn Jason Hughes, y boi ro'n i efo fo, ro'n i. Doedd o na fi isio smŵtshio'n y lle cynta, ond roedd criw Dosbarth Chwech wedi bod yn mynd rownd yn gorfodi pawb i baru fyny.

Ond ro'n i isio cydio'n dynn yn Adrian, ac roedden ni'n ffitio'n berffaith. Doedd dim rhaid i mi feddwl am fecanics y peth, nath o jest digwydd. Roedd fy mreichiau i am ei wddw o, a'i freichiau o am fy nghanol i, ac roedd o'n hanner canu *'The first cut is the deepest'* yn fy nghlust i.

"Mi fydda i'n meddwl am hyn bob tro fydda i'n clywed y gân yma o hyn allan," meddai.

Jest i mhengliniau i roi oddi tana i. Mi rois i fy mhen ar ei ysgwydd o a chau fy llygaid, nes i Nia roi cic i mi. Roedd hi'n smŵtshio efo Rhys. Rhoddodd edrychiad i mi oedd yn deud: "Be uffar ti'n neud efo'r drong yna?" Mi wnes i wefus Elvis arni fel ateb, a rhoi fy mhen yn ôl ar ysgwydd hyfryd Adrian. A phan welais i fod dwylo Rhys yn tylino pen-ôl Nia fel tase hi'n lwmp o Play-Doh, ych, mi wnes i gau fy llygaid eto. Erbyn 'Ysbryd y Nos', Edward H, roedd Adrian a finna'n snogio. Roedd pawb wrthi, felly do'n i'm yn teimlo'n rhy swil am y peth, a ph'un bynnag, ro'n i yn y nefoedd. Ro'n i'n toddi a hedfan ar yr un pryd. Doedd fy nhraed i'm yn cyffwrdd y llawr. Wel, mi roedden nhw, ond dach chi'n gwybod be dwi'n feddwl. Dyma be 'di cusanu i fod, meddyliais, pan ti wedi dod i nabod y boi'n ddigon da i wybod mai dyna be wyt ti isio, dy fod ti'n ei licio fo ddigon i wybod ei fod o'n dy licio di hefyd, mai ddim jest practis wyt ti, nes bydd 'na rywbeth gwell yn cyrraedd. Ro'n i wastad wedi ochri efo Llew Llaw Gyffes erbyn meddwl. Galwch fi'n henffasiwn (ac mi nath Nia wrth gwrs) ond fel'na ro'n i'n teimlo. Fel'na dwi'n dal i deimlo.

Mi nath Blodeuwedd newid fy mywyd i, achos nes i ddechra canlyn efo Adrian wedyn, fy nghariad 'go iawn' cyntaf i. A hynny er gwaetha'r ffaith i mi chwydu dros ei sgidiau o yn y maes parcio. Mi ffoniodd fi y pnawn wedyn i ofyn sut o'n i (gweddol) ac os byddwn i'n licio canlyn efo fo (roedd pobl yn dal i ddefnyddio'r gair 'canlyn' bryd hynny) ac mi gytunais yn syth, wrth reswm. Ro'n i isio hedfan, isio dringo i ben y mynydd a gweiddi dros y lle ar dop fy llais mod i mewn cariad efo Adrian Pugh. Ond y cwbl wnes i oedd cochi, mynd i fy llofft, rhoi 'The First Cut is the Deepest' gan Rod Stewart ar y chwaraewr recordiau a chofleidio'r gobennydd am hir, hir. A ffonio Nia wedyn.

Mi newidiodd Blodeuwedd fywyd Nia hefyd, achos os oedd hi isio bod yn actores cyn hynny, roedd o fel tân ynddi hi wedyn, felly mi benderfynodd roi'r gorau i fod yn hogan wyllt a dechra gweithio er mwyn cael mynd i'r coleg. O, ac mi nath hi ddechra canlyn efo Rhys hefyd. Mae'n debyg ei fod o wedi mwydro rwbath bod Blodeuwedd a Gronw Pebr i fod efo'i gilydd, a dyfynnu: "Mae gwenwyn dy gusanau yn fy ngwaed." Oedd Nia'n meddwl bod hynna'n "ded romantic," ond do'n i'm yn siŵr am y busnes gwenwyn fy hun.

Wythnosau'n unig ar ôl dechrau'r berthynas, mi sylwais fod 'na wên ryfedd ar ei hwyneb wrth iddi ddringo ar y bws ysgol un bore.

"Pam ti'n gwenu fel'na?" gofynnais wedi iddi eistedd wrth fy ochr. Ches i'm ateb. Y cwbwl wnaeth hi oedd gwenu arna i fel giât, a giglan. "Nia! Be? Be sy 'di digwydd?"

"Wel... " sibrydodd yn ddramatig, "rho fo fel'ma." Edrychodd o'i chwmpas, yna sibrwd yn fy nghlust, "Dwi ddim yn *virgin* ar ôl neithiwr!"

Ro'n i'n gegrwth. "Nia! Nest ti ddim!"

"Do, yng nghar ei dad o. Rhaid i ti neud o sti Non, mae o'n grêt."

"Mi wna i pan dwi'n barod, diolch," meddwn yn sych.

"A nabod chdi, fydd hynny ddim nes ti 'di priodi," meddai gan sythu'n ôl yn ei sedd, y wên wedi diflannu. "God, ti'n henffasiwn fatha brwsh weithia."

"Dwi ddim. Dwi jest isio iddo fo fod yn sbeshal."

"Oedd hyn yn sbeshal hefyd, diolch yn fawr! Ac eniwe, dwi'n ei garu o, so ddêr."

"Ti ddim. Ti 'mond yn–"

"Yndw tad. Dwi'n breuddwydio amdano fo bob nos. Sgwennu ei enw o dros bob dim – sbia."

Dangosodd ei ffeil Cymraeg i mi. Roedd o'n blastar o *'Rhys 4 Nia'* a *'Nia & Rhys 4 ever 2 gether'*.

"Plant Dosbarth Un sy'n gneud hynna, Nia."

"O, gwrandwch arni hi! Miss blydi perffaith! Rhy aeddfed i dwdls bach fel'ma, ond ddim digon aeddfed i gael secs. Gwna dy feddwl fyny, del. Eniwe, ti 'mond yn jelys am mod i 'di cael secs cyn ti."

Wnes i'm siarad efo hi am ddeuddydd ar ôl hynna. Ro'n i wir yn meddwl ei bod hi'n hen hoeden rad, gas, a do'n i'm yn pasa cael rhyw efo Adrian nes roedden ni wedi priodi, diolch yn fawr! Ond... wel... ro'n i ar dân eisiau gwybod mwy, jest â drysu isio'i holi am Y Weithred, a doedd Nia a fi byth yn gallu aros yn flin efo'n gilydd yn hir iawn beth bynnag. Mi wenais arni ar y trydydd bore wrth iddi ddringo ar y bws ysgol. Mi wenodd yn ôl, a daeth i eistedd ata i.

"Sori," meddwn yn syml.

"A finna. Gwirion dan ni de?"

"Uffernol. A ninna'n chwiorydd gwaed."

"Yn hollol."

"Ges i fraw, dyna i gyd."

"Do siŵr, oedd o'n chydig bach o sioc i mi 'fyd."

"Be ti'n feddwl?"

"Wel, do'n i'm wedi pasa iddo fo ddigwydd y noson yna, ond nath o jest… digwydd."

"Be? Nath o'm fforsio—"

"Naddo siŵr. Donna Summer oedd y bai."

"Y?"

"'Love to Love you Baby' oedd mlaen gynno fo'n y car, de. Aeth o i mhen i, mae'n rhaid."

"O," meddwn yn ddryslyd. "Oedd o'n brifo ta?" gofynnais ymhen ychydig.

"Oedd, i ddechra, ond oedd o'n gwbod be oedd o'n neud achos mi gafodd o ffling efo ryw hogan o Harlech ar drip efo Cerddorfa Gwynedd llynedd. Wedyn doedd o'm yn brifo ar ôl chydig. Nath o'n bendant ddim brifo yr ail dro."

"Nest ti o ddwywaith?! O mai god, Nia!"

"Deirgwaith. Doedd 'na'm stop arno fo."

"Ond… ond… ti'm ar y pil. Nath o ddefnyddio Durex?"

"Naddo. 'Di'r dyn methu teimlo run peth efo'r rheiny, medda fo, ond oedd o'n gwbod be oedd o'n neud."

"Be? Be nath o ta?"

Mi gochodd hi fymryn cyn ateb. "Ti wir isio gwbod?"

"Yndw!"

"Ei thynnu hi allan jest mewn pryd. Dyna ddeudodd o, beth bynnag; wnes i'm sbio achos ro'n i di cau fy llygaid yn sownd drwy bob dim."

"O. Neith hynna stopio chdi rhag cael babi?"

"Medda fo. Ond fydd 'na'm rhaid iddo fo neud hynna ar ôl wsnos nesa eniwe, achos dwi'n mynd ar y pil."

"Ti ddim! Ond be os neith dy fam ddod o hyd iddyn nhw?"

"Neith hi ddim. Dwi'n mynd i'w cadw nhw yn rhwla sbeshal."

"Ond mi fydd Dr Owen wedi deud wrthi!"

"Na, mae 'na ddoctor newydd yna rŵan, Dr Hadley, a di o'm yn dod o ffor'ma. A mae o 'di rhoi Hayley a Claire a Wendy ar y pil yn barod, dim problem. Mi ddylat titha fynd arni hi sti."

"Fi? Ond dwi'm yn pasa—"

"Mi fyddi di. A ti'm isio clec, nagwyt?"

Wnes i mo'i hateb hi; roedd 'na ferch o'r Chweched newydd ddod ar y bws ac eistedd reit o'n blaenau ni, ac ro'n i wir yn gallu gweld ei chlustiau hi'n fflapio. Mi wnaethon ni giglan fel pethau gwirion a chau'n cegau'n glep am weddill y siwrne i'r ysgol.

Ro'n i jest â marw isio deud wrth Adrian bod Nia a Rhys wedi'i 'wneud o', ond roedd gen i ormod o ofn, rhag ofn iddo fo gael syniadau. Dim ond swsian a chofleidio fydden ni. Roedd o wedi trio mynd i lawr fy mlows i unwaith ond ro'n i wedi brathu'i glust o a nath o'm meiddio trio wedyn.

pennod 8

Er mawr sioc i lawer, mi nath Nia'n arbennig o dda yn ei harholiadau Lefel O – mi gafodd 12 ohonyn nhw i gyd, 6 A, 5 B ac C yn Maths. Roedd Mr Lewis Maths wedi gwirioni bron gymaint â hi. Ges i chwech – B mewn Iaith ac C mewn Llenyddiaeth Cymraeg; C mewn Llên Saesneg, B mewn Gwyddor Tŷ, CSE gradd 1 am Ymarfer Corff (sydd gyfystyr â C Lefel O), ac A mewn Arlunio. Ro'n inna wedi gwirioni. Ro'n i wedi bod yn cachu plancia achos mod i'n meddwl mod i wedi gneud smonach o'r arholiad paentio. Nes i drio gneud golygfa lan môr ac aeth bob dim yn rong; roedd y gorwel yn bob siâp a do'n i jest ddim yn gallu cael lliwiau'r môr yn iawn, a nes i neud y bobl cyn y tywod am ryw reswm, oedd yn golygu bod 'na felyn drostyn nhw i gyd, felly ro'n i'n gorfod mynd drostyn nhw eto, wedyn wnes i banicio. Mi wnes i grio bwcedi pan oedd y cwbl drosodd. Ond mae'n rhaid bod yr arholwr wedi ei blesio. A fi! Roedd Mam a Dad reit chyffd hefyd, heb sôn am Da Vinci yr athro.

"Reit te, Lefel A amdani felly Rhiannon!" meddai wrtha i pan es i i nôl fy nghanlyniadau. Mi nes i sbio'n wirion arno fo, achos do'n i wir ddim wedi dychmygu y byswn i'n gallu gneud Lefel A. Ro'n i wedi meddwl mai mynd i'r Coleg Technegol i neud amaethyddiaeth neu ddysgu teipio fyswn i.

"Dach chi'n siŵr?" gofynnais yn nerfus.

"Berffaith siŵr. Mi fydd e'n golygu gwaith caled ar dy ran di, ond rwyt ti wedi profi dy fod ti'n gallu gweithio, ac fe fyddai'n bleser dy ddysgu di. A rwy'n credu taw dy hun fyddi di beth bynnag, felly fe gei di *my undivided attention*. Dyna fe felly, wy'n rhoi dy enw di i lawr i wneud Lefel A gyda fi."

Mi nath Wil Welsh ddeud y byswn i'n gallu gneud Lefel A Cymraeg hefyd, bod B ac C yn ddigon da.

"Nia, dwi'n cael dod nôl i neud Lefel A!" meddwn, yn crynu i gyd.

"Bril! A dwi'n mynd i neud Cymraeg, Saesneg a Ffrangeg," meddai, "wedyn dwi'n mynd i goleg Aberystwyth i neud Drama. Ydyn nhw'n gneud Celf yn Aber?"

"Ydyn, dwi'n meddwl."

"Dyna fo ta! Gawn ni fynd i Aber efo'n gilydd! Ond, yn y cyfamser, dwi'n meddwl dy fod ti a fi'n haeddu gwylia, ti'm yn meddwl?"

"Gwylia? Lle? Dim ond ryw wythnos sy 'na cyn dechrau'r tymor!"

"Naw diwrnod, a dwi'n digwydd gwbod bod fy nghnithar i o Lanrwst wedi gorfod tynnu nôl o wsnos yng Nglan-llyn am fod ganddi frech yr ieir, a mae 'na le i ddwy ohonan ni – am hanner y pris – yn cychwyn ddydd Gwener."

"Ond be am Adrian? A Rhys?"

"Fedran nhw fyw hebddan ni am wythnos. Ty'd, fydd o'n hwyl!"

Felly mi es. Ro'n i wedi bod yn gweithio yn y siop ffrwythau leol drwy'r haf am 50c yr awr, felly roedd gen i bres i'w wario, ac roedd y bos yn fodlon fy rhyddhau i am yr wythnos olaf am ei fod o am i mi ddal ati i weithio bob bore Sadwrn a doedd o'm isio mhechu i.

Roedd o'n hwyl i ddechra. Rhannu stafell efo criw o nytars o Ben Llŷn oedd yn deud petha od fel 'fam'ma hyn,' 'rŵan hyn' a 'rom bach' a hynny ar goblyn o sbîd a thair octef yn uwch na phawb arall; malu cachu yn ein sachau cysgu tan oriau mân y bore; dysgu hwylio a chanŵio efo swogs oedd yn fflyrtio fel diawl efo ni; eistedd ar y lanfa yng ngolau'r lleuad lawn yn canu 'Lleucu Llwyd' a 'Beth yw'r Haf i mi'; canu 'Ar Hyd y Nos' mewn harmoni perffaith yn yr Epilog; clywed caneuon Tecwyn Ifan, Mynediad am Ddim, Edward H ac Ac Eraill drwy'r *speakers* oedd ar hyd y tŷ i gyd, drwy'r dydd, bob dydd; dod i ddeall acenion a hiwmor pobl o lefydd fel Crymych, Tregaron ac Ystalyfera. Roedd o'n grêt.

Ond ro'n i'n colli Adrian yn ofnadwy. Mi wnes i ei ffonio fo ddwywaith, a gorfod ciwio wrth y ciosg am oes er mwyn gallu gwneud hynny. A waeth i mi fod yn onest, ro'n i'n gweld colli fy nheulu hefyd. Dwi'n gwbod mod i'n pathetic – ro'n i'n un ar bymtheg oed wedi'r cwbl – ond do'n i rioed wedi bod i ffwrdd o nghartre mor hir o'r blaen. Os o'n i wedi bod ar wyliau, rhyw dridiau ar y mwya efo modryb yn Llanbryn-mair neu Gapel Garmon oedd o, ac roedd Leusa efo fi bob tro. Wnes i'm cyfadde wrth Nia fod gen i hiraeth, achos mi fyddai hi wedi chwerthin am fy mhen i.

Roedd hi wrth ei bodd yng Nglan-llyn, yn ei helfen, a nath hi'm sôn am ei rhieni na'i chartre unwaith tra oedden ni yno. Wrth gwrs, roedd hi wedi hen arfer treulio wythnos gyfan efo'i Dodo Lisi, a doedd ganddi hi'm brodyr na chwiorydd i weld eu colli. Roedd Rhys ganddi hi, wrth gwrs, ond buan yr anghofiodd hi am hwnnw. Erbyn yr ail noson, roedd hi'n snogio'n braf efo Dyfed o Wrecsam, ac efo fo fuodd hi am weddill yr wythnos. Roedd hi efo fi yn ystod y gweithgareddau, ond chwilio am Dyfed fyddai hi wedyn, a mynnu fy llusgo i efo hi. Ond ges i lond bol ar fod yn gwsberan ar ôl sbel, a ph'un bynnag, ro'n i'n teimlo biti dros Rhys. Mi godais y peth efo hi un bore yn y ciw am y sincs.

"Ond ti'n tŵ-teimio, Nia."

"Dwi'm yn gwisgo'i fodrwy o, nacdw?" atebodd yn biwis.

"Ond ti'n canlyn."

"Gwranda, Non, mae Mam wastad wedi deud wrtha i, os nad

wyt ti'n briod neu wedi dyweddïo, mae gen ti berffaith hawl i bori mewn porfeydd eraill."

"Trystio dy fam i neud iddo fo swnio'n Feiblaidd."

"Deud y gwir mae hi yndê? Ac eniwe, dwi'n licio Dyfed."

"Wyt, mae'n amlwg. Neu fyset ti'm wedi gadael iddo fo dy gnoi di fel'na."

"Be?"

"Nia… mae dy wddw di'n lyfbeits i gyd."

"O mai god, nacdi!"

Rhuthrodd heibio'r genod eraill yn y ciw gan anwybyddu eu protestiadau er mwyn gweld ei hun yn y drych. Gallwn glywed y genod yn chwerthin i gyfeiliant ei hochneidio.

"Gest ti noson dda neithiwr yn do, wa!"

"Rho asgwrn iddo fe tro nesa… "

"Iyffach! Wedon nhw'm byd byti *vampires* yn y gog 'ma… "

Daeth yn ei hôl i'w lle priodol yn y ciw, a'i lliain am ei gwddw.

"Ladda i'r bastad."

Roedd o wedi cael gwledd, yn bendant. Roedd y cleisiau fel cadwyn biws am ei gwddw, ac er gwaetha'r tunelli o bâst dannedd y bu hi'n ei blastro drostyn nhw bob bore a nos, aros yn biws wnaethon nhw. Mi wisgodd ei sgarff coch Edward H am ei gwddw am weddill yr wythnos, ond laddodd hi mo'no fo, dim ond talu'r pwyth yn ôl drwy roi cadwyn i fatsio iddo yntau. Doedd o'n poeni dim arno fo; a deud y gwir, nath o affliw o'm byd i guddio'r brathiadau, ac mi fyddai'n gwenu fel giât bob tro y byddai'r swogs yn tynnu arno fo ynglŷn â nhw.

Weles i fawr ohoni hi ar y noson ola. Ro'n i'n cael cip arni bob hyn a hyn yn y disgo, ond dim ond smŵtshio a snogio nath hi drwy'r cwbl, hyd yn oed i ddawns Glan-llyn, a phawb yn gorfod neidio i'r ochr i'w hosgoi nhw. A doedd hi'm yn ei gwely pan nes i lwyddo i gysgu drwy baldareuo diddiwedd genod Pen Llŷn chwaith. Ond roedd hi yno yn y bore, yn y bync uwch fy mhen i, yn chwyrnu fel mochyn drwy sŵn y gloch brecwast.

"Nia! Deffra! Chei di'm brecwast."

"Dim awydd, gad lonydd."

"Ond hwn 'di'n bore ola ni Nia!"

Ochneidiodd a throi ei phen ataf.

"Ocê, dod rŵan. Ond god, dwi'n nacyrd."

"Faint o'r gloch ddoist ti i dy wely?"

"M'bo. Tua pedwar."

"Nia! Be fuest ti'n neud? Neu ddylwn i'm gofyn?"

"Wel… " gwenodd yn gysglyd ac ymestyn ei breichiau uwch ei phen, "mi fues i'n gneud lot o betha fel mae'n digwydd. Lot fawr o betha." Roedd 'na rywbeth yn ei gwên, rhywbeth yn ei llygaid. Llyncais yn galed.

"Nia, wnest ti'm… ?"

"Do. Yn y caban sychu. Gynnes neis yna."

"O mai god… "

"Da 'di'r Urdd de!"

"Nia! Ond – ond be am Rhys?"

"Be amdano fo?"

"Wel, o'n i'n meddwl dy fod ti'n canlyn efo fo! Mae snogio a rhannu lyfbeits yn un peth, ond mynd yr holl ffordd? Efo boi arall? Mae hynna'n ofnadwy, Nia!"

"God, pa ganrif ti'n byw ynddi, y? Yli, nath Rhys rioed droi fi mlaen fel mae Dyfed yn neud. O, Non, oedd o'n lyfli sti. A dwi'n meddwl mod i mewn cariad. Na, dwi'n gwbod mod i, a mae o mewn cariad efo fi 'fyd."

"O, neis." Ro'n i'n dal mewn sioc, yn cael trafferth cymryd y cwbl i mewn.

"Neis? Blydi ffantastic! Mae o'n gorjys! Mae o, tydi, Non? Mae o'n gorjys, tydi? Llygaid fatha David Essex gynno fo, llygaid ti'n gallu boddi ynddyn nhw."

Roedd ei llygaid hi'n pefrio, a'i chwerthiniad hi fel un plentyn. A deud y gwir, roedd hi'n edrych fel cath oedd newydd sglaffio twrci Dolig cyfa, digon tebyg i'r ffordd roedd hi'n edrych ar ôl cael rhyw efo Rhys y tro cynta.

"Oedd o'n dyner, lyfli efo fi, ti'n gwbod? Ddim fatha Rhys sy jest yn trio cael *grope* bob munud, ac wedyn yn fy nhylino i fel lwmp o bêstri. Na, ocdd Dyfed yn rêl *gentleman*, yn gofyn os o'n i'n iawn o hyd. A… " Dechreuodd gochi. "Mae'i fiji-bo fo'n ddel."

"Be?"

"Wir yr. Lot deliach nag un Rhys."

"Nia, dwi'm angen gwbod hynna—"

"Mae Rhys o hyd yn trio gneud i mi chwarae efo'r blincin peth. Ych – gas gen i. Ond ro'n i licio twtsiad un Dyfed neithiwr," ychwanegodd gyda gwên gathaidd arall.

"Nia!" Ro'n i'n cochi drosti.

"Paid â swnio mor *shocked*. Ti'n trio deud wrtha i dy fod ti rioed wedi twtsiad un Adrian?"

"Yndw!"

"O mai god. Ond ti wedi'i weld o o leia?"

"Naddo! Dydi o'm yn foi fel'na!"

"Cym off it, Non, maen nhw i gyd fel'na. Siŵr bod y creadur yn hollol ffrystrêtud efo chdi."

"Nacdi, mae o'n fy mharchu i!"

"Asu, mae gen ti lot i'w ddysgu. Ond dwi 'di dysgu llwyth

gan Dyfed, felly os ti 'sio tips… "

"Nacdw! God, Nia, ti'n uffernol."

"Dyna ddeudodd Dyfed hefyd. Mod i'n uffernol o dda!"
Cododd ar ei heistedd. "Dwi 'di mopio efo fo, sti. Mae o'n mynd
i ffonio fi heno, a dan ni'n mynd i sgwennu llythyra caru at ein
gilydd, a dwi'n mynd i aros ato fo'n Wrecsam a bob dim."

"Pryd ti'n mynd i ddeud wrth Rhys?"

"O shit, ia. O'n i 'di anghofio am hwnnw. Nei di ddeud
wrtho fo drosta i? Sgen i wir ddim awydd 'i weld o."

"Na 'naf! Ti ddyla ddeud wrtho fo, Nia."

"O, ocê. 'Na i ffonio fo fory."

"Heno."

"Fory. Mi fydda i'n ddigon ypset heno fel mae hi, yn gorfod
gadael fam'ma a deud ta ta wrth Dyfed a bob dim. Hei – sgen
ti ffansi dod efo fi ar y bws i Wrecsam dydd Sadwrn nesa?"

"Fedra i ddim. Dwi'n gweithio."

Roedd hynny'n berffaith wir, ond mi fyddwn i wedi gwrthod
beth bynnag; doedd gen i'm llwchyn o awydd bod yn gwsberan
yn unrhywle byth eto, heb sôn am Wrecsam.

Mi fues i a'r gyrrwr yn eistedd am oes ar y bws, heb symud
modfedd am ein bod ni'n disgwyl i Nia a Dyfed ollwng gafael
yn ei gilydd, a disgwyl i bawb arall ddringo i mewn i'r bws
yn lle crio a chofleidio'u ffrindiau mynwesol newydd ac addo
sgwennu a chadw mewn cysylltiad bla bla bla. Ro'n i jest â drysu
isio mynd adre, i weld y tŷ, y ffarm, y teulu, ac Adrian. Roedd
o wedi addo mynd â fi am sbin.

Mi griodd Nia yr holl ffordd i dre, a mynd mlaen a mlaen
gymaint roedd hi'n caru Dyfed. Roedd hi'n mynd ar fy nerfau
i, a bod yn onest. Ro'n i'n caru Adrian hefyd, ond do'n i'm yn
gneud sioe fawr o'r peth.

Ro'n i mor falch o gyrraedd adre, ond siom ges i. Dwi'm yn gwbod be ro'n i wedi'i ddisgwyl, ond doedd o'm cweit yr *homecoming* ro'n i wedi'i ddychmygu.

"O, haia, ti'n ôl," meddai Mam heb dynnu'i dwylo allan o'r sinc.

"Lle ti 'di bod 'fyd?" gofynnodd Dad, a throi ei sylw'n ôl at y *Daily Post* cyn i mi fedru ateb. Nod ac ebychiad ges i gan John, ac roedd Meinir yn rhy brysur yn chwarae efo'r gath i sylwi arna i. Allwn i'm peidio â meddwl y byddai Aled wedi rhoi croeso mawr i mi, wedi nghofleidio'n dynn a deud ei fod wedi gweld fy ngholli. Am eiliad erchyll, mi deimlais ddeigryn yn pigo fy llygaid, ond diolch byth, mi ddoth Leusa drwadd o'r gegin orau, ac roedd hi ar dân eisiau gwybod sut hwyl ges i, chwarae teg.

"Ond be dach chi 'di bod yn neud?" gofynnais ar ôl rhyw bum munud o ddisgrifio'r wythnos.

"Dim byd," atebodd hithau.

Doedd hynny ddim cweit yn wir; roedden nhw i gyd wedi bod yn gweithio'n galed yn gorffen hel y gwair, oedd yn gwneud i mi deimlo braidd yn euog, ond doedd 'na'm byd neilltuol wedi digwydd. Tydi o'n rhyfedd fel dach chi'n disgwyl i bethau mawr fod wedi digwydd yn ystod eich absenoldeb? Dim ond am wythnos ro'n i wedi bod heb eu cwmni nhw, wedi'r cwbl.

Mi fydda i'n teimlo'r un peth yn union bob tro y bydda i i ffwrdd o nghartre, yn poeni mwy am be sy'n digwydd yn fan'no na'r hyn sy'n digwydd i mi ar fy ngwyliau. Dyna lle bydda i, yn torheulo ar draeth poeth, yn nofio yn y Med, yn meddwi ar *sangria*, ond yn ysu am fod adre ac yn poeni mod i'n colli rhywbeth. Beryg mai hogan fy milltir sgwâr ydw i, a dyna fo. A dyna pam nad ydw i rioed wedi gallu bod i ffwrdd o nghartre am fwy na phythefnos.

Mi gyrhaeddodd Adrian tua amser te, mewn Ford Cortina melyn a du ei dad. Ro'n i wedi bod ar bigau drain yn ei ddisgwyl,

yn sbio drwy'r ffenest un munud, yn y drych y funud nesa, ac
erbyn iddo fo barcio ro'n i yn y drws ffrynt. Pan gamodd o allan
o'r car, es i'n rhyfedd i gyd. Roedd o'n gwisgo jîns a chrys-T
gwyn ac anferth o wên. Edrychai'n fwy ac yn dalach nag erioed,
ac roedd o wedi cael lliw haul bendigedig. Mae o'n reit frown
drwy'r flwyddyn a deud y gwir, ond a hithau'n ddiwedd Awst
poeth, roedd o fel bar o siocled. Ro'n i isio'i fwyta fo. Ro'n i
wedi pasa bod yn Ms Cool, a sefyll yn *relaxed* ond rhywiol wrth
y drws gan adael iddo fo ddod ata i. Ond aeth hynny i gyd yn
angof; rhedais ato, agorodd yntau ei freichiau, a nghodi oddi ar
fy nhraed. Do'n i ddim yn siŵr os o'n i isio chwerthin ta crio
wrth iddo fy nhroi yn yr awyr. Doedd 'na run dyn wedi gneud
hynna i mi ers i mi ers blynyddoedd. Dwi'n meddwl mai Dad
oedd y dwytha, a hynny pan ro'n i tua saith. Roedd John wedi
gwrthod fy nghodi mewn unrhyw ffordd ers i mi basio deg
stôn, ond roedd Adrian yn gwneud i mi deimlo fel pluen. Ar ôl
fy ngwasgu'n dynn, gosododd fi'n ôl ar y ddaear, gafael yn fy
wyneb a nghusanu – er ei fod o'n gwybod yn iawn fod Mam a
Leusa'n sbio arnon ni'n gegrwth drwy ffenest y gegin.

"Argol, rhaid i mi fynd ffwrdd yn amlach," meddwn, wedi
cael fy ngwynt ataf.

"Ddim uffar o beryg," meddai Adrian, "os na cha i ddod
efo ti. Ty'd, awê. Sa well gen i neud petha fel'ma efo ti heb y
gynulleidfa."

Neidiodd y ddau ohonom i mewn i'r car, codi llaw ar Mam
a Leusa, a sgrialu allan o'r iard.

"Sa well gen i taset ti wedi bod yno, fel mae'n digwydd,"
meddwn, gan geisio peidio cochi.

"Go iawn?"

"Go iawn."

"Nath 'na run mab i ddoctor o Gaerdydd dynnu dy ffansi
di?" gofynnodd gan droi i sbio i fyw fy llygaid.

"Cadwa dy lygaid ar y ffordd, plîs. Naddo sti. R'un mab i neb. Nath rhai o fisitors dy fam ddim tynnu dy ffansi ditha?" (Roedd ei fam yn cadw gwely a brecwast ers blynyddoedd, ac roedd o wedi deud wrtha i iddo gael ei snog gynta efo hogan bowld iawn o Wolverhampton.)

"Oeddan nhw i gyd dros drigian oed, yn anffodus!"

"Mae Rita Hayworth bron yn drigian, a ti'n ei ffansïo hi. Lle dan ni'n mynd?"

"Mi o'n i. *Sex on legs* yn ei dydd. M'bo. Oes 'na rwla penodol ti awydd mynd?"

"Nagoes. Ac o't ti'n deud dy fod ti'n cael ffantasis amdani o hyd."

"O'n, a'r hogia eraill yn tynnu arna i am mai Raquel Welsh a Brigitte Bardot oeddan nhw i gyd yn ffansïo. Ond dwi'n cael ffantasis am rywun arall rŵan, tydw?"

"O, wyt ti 'fyd? Fel pwy?"

"Uffar o bishyn."

"O? Pâr o frestiau anferthol ganddi hi, mwn."

"Na," gwenodd, "reit fach fel mae'n digwydd, ond ddim yn rhy fach, jest neis. Ti 'di bod fyny at Lynnau Cregennan rioed?"

"Naddo, ond 'swn i'n licio. A sut wyt ti'n gwbod eu bod nhw jest neis?" meddwn yn gellweirus gan chwarae'n ysgafn efo'r blewiach ar ei war.

"Wel, yn anffodus, dim ond drwy sbio hyd yma, ond dwi'n teimlo'n reit obeithiol."

"Wyt ti 'fyd?"

Cofiais yn syth am eiriau Nia, ei fod o'n siŵr o fod yn hollol ffrystrêtud efo fi. Nes i ddechra cochi a rhois i'r gorau i chwarae efo'i war o.

"Ond dwi'n berffaith fodlon i aros nes bydd hi'n barod," ychwanegodd yn sydyn.

"O? Chydig bach o ffrij, ydi hi?" gofynnais yn bigog.

"Fyswn i'm yn deud hynny. Jest bod yn gall mae hi. Ond deud gwir wrthat ti, yndê, dwi'n meddwl bod 'na uffar o ddynes boeth yna, jest â byrstio isio dod allan."

"A pam ti'n deud hynny?"

"Y ffordd mae'n snogio."

Allwn i'm peidio chwerthin. Mi ddechreuais i ymlacio eto. "O? A ti 'di bod yn ei snogio hi'n barod, do? Y munud dwi'n troi nghefn… " Gwenais, gan roi pinsiad bach i'w fraich. "A faint 'di oed y ddynes yma ta? Ydi hitha'n pwsho trigian fel Rita Hayworth?"

"Aw! Nacdi, ond mae hi'n pwshio'i lwc. Oedd hynna'n brifo!"

"Be? Fi ydi hi?" gofynnais yn ddiniwed i gyd.

Gwenodd arna i. Rhoddais dâp Gerry Rafferty ymlaen, fy llaw ar goes Adrian, (ddim yn rhy uchel i fyny) a gwenu'r holl ffordd i faes parcio Llynnau Cregennan.

Roedd 'na chydig o geir bobl ddiarth yn y maes parcio, ond dim golwg o neb, felly mi fuon ni'n swsian yn y car am oesoedd. Mi ddechreuodd dwylo Adrian grwydro braidd ar ôl sbel, a finna'n dechra simsanu. Am y tro cynta erioed, do'n i'm yn cwffio'n erbyn y peth; ro'n i'n mwynhau fy hun. Chwarae teg, mae'n uffernol o anodd bod yn hogan dda pan ti'n gwbod bod dy ffrindia di i gyd wrthi, a bod dy ffrind gora yn meddwl dy fod ti'n *frigid*, a ti ar fin mynd i'r Chweched, a mae dy gariad di'n cusanu dy glust di a dy war di nes bod 'na gryndod rhyfedd yn saethu drwyddat ti, ac yn dy gusanu di mor angerddol ar dy wefusau fel dy fod ti'n toddi o dy ben i dy draed, a ti wir isio iddo fo redeg ei ddwylo dros bob modfedd ohonot ti. Ti isio gadael i dy hun fynd, ti isio agor allan iddo fo, ond mae 'na lais bach yng nghefn dy ben di'n deud: "Na, Rhiannon, gan bwyll, ddim eto." Felly nes i gynnig sa well i ni fynd am dro bach i ni gael cŵlio.

Mi wnes i ddotio at Llynnau Cregennan y diwrnod hwnnw. Mae o'n le ofnadwy o hardd ar y gorau, ond roedd o'n nefoedd ar y ddaear ar bnawn braf o Awst â braich Adrian am fy nghanol i. Mae 'na deimlad arbennig am ambell le, yn does? Rhywbeth sy'n anodd rhoi eich bys arno'n iawn. Mi wnes i deimlo gwefr ryfedd, dawel y diwrnod yna, a wnes i byth mo'i anghofio fo, a bob tro dwi wedi mynd yn ôl yno ers hynny, mae'r un wefr wedi treiddio drwyddof fi. Mi fyddai rhai'n chwerthin am fy mhen i a deud mai be ddigwyddodd yno'n nes ymlaen roddodd y wefr i mi, ond dwi ddim mor siŵr. Mi gafodd y lle afael arna i o'r funud cyntaf. Dau lyn sy 'na, dan gysgod y Tyrrau Mawr rhwng y môr a Chader Idris, ac mae 'na ynys fechan ynghanol un o'r llynnoedd sy'n edrych yn union fel rhywbeth allan o chwedl y Brenin Arthur. Mae'r cyfan yn wyrdd a mwsoglyd a gwyllt a dramatig, ac mi wnes i wirioni. Bosib mai cymysgedd o'r lle a'r cwmni oedd o, dwn i'm. Ond dwi'n falch mai fan'no ddigwyddodd o.

Roedd Adrian yn gwbod bob dim am y lle am fod ei daid wedi 'i fagu ar ffarm gyfagos ac wedi mynd ag o yno droeon yn fachgen ifanc.

"Mae 'na rai'n deud mai dod o'r gair 'cragen' mae'r enw, ond oedd Taid wastad yn deud mai lol oedd hynny, mai 'Crogenan' oedd yr enw gwreiddiol, o'r gair 'crogi'. Oedd 'na goeden dderw fawr draw fan'cw medda fo, ac mi fyddai dynion drwg yn cael eu crogi oddi ar un o'i changhennau hi."

"Coblyn o le tlws i farw," meddwn.

"Wel, roedd 'na lys wrth ymyl, ti'n gweld, Llys Bradwen. Ryw dro yn y ddeuddegfed ganrif, boi o'r enw Ednywain ap

145

Bradwen oedd bia'r lle. Mae'r olion yn dal yma yn rwla i fod, ond pan ddoth Taid a finna yma i chwilio amdanyn nhw, welson ni'm golwg ohonyn nhw. Ti ffansi dod i chwilio efo fi?"

Cytunais, wrth gwrs, ac mi dreulion ni weddill y pnawn yn cerdded dros y bryniau, yn archwilio pob hanner wal a phentwr o gerrig. Ond roedd hi'n amhosib deud oedden nhw'n olion unrhyw beth heblaw wal gyffredin neu gorlan. Mi fuon ni'n stopio yma ac acw i gusanu a gafael yn dynn yn ein gilydd, a sbio law yn llaw ar yr haul yn disgleirio ar aber afon Mawddach yn y pellter.

Roedd ganddo fo ganiau o seidar, creision a chnau yn y car, ac mi gawson ni bicnic yn fan'no, fy mhen i ar ei ysgwydd o, yn gwylio'r haul yn machlud dros fae Ceredigion. Aeth y seidar, y lle ac Adrian i mhen i. Roedd y maes parcio'n wag erbyn hyn, felly doedd 'na neb yno ond ni'n dau. Mi dywyllodd yr awyr i fod y lliw glas perffaith hwnnw sy'n amhosib ei ail-greu ar ganfas (dwi wedi trio droeon − a methu), mi drodd y cwbl yn galeidosgop o sêr ac mi nath o ddangos i mi lle roedd Sirius, Cassiopeia a llwyth o rai eraill dwi wedi eu hanghofio bellach. Aethon ni'n ôl at y llyn efo'r ynys, lle roedd y lleuad lawn yn disgleirio'n llinyn arian perffaith ar wyneb y dŵr. Allwn i ddim peidio dychmygu Caledfwlch yn codi allan o'r dyfroedd hynny yr eiliad honno. Ro'n i mor hapus, ro'n i'n fud.

Mi eisteddon ni ar y gwair a'r mwsog ar lan y llyn a chusanu am amser hir, hir. Mi wydden ni'n dau, heb orfod siarad, ei fod o'n mynd i ddigwydd. Mi dynnodd o amdana i ac mi dynnais i amdano fo ac mi fuon ni'n sbio ar ein gilydd yng ngolau'r lleuad, yn rhedeg ein dwylo dros gyrff ein gilydd, yn sbio i lygaid ein gilydd, heb ddeud gair, nes i ni doddi i mewn i'n gilydd.

"Dwi'n cymryd dy fod ti ddim ar y pil," sibrydodd yn fy nghlust. Ysgydwais fy mhen, yn teimlo ei fod o wedi torri'r hud braidd wrth ofyn hynna, ond eto'n gwybod ei fod o'n beth call i'w ofyn. "Lwcus mod i 'di dod â rhein rhag ofn, felly," meddai, a thynnu pecyn bach sgwâr o'i boced.

Do'n i ddim yn siŵr be i'w feddwl wedyn, bod yn falch am ei fod o'n amlwg yn foi cyfrifol, neu bod yn flin am ei fod o wedi bwriadu – wedi disgwyl – i hyn ddigwydd. Mi benderfynais i fynd am y cynta.

Ro'n i'n nerfus pan ddigwyddodd o, ond nath o'm brifo gymaint ag o'n i wedi'i ddisgwyl, ac oedd o'n ofnadwy o ofalus, ac yn sibrwd yn fy nghlust i mod i'n brydferth, yn rhywiol, yn berffaith, a phan waeddodd o ei fod o'n dod, a hanner disgyn ar fy mhen i, mi wnes i ddechrau crio.

"O, Non, sori, wnes i dy frifo di?" gofynnodd yn syth.

"Naddo, dwi jest... alla i'm peidio," gwenais drwy fy nagrau.

"Gwenu a chrio run pryd? Dwi'm yn dallt," meddai.

"Na finna."

"Ti'm yn difaru?" gofynnodd yn boenus.

"Ddim o gwbl. O'n i isio, efo chdi, fan'ma, heno, a dwi'n uffernol o falch, ac oedd o'n lyfli, wir yr. Ac yli, dwi 'di stopio crio'n barod. Wel, bron."

"O, Non, ti'n nytar... ond y nytar delia'n y byd, hyd yn oed pan ti'n crio."

Mi fuon ni'n cofleidio am hir, ac wedyn mi gliriodd Adrian ei wddw. "Dyna'r tro cynta i minna hefyd sti."

"Ia? Go iawn?"

"Ia. O'n i'n aros am yr adeg iawn efo'r hogan iawn... "

Nes i ddechra crio eto.

Ar ôl dal dwylo, a siarad ar wastad ein cefnau yn sbio ar y sêr, a rhannu can arall o seidar, mi wnaethon ni ei wneud o eto. Mi barodd o'n hirach tro 'ma, ac roedd gen i well syniad be i'w wneud, ond do'n i'n dal ddim yn siŵr os o'n i'n ei wneud o'n iawn neu os oeddwn i fod i deimlo rhywbeth neilltuol. Ond do'n i ddim yn gweld ei fod o'n gwneud gwahaniaeth, achos ro'n i wir wedi mwynhau'r profiad.

Aeth o â fi adre ryw dro ar ôl hanner nos, ac mi fuon ni'n cusanu yn yr iard am oesoedd eto. Ro'n i'n dechrau amau fyddai gen i wefusau ar ôl. Ond do'n i'm yn cwyno.

"Pryd wela i di nesa?" gofynnodd.

"Fyny i chdi," meddwn. "Ond dwi'n amau ga i aros allan yn hir iawn nos fory a finna'n gorfod codi i fynd i'r ysgol y bore wedyn – fel Sicsth Fformar! A pryd ti'n dechra yn WAC 'fyd?" Roedd o wedi cael ei dderbyn i wneud cwrs HND mewn Amaethyddiaeth yn y Welsh Agricultural College yn Aberystwyth.

"Mewn pythefnos."

"Edrych ymlaen?"

"Yndw siŵr."

"Nei di ffonio fi?"

"Gwnaf siŵr! A dwi'n mynd i ddod adre bob penwythnos, tydw?"

"Ia, dyna ti'n ddeud rŵan."

"Be ti'n drio awgrymu?"

"Wel, os fydd 'na barti neu rwbath, os fydd dy ffrindia newydd di'n mynnu dy fod ti'n mynd am sesh efo nhw… "

"Iawn, ella fydda i'n aros yna bob hyn a hyn, ond mi fydda i'n dod adra'n amal, iawn? A dwi isio i ti ddod i aros efo fi yno 'fyd. Gawn ni gysgu efo'n gilydd… drwy'r nos… "

Roedd y syniad hwnnw'n apelio'n arw. Rhoddais gusan arall iddo a threfnu i'w weld ar y nos Fercher.

"Non?" meddai wrth i mi agor drws y car.

"Ia?"

"Diolch am heno. Oedd o'n golygu lot i fi sti… wsti… mai fi oedd y cynta i ti."

Y cyntaf? Oedd o'n disgwyl i mi gael rhyw efo llwyth o ddynion eraill ar ôl heno? Ond brathais fy nhafod a deud:

"Oedd o'n golygu lot i fi 'fyd. Nos da… styd."

"Nos da, gorjys… "

pennod 9

MI NES I FFONIO Nia'n syth ar ôl brecwast.

"Mae gen i rwbath pwysig i ddeud wrthat ti. Be am gwarfod rwla amser cinio?"

"Swnio'n ddifyr. Caffi'n dre?"

"Na, rwla mwy preifat."

"Difyrrach fyth! Fedra i'm aros rŵan. Elli di'm deud wrtha i dros y ffôn?"

"Na fedraf." Roedd 'na ormod o glustiau moch bach a mawr yn y tŷ.

"Jest un cliw bach?"

"Na. Stopia. Lle ti 'sio cwarfod?"

"Iawn, bydda fel'na ta! Dwi licio syspens. Be am y goedwig? Fatha erstalwm?"

"Iawn. Deuddeg?"

"Fedra i'm disgwyl tan hynny! Gwna fo mewn hanner awr!"

Mi gytunais, ond fel ro'n i'n cychwyn drwy'r drws,

"A lle ti'n meddwl ti'n mynd?" meddai llais Mam o'r landing.

"Allan. Fydda i'm yn hir."

"Dwi isio help efo cinio."

"Fydda i'm yn hir ddeudis i!"

"Ti'm yn symud cam o'r tŷ 'ma nes byddi di o leia wedi pario tatws."

"O, Mam… !"

Ond roedd hi fel mul. Ar y pryd, ro'n i'n grediniol mai jest isio sbwylio fy hwyl i roedd hi bob tro y byddai'n mynnu mod i'n ei helpu efo gwaith tŷ. Ond rŵan, a finna'n hŷn ac yn gallach, dwi'n gallu gweld mai wedi blino roedd hi. Rŵan, dwi'n cofio bod ei breichiau hi'n llawn o ddillad budron teulu blêr o chwech, a bod y peiriant golchi eisoes yn mynd fel fflamia. Ond prin wnes i sylwi ar y pryd. Mi bariais y tatws (yn hynod flêr) a hedfan drwy'r drws.

Roedd Nia yno o mlaen i, wrth gwrs, a hanner ffordd drwy sigaret.

"Wel? Sbil ddy bîns… be sy mor bwysig a chyfrinachol ta?"

Eisteddais wrth ei hochr.

"Ty'd â ffag i mi gynta," meddwn. Do'n i heb gyffwrdd un ers cnebrwng Aled, ond ro'n i'n teimlo'r angen am un rŵan.

"O'n i'n meddwl bo ti 'di penderfynu peidio?"

"Jest ty'd â ffag i mi."

"Mae'n rhaid bod hyn yn uffernol o sîriys!"

"Yndi, ty'd â'r blydi ffag 'na yma nei di?"

"Ocê, ocê. Dal dy ddŵr, hogan."

Mi daniais y sigaret a thynnu'n ddwfn arni. Ar ôl pesychu am oes a sychu nagrau, mi dynnais arni eto. Roedd hi'n well yr eildro. Ond ddim llawer.

"Wel ty'd 'laen!" ebychodd Nia. "Fi 'di'r un sy fod i neud *dramatic pauses… "*

"Gad i mi [peswch] jest dod i arfer… siarada di… am funud… Rhys?"

"O. Wel… nes i ffonio fo i ddeud mod i'n dympio fo. Ac aeth o'n nyts." Cymerodd y sigaret oddi arna i a thynnu arni.

"Ddoth o fyny ar ei feic – yr holl ffordd o dre! Landio acw'n laddar o chwys a mynnu mod i'n dod allan i siarad efo fo. Oedd o'n crio, sti!" Ro'n i'n dal i besychu gormod i allu ymateb, felly aeth hi'n ei blaen. "Meddylia! Hogyn fel'na'n crio! Do'n i'm yn gwbod lle i sbio. O'n i'n teimlo drosto fo, ond do'n i ddim chwaith, rywsut. O'n i'n flin efo fo am ypsetio fel'na, ti'n gwbod?" Nodiais. "Dwi'n meddwl ei fod o'n flin efo fo'i hun hefyd. 'Di hogia ddim fod i grio, nac'dyn? Eniwe, mi nath o sylweddoli mod i'm yn mynd i newid fy meddwl, ac mi aeth o adre. A dwi'm yn meddwl neith o siarad efo fi byth eto."

"Y creadur… " meddwn, a dagrau yn fy llygaid oherwydd y sigaret a meddwl am galon Rhys druan yn cael ei thorri fel'na.

"Ia, wel… *all's fair in love and war*," meddai Nia, "pawb yn gorfod dysgu'r wers yna ryw ben, medda Mam. A 'di'm yn neis gorfod dympio rhywun fel'na, ond oedd o'n well na tŵ-teimio fo, doedd? Mae'r cwbwl drosodd rŵan eniwe. Reit, ti'n gallu siarad yn iawn rŵan?"

"Yndw, dwi'n meddwl," meddwn, "ond… o, Rhys druan."

"Dwi'm isio siarad amdano fo! Dy stori di dwi isio!"

"Iawn, ocê… ti'n gwbod mod i'n siocd bo chdi a Dyfed wedi'i neud o?"

"Yndw, Miss Prissy."

"Wel, dwi'n mynd i roi yr un sioc i ti rŵan."

"Y?" Edrychodd yn hurt arna i am rai eiliadau cyn sylweddoli. "Be? Ti rioed wedi… ? Ti ac Adrian?"

"Do."

"Pryd?"

"Neithiwr, yn Llyn Cregennan. Wel, ddim yn y llyn, wrth ymyl–"

"O mai god. O MAI GOD! Ti 'di cael secs! Mae Miss Non Prim 'Sa Menyn Ddim yn Toddi Yn Ei Cheg Hi Edwards, wedi cael secs!"

"Ocê, sy'm isio gweiddi."

"Nest ti?!"

"Be?"

"Gweiddi."

"Naddo siŵr."

"Ond o't ti licio fo?"

"O'n. Yndw, neu fyswn i'm 'di neud o efo fo."

"Naci, o't ti'n licio'r *secs*, y gloman?"

"O'n."

"Nest ti ddod?"

"Dod? Wel, mi nath o."

"Do siŵr, ond nest ti?"

"Dwi'm yn dallt. Be ti'n feddwl, dod?"

"Cael orgasm, y gloman!"

"Dwi'm yn hollol siŵr be ydi orgasm, Nia."

"O mai god… orgasm ydi pan mae'r hogan yn teimlo'n rhyfedd i gyd."

"Wel, do felly. Dwi'n meddwl."

"O." Aeth hi'n dawel wedyn.

"Pam ti'n gofyn? Fyddi di'm yn cael y peth orgasm 'ma?"

"Dwi'm yn siŵr. Roedd Dyfed yn meddwl mod i wedi; fo ddeudodd wrtha i am y peth yn y lle cynta, achos dwi'n eitha siŵr nad oedd Rhys wedi clywed am ffasiwn beth ag orgasm chwaith; nath o rioed sôn, beth bynnag. Nath Adrian?"

"Naddo."

"Hm. Ond fysa hogia ddim yn gwbod be oedd o i hogan, chwaith, nafsan? Tasa gen i chwaer fawr i'w holi... hei, 'di Leusa rioed 'di sôn am peth?"

"Leusa? Callia! 'Di Leusa rioed 'di cael secs!"

"Ti'n siŵr?"

Ystyriais yn ofalus. Na, ro'n i'n eitha siŵr o mhethau, achos do'n i rioed wedi gweld Leusa efo'r un hogyn, ac anaml fyddai hi'n mynd allan i'r dre ar nos Sadwrn – roedd yn well ganddi hi fynd i *whist drives* a dod adre efo twrci yn hytrach na lyfbeits.

"Pam oedd Dyfed yn meddwl bo ti 'wedi dod' ta?"

"Dwi'm yn siŵr. Ond mi fues i'n gweiddi a nadu a fflapio o gwmpas lot. Oedd o fel 'sa fo'n licio hynny."

"O."

Heddiw, mae genod ifanc yn gwybod bob dim am ryw oherwydd cylchgronau, rhaglenni teledu, llyfrau – bob dim. Doedd 'na ddim byd tebyg ar gael yn ein hoes ni. Roedd 'na dudalen *'Dear Cathy and Claire'* yn *Jackie* oedd yn ateb llythyrau genod mewn gwewyr, ond pethau fel *"Dear Cathy and Claire, I kissed a boy last night. Will I get pregnant?"* oedd ynddyn nhw. Welais i rioed yr un gair am orgasms – yn unlle. Does 'na'm hyd yn oed air Cymraeg call amdanyn nhw. A doedd o'm yn rhywbeth y gallet ti ei drafod efo unrhyw un heblaw efo ffrind gorau fel Nia, a dwi'm yn siŵr faint o ferched oedd mor agored efo'i gilydd am y pwnc â ni'n dwy. Doedd yr hogia'n sicr ddim yn gwybod dim mwy na ni, a rhai'n credu'n gydwybodol mai arwydd o garwr da oedd un oedd yn dod yn syth bin, fel tase hynny'n brawf o'i ddynolrwydd o. Ac mae'n siŵr bod 'na gannoedd o ferched yn ddiolchgar am hynny. Roedd Adrian yn gneud ei orau, ond doedd ganddo fo fawr o glem am gyfrinachau corff merch, chwaith, a bod yn onest – ddim bryd hynny, beth bynnag. Mi fuon ni gyd yn y niwl am hydoedd.

Ond mi brynodd Nia gopi o *Cosmopolitan* rhyw dro yn ystod 1980, ac roedd 'na lyfryn wedi'i selio ynddo fo, oedd yn egluro bob dim roedden ni am ei wybod, hyd yn oed yn rhoi cyfarwyddiadau i'r cariadon ynglŷn â sut i helpu merch i gyrraedd yr uchelfannau. Mi brynais inna gopi, a digwydd gadael y daflen ar fy ngwely pan ddoth Adrian i ngweld y penwythnos hwnnw. Roedden ni'n canlyn yn selog ers blwyddyn a mwy erbyn hynny, ac roedd Mam a Dad yn berffaith fodlon iddo fynd i'r llofft efo fi – wedi'r cwbl, roedden nhw'n ei nabod o a'i deulu'n dda iawn. Mi wnes i sioe o chwilio am ryw hen luniau mewn drôr a'i adael o i sylwi ar y llyfryn drosto'i hun, heb dynnu ei sylw ato mewn unrhyw ffordd. Do'n i'm isio brifo ei falchder gwrywaidd o. Taswn i wedi stwffio fo o flaen ei drwyn, mi fyddai hynny gyfystyr â deud: "Yli, ngwashi, mae 'na ambell beth ti'm yn ei neud yn iawn... "

Mi ddarllenodd y daflen heb ddeud gair. Prin nath o sylwi arna i'n fflitian o gwmpas y stafell, yn ei lygadu bob hyn a hyn. Yn y diwedd, mi roddodd y daflen o'r neilltu.

"Ty'd yma," meddai mewn llais mwy cryg nag arfer.

Wir i chi, bu bron i mi sgwennu llythyr i *Cosmopolitan* yn diolch iddyn nhw o waelod calon. O'r diwedd, roedden ni'n dau'n gwybod be oedd be, yn gwybod be oedd yn lle a be i'w wneud efo fo, a doedden ni'm yn gallu stopio. Mi drawsnewidiwyd ein bywyd rhywiol yn llwyr. Cyn hynny, roedd rhyw fel ceffyl gwedd digon tebol yn aredig rhyw gae, ond bellach roedd o fel stalwyn Arabaidd yn carlamu dros draeth Harlech. Ac Ynys Llanddwyn. Ac Ynyslas.

Mi fues i'n aros efo fo droeon yn ei wely bach sengl yn WAC, a chael ei gyfoedion yn waldio'r waliau'n gyson yn gweiddi arnon ni i 'neud llai o blydi sŵn'! Ninnau'n giglan fel plant, syrthio i gysgu ym mreichiau ein gilydd cyn dechrau arni eto yr eiliad bydden ni'n deffro, a finnau'n ceisio brathu'r gobennydd i fod yn dawel.

Ro'n i mewn cariad llwyr efo fo, ac ynta efo fi. Roedden ni'n gwybod y bydden ni'n priodi. Do'n i'm hyd yn oed yn sbio ar unrhyw ddyn arall, a hyd y gwyddwn i, nath o'm sbio ar hogan arall chwaith. Ddim bryd hynny, beth bynnag. Roedd gen i f'amheuon weithiau pan fyddai rhyw lyfrgellydd bach del yn gwenu'n swil arno ar gampws WAC. Roedd yr amaethwyr (bron yn ddieithriad yn fechgyn) a'r llyfrgellwyr (bron yn ddieithriad yn ferched) yn rhannu'r un campws. Ac oedd, roedd hi'n amlwg bod rhai o'r darpar-lyfrgellwragedd yn hynod sidêt yn eu *twin-sets beige* ac ofn hogia gwyllt WAC drwy'u tinau, ond mae 'na ferched rhywiol yn mynd i'r byd llyfrau hefyd – ac roedd 'na sawl *femme fatale* ar y campws 'na.

Does wybod, ella bod Adrian wedi cael ambell i noson wirion yn ei gwrw bryd hynny, 'nes i rioed ofyn, ond ro'n i jest yn gwybod na fyddai o byth yn fy mrifo i. Roedd gen i ffydd lwyr ynddo fo, ac ro'n i'n gwybod ei fod ynta'n teimlo'r un fath amdana i. Roedd o bron fel tase 'na lastig anweledig yn ein cysylltu ni. Mi fydden ni'n gallu bod lathenni lawer oddi wrth ein gilydd mewn tafarn neu barti – fi'n siarad efo criw o hogia, ynta'n chwerthin ynghanol criw o ferched – a fyddai'r un ohonon ni'n teimlo'r un owns o genfigen. Codi pen weithia – run pryd fel arfer – gwên fach i destio'r lastig, ac yn ôl â ni at ein sgyrsiau. Ro'n i'n gwybod mod i wedi bod yn lwcus. Ychydig iawn o gyplau eraill sy'n gallu dod o hyd i'r lastig 'na. Ac os ydyn nhw, mae o'n tueddu i freuo cyn pryd. Ond, wrth gwrs, mae pob lastig yn breuo'n y diwedd.

Ta waeth. Pharodd Nia a Dyfed ddim yn hir ar ôl Glan-llyn. Rhyw hanner dwsin o sgyrsiau ffôn, ond ugeiniau o alwadau gan Nia pan fyddai ei fam yn deud ei fod o ddim adre, dau lythyr yn *SWALK* i gyd (ganddi hi), un pnawn glawog yn Wrecsam, a dyna ni. Mi ddeudodd o ei fod o wedi ffendio rhywun arall – lleol.

"Dwi ddim yn gallu handlo *long distance love affairs,* ti'n gweld," meddai o wrthi, "felly gwell i ti ffeindio rhywun mwy *local* hefyd. Fydd gyn ti dim problem, achos ti'n *dead smart bird*. Ta ra."

Mi dorrodd hi ei chalon.

"Sgenna i neb rŵan!" wylodd ar fy ysgwydd, "dyla bo fi 'di sticio efo Rhys! Ond neith o'm sbio arna i rŵan! Mae o'n 'y nghasau i!"

"Argol, mae 'na ddigon o ddynion eraill ar gael," meddwn, "a'r rhan fwya ohonyn nhw'n dy ffansïo di."

"Ti'n meddwl?"

"Yndw. A meddylia'r dewis fydd gen ti pan ei di i'r coleg! Llwyth o fois clyfar, del, lot neisiach na Rhys na Dyfed… "

Ro'n i'n amau'n fawr a fyddai hi'n dod o hyd i rywun neisiach na Rhys, ond do'n i'm yn mynd i ddeud hynny wrthi hi, nago'n? Roedd hi'n hapusach wedyn, beth bynnag, ac yn edrych ymlaen fwy nag erioed at adael yr ysgol. Roedd hi'n dal i gael marciau da ac yn hynod ffyddiog y byddai'n hedfan drwy'r arholiadau Lefel A.

Do'n i'm yn gwneud cweit cystal. Roedd yr Arlunio'n iawn, ond do'n i'm yn cael llawer o hwyl ar y Gymraeg. Roedd stwff y Traddodiad Barddol fel uwd i mi. Iawn, ro'n i'n dallt pethau fel Catraeth, Urien, Ynys Afallon a ballu yn fras, ond do'n i jest ddim yn gallu sgwennu traethodau amdanyn nhw. Doedd gen i ddim byd i'w ddeud. Dwi'm yn meddwl fod gan Nia na'r un o'r lleill fawr i'w ddeud chwaith, ond roedden nhw'n gallu gneud iddo fo swnio fel tasen nhw'n deud rhwbath o dragwyddol bwys.

Mi ges i sgwrs efo Wil Welsh am y peth, ond mi ddeudodd o y byswn i'n gneud yn iawn taswn i 'mond yn darllen chydig mwy a chanolbwyntio yn y gwersi. Ro'n i'n tueddu i freuddwydio yn y dosbarth, dwi'n cyfadde, ond doedd genna i jest ddim diddordeb, achos do'n i'm wir yn dallt. Nes i drio darllen mwy

– wir yr – ond roedd y llyfrau roedd o isio i ni eu darllen i gyd mor uffernol o boring. Ro'n i wedi colli diddordeb mewn llyfrau erbyn hynny beth bynnag, heblaw am fenthyg rhai o lyfrau Jackie Collins gan Leusa, a dwyn rhai Stephen King o lofft John.

Doedd fy rhieni ddim yn disgwyl i mi fod yn academydd, beth bynnag; roedden nhw ill dau wedi gadael yr ysgol yn bymtheg oed, ac roedd John wedi gadael yr eiliad roedd o'n gyfreithiol iddo allu gwneud hynny. Roedd o adre'n ffarmio efo Dad – ac yn canlyn efo Manon Ty'n Twll, oedd ar ganol cwrs ymarfer dysgu. Roedd Leusa wedi cael swydd efo Banc Nat West yn dre, ac wrth ei bodd yno. Chawn ni byth wybod be fyddai hanes Aled. Ond ffarmio fyddai yntau, dwi'n meddwl – roedd o wrth ei fodd yn cael bod allan ym mhob tywydd – ac roedd ganddo fo ffordd arbennig efo cŵn, a mwy o fynedd na John a Dad efo'i gilydd. Bosib y byddai o wedi gwneud ei farc mewn treialon cŵn defaid, does wybod. Ond fyddai yntau, chwaith, ddim wedi bod yn *clever clogs* academaidd.

Meinir oedd yr unig un oedd yn dangos unrhyw fath o allu fel'na. Roedd hi ar ei blwyddyn ola yn yr ysgol gynradd, a'r athrawes wedi gwirioni efo hi. Byddai'n cael deg allan o ddeg mewn profion sillafu a *mental tests*, sef profion mathemategol, y profion fyddai'n torri nghalon i'n rhacs yn ei hoed hi. Roedd hi wedi dysgu chwarae'r piano hefyd, rhywbeth arall gollais i ddiddordeb ynddo ar ôl tair wythnos. Doedd o jest ddim ynof fi, ond roedd gan Meinir frên cerddorol, yn ôl yr athrawes. Roedd yr hen biano yn y parlwr yn cael chydig o ddefnydd o'r diwedd, ac roedd Mam wrth ei bodd.

Brên lluniau oedd gen i, ac os o'n i ar goll efo'r cwrs Cymraeg, mi wnes i wir fwynhau'r cwrs arlunio. Doedd 'na'm gormod o waith efo fo, ac roedd gen i esgus i fynd allan i'r caeau neu lawr at yr afon efo fy *sketch pad* am oriau heb gael Mam yn mwydro mhen i helpu efo gwaith tŷ. Ro'n i'n gweithio yn y siop ffrwythau bob bore Sadwrn er mwyn cael pres poced, yna'n chwarae hoci neu bêl-rwyd yn y pnawn pan fydda 'na gêm – ac roedd gen i Adrian.

Do'n i'm yn gweld llawer o Nia yn y cyfnod yna, rhwng ei bod hi wir isio gwneud yn dda yn ei Lefel A, a'i mam yn mynnu ei bod hi'n aros adre i swotio – a'r ffaith mod i efo Adrian bron bob penwythnos. Ond mi fydden ni'n dwy'n mynd allan efo'n gilydd ar nos Wener weithiau, pan fyddai Adrian ddim yn dod adre tan y bore Sadwrn, neu'n brysur efo defaid ac ŵyn. Nia fyddai'n dreifio. Roedden ni'n dwy wedi pasio'n prawf gyrru ar y tro cynta – ar yr un diwrnod. Roedd Nia wedi gofalu gwisgo sgert am ei bod hi wedi clywed bod hynny wastad yn help i ferch basio. Mi fynnais wisgo jîns a phasio'r un fath. Ond dim ond Nia gafodd gar. Datsun Cherry bach coch, gafodd ei fedyddio'n Bessie am ryw reswm.

Doedd rheolau yfed a gyrru ddim mor llym bryd hynny, felly mi fyddai Nia'n yfed yr un faint o seidar â fi drwy'r nos ac yn gyrru Bessie adre ar hyd y ffordd gefn, oni bai ei bod hi wedi bachu rhywun ac yn cael lifft adre efo hwnnw. Ond mi fyddai'r creadur hwnnw wastad yn gorfod mynd â fi adre gynta. Roedd hi wastad yn gofalu mod i'n iawn i fynd adre, chwarae teg iddi. Ond doedd hi byth yn mynd efo'r hogia 'ma fwy nag unwaith, a doedd y dewis o ddynion ddim yn ei phlesio'n aml, felly – yn amlach na pheidio – hi fyddai'n dreifio. Fydden ni byth yn cael damwain nac yn mynd i drwbl, tan un nos Wener wlyb ym mis Chwefror. A dyna pryd dechreuodd bethau newid rhyngon ni.

Roedd hi'n amlwg fod Nia'n flin pan ddoth hi i fy nôl i am hanner awr wedi saith, fel arfer. Mi sgrialodd i mewn i'r iard a bibian a refio fel dwn-im-be yn disgwyl i mi ddod allan, yn hytrach na dod i mewn efo'i helô hwyliog arferol.

"Rwbath wedi cnoi honna heno," meddai Mam. "Deuda wrthi ar gallio ar y ffordd i dre. Yn enwedig yn y glaw 'ma."

"Iawn," meddwn, wedi hen arfer efo rhybuddion tebyg.

Doedd Mam ddim yn gallu ymlacio nes bydden ni i gyd adre'n ddiogel yn ein gwelyau, ddim ers colli Aled. Nath hi rioed ddeud hynny, ond roedden ni i gyd yn gwybod yn iawn bod ganddi ofn drwy'i chalon y byddai'n colli un arall ohonon ni.

"Be sy?" gofynnais i Nia wrth ddringo i mewn i'r car.

"Mam," meddai, a sgrialu i ffwrdd bron cyn i mi gau'r drws yn iawn.

"*Wôôô!* Slofa lawr!" chwarddais. "Ti'm mewn rali, sti."

"Sori," meddai, gan arafu fymryn, "ond dwi isio peint – rŵan."

"Be nath hi?"

"Busnesa yn fy nrôr nicars i a dod o hyd i baced o mhilsan fach i."

"O mai god… be ddeudodd hi?"

"Aeth hi'n nyts. Beichio crio a strancio a ngalw i'n hen hwren a bob math o betha. Meddylia! Galw dy ferch yn hynna! A blydi hel, chwara teg, dwi bron yn ddeunaw oed! Nes i drio deud hynny wrthi, ond roedd hi'n hollol *hysterical.* Roth hi slap i mi ar draws 'y ngwyneb! Mae'r ddynes yn nytar, dwi'n deud wrthat ti." Roedd hi wedi rhoi ei throed i lawr yn drwm eto, a do'n i'm yn hapus.

"Nia, slofa lawr, mae hon yn gornel ddrwg."

"Dwi'n gwbod! Tydw i wedi dod ffor'ma gannoedd o weithia!" Ond erioed ar y cyflymder yna. Bu bron iddi ei cholli hi.

"Nia… stopia. Stopia yn y *lay by* acw, gawn ni siarad fan'no. Ty'd."

Mi wrandawodd arna i, diolch byth, a thynnu i mewn efo sgrech o frêcs. Mi fuon ni'n dwy'n dawel am chydig, wedyn mi ddechreuodd Nia grio.

"Hei, ddaw hi drosto fo," meddwn, gan estyn hances iddi, "ma'i 'di cael sioc, dyna i gyd."

"Ia, ond fysa dy fam di byth 'di gneud hynna. Fysa dy fam di byth yn dy alw di'n hwren!"

Do'n i'm yn siŵr be i'w ddeud. Na, do'n i ddim yn meddwl y byddai Mam yn fy ngalw i'n hwren, ond fyddai deud hynny ddim yn gwneud i Nia deimlo'n well.

"Ym… be 'nest ti, ar ôl iddi roi slap i ti?" gofynnais yn lle.

"Jest sefyll yna â ngheg yn 'gored am chydig, wedyn nes i afael yn fy mag, rhedeg lawr staer – oedd hi'n dal i weiddi arna i a ncidio i'r car. Es i fyny i'r *lay by* ar y bwlch, a smocio un ffag ar ôl llall yn fan'no nes oedd hi'n bryd i mi fynd i dy nôl di. A rŵan dwi isio meddwi'n dwll. A dwi'm yn mynd adre heno. Ga i aros efo ti?"

"Cei siŵr. Ond 'sa well i ti adael iddi wybod lle wyt ti rhag ofn i—"

"Stwffio hi. Geith hi feddwl mod i 'di gneud amdana fi'n hun, 'mots gen i."

"Nia… 'di hynna'm yn—"

"Ffwcio hi. Iawn, dan ni'n mynd i drc ta be?"

"Iawn, ond ddim fatha cath i gythral, plîs."

Mi ddiflannodd ei hanner cynta o Strongbow tra ro'n i'n y lle chwech. Mi brynodd un arall yn syth, a gorffen hwnnw cyn i mi orffen f'un cynta i.

"Asu, howld on rŵan, Nia. Fyddi di'n gocls erbyn naw ar y rêt yma."

"Fydda i'n iawn. Ti 'sio gêm o pŵl?"

Mi chwareon ni dair gêm, a Nia enillodd y tair. Fel arfer, mi fydden ni'n eitha cyfartal, ond doedd gen i'm gobaith yn ei herbyn hi'r noson honno.

Aethon ni i'r Lion wedyn, a pwy oedd wrth y bar ond Rhys. Do'n i'm wedi'i weld o erstalwm, gan ei fod o yn y coleg ym Mangor bellach, a byth yn dod adre ar benwythnosau.

"Sym o'r ffordd, Gronw," meddai Nia gan wthio heibio iddo at y bar.

"Mor raslon ag arfer, Blodeuwedd," atebodd ynta.

"Ffyc off."

Trodd Rhys druan ata i. "Rhywun wedi sathru ar ei chynffon hi, neu roi tro yn ei chyrn hi?"

"Paid â gofyn," meddwn i. "Sut mae petha'n mynd ym Mangor?"

"Iawn, sti."

"Pa bwnc ti'n neud 'fyd?"

"Maths."

"Argol, ia? Dwi'n *impressed*! Do'n i'm yn gwbod dy fod ti mor glyfar."

"Diolch," gwenodd.

"'Di o'n anodd, ta?" gofynnais wedyn.

"Digon o waith de, dipyn mwy na sy gan y wêstars sy'n gneud Cymraeg ac Addysg, neu Cymraeg a Drama," ychwanegodd – yn ddigon uchel i Nia gael clywed. Ond roedd hi'n siarad efo'r barman. "Ti'n dal efo Adrian?" gofynnodd wedyn, wedi gweld nad oedd Nia'n mynd i ymateb.

"Yndw, mi fydd o allan nos fory os ti'n dal o gwmpas."

"Ia, mi fasa'n braf ei weld o. Gweld colli rhai o'r hen wynebau. *Rhai*," pwysleisiodd, wrth i Nia droi aton ni a rhoi hanner arall o Strongbow yn fy llaw.

"Cer allan o ngwyneb i ta," meddai hi gan roi gwên ffals iddo a'm harwain i at un o'r byrddau yn y gornel. "Pam ti 'sio siarad efo hwnna?" hisiodd arna i wrth i ni eistedd.

"Am mod i'n 'i licio fo!" protestiais. "'Di o rioed 'di gneud dim byd i mi – ac erbyn meddwl, nath o rioed ddim byd i ti chwaith – ti ddaru dympio fo!"

"Ti'm yn cofio noson ola Blodeuwedd?" meddai hi'n syth. "Difetha mherfformiad ola i?"

"Roist ti uffar o berfformiad i mi wedyn, os cofia i'n iawn," gwaeddodd Rhys o'r bar.

"Paid â gwrando ar sgyrsiau bobol eraill!" gwaeddodd Nia'n ôl.

"Methu peidio," atebodd o'n syth, "rhaid i ti watsiad dy *voice projection,* sti, ond dyna fo, dim ond *stage whispers* ti'n eu dallt, de?"

"O, cau hi," meddai Nia gan danio ffag.

"Ond mae'n wir, tydi? Tydi dim byd yn 'real' yn dy fyd di, nacdi? Sioc ydi o i gyd, yndê?"

"Rhys, plîs," erfyniais arno, gan drio dangos efo fy llygaid nad dyma'r lle na'r amser. Ond roedd hi'n rhy hwyr. Roedd Nia wedi stwmpio'i ffag, wedi codi ar ei thraed ac wrthi'n clecio'i hanner ar ei ben.

"Ty'd. O'ma," meddai wrtha i, "dwi'm yn aros fan'ma i gael 'yn insyltio."

Mi fynnodd mod innau'n clecio fy niod innau, ac allan â ni, gan adael Rhys yn fud wrth y bar.

"Coc oen," meddai, wrth fartsio yn ei bwtsias cowboi gwyn i fyny'i stryd am yr Unicorn. "Y peth gora nes i rioed oedd gorffen efo fo."

"Ond Nia," meddwn, yn ceisio cadw i fyny efo hi yn fy *stilettos* newydd, "dwi'n meddwl dy fod ti wedi'i frifo fo, sti."

"Dwi'n gwbod, a dwi'n falch!"

"Naci, dwi'n meddwl ei fod o'n dal i frifo. Fysa fo'm 'di deud petha fel'na tasa gynno fo'm bwys amdanat ti."

"Be? Mae o'n insyltio fi am ei fod o'n licio fi? Callia, Non, nei di!"

"Y rhai sy'n curo sy'n caru," meddwn. Stopiodd Nia'n stond, gosod ei dwylo ar ei chanol ac ysgwyd ei phen yn araf.

"Seicoleg ysgol gynradd, Non. Pathetic. Ty'd. Ti pia hon. A dan ni ar y fodca a leims rŵan."

Ro'n i wedi nghlwyfo, ond i mewn â mi'n ufudd i'r Unicorn, a ddeudis i'm gair pellach am Rhys, dim ond gwrando arni hi'n ei fytheirio fo, a'i mam, a bywyd yn gyffredinol.

Pan gerddon ni'n sigledig i mewn i'r Ship ar gyfer *last orders*, roedd 'na giw anferthol reit rownd y bar, a doedd gynnon ni'm gobaith o gael diod cyn stop tap. Pwy oedd reit wrth y bar, ar fin cael ei syrfio, ond Rhys. Ac roedd o wedi'n gweld ni'n dod i mewn. Nia oedd pia'r rownd, a doedd hi ddim yn gallu sefyll yn dda iawn bellach.

"Os ti'n gofyn yn neis, ella ga i hon i chdi," gwaeddodd Rhys arni gyda gwên. Gwên eitha smyg a bod yn onest. Edrychodd Nia arno'n flin, yna troi ata i.

"Be wna i?"

"Mae gen i syched," meddwn.

"*Typical*. Meddwl amdanat ti dy hun eto," ochneidiodd Nia, cyn troi at Rhys. "Iawn, dwi'n gofyn yn neis," gwaeddodd, "dau dybl fodca a leim."

"Plîs," gwenodd Rhys.

"Plîs," gwgodd Nia.

"Ty'd â'r pres ta. Ti'm yn meddwl mod i'n mynd i dalu am ddau ddybl, wyt ti?"

"Diawl tyn," meddai Nia dan ei gwynt gan estyn papur punt iddo.

Mi ddoth â'n diodydd aton ni, ac eistedd rhyngon ni.

"Diolch Rhys," meddwn.

"Croeso, Non. Falch o fod o gymorth i ddwy *damsel* mewn *distress.*"

"Wel paid â distresio mwy arnon ni, ta, a dos i ffendio dy ffrindia," meddai Nia gan geisio tanio sigaret, a methu. "Os oes gen ti rai."

Ymateb Rhys oedd cymryd ei leitar oddi arni a'i danio reit o flaen ei sigaret. Roedd llygaid Nia fymryn yn groes erbyn hyn, a doedd hi'n dal ddim yn gallu ffocysu'n iawn ar y fflam na'i sigaret. "Stopia'i symud o," meddai.

"Dydw i ddim."

Doedd Nia'n amlwg ddim yn ei gredu ond, yn y diwedd, mi afaelodd yn ei law a phwyso mlaen yn araf i danio'r Embassy. Mi lwyddodd y tro hwnnw, ac er mod inna reit chwil, mi wnes i sylwi na wnaeth hi ollwng ei law o am amser hir.

"Ti 'sio un?" gofynnodd iddo.

"Un be?" gofynnodd yntau.

"Ffag, y lemon."

"Nagoes. Dwi'm yn smocio."

"'Di Non ddim chwaith. Nath hi drio, ond doedd hi'm yn licio fo."

"Hogan gall."

"A be mae hynna'n 'y ngneud i?"

"Gwirion, stiwpid… rhyw fanion bethau felly nad ydynt wrth fodd pawb."

"O, god… ffycin Gronw Pebr eto."

"Lleu, *actually.*"

"Ti wrth dy fodd yn 'y nghywiro i, dwyt?"

"'Mond pan mae angen."

"Hmff. Angen dy gyweirio di sy."

"Argol, a siomi cymaint o ferched?"

"O, ti 'di mynd yn rêl Don Juan tua'r coleg 'na, do?"

"Gneud 'y ngora, sti."

"Wyt mwn."

Ro'n i'n dechrau teimlo fel gwsberan braidd. Doedd yr un o'r ddau wedi tynnu eu llygaid oddi ar ei gilydd ers tanio'r sigaret. Roedd 'na *chemistry* rhyngddyn nhw, a dyna fo. Ro'n i ar fin torri i mewn ar y sgwrs, ond wedyn dyma fi'n sylweddoli efallai y byddai'n well peidio.

"Sut ti'n mynd adra?" gofynnodd Nia iddo'n sydyn.

"Cerdded. Hogyn dre dwi, cofia."

"O ia. Mam a Dad adre?"

"Yndyn. Ond maen nhw'n cysgu'n sownd. Sa'n cymryd bom i'w deffro nhw."

"Handi."

"Handi iawn."

"Mmm… "

Do'n i'm yn rhy siŵr be oedd arwyddocâd hynna, a dyna pryd nes i sylweddoli mod i'n methu gweld dwylo Rhys.

"Ti ffansi… paned?"

"Yndw."

"Ty'd ta." Cododd y ddau ar eu traed, ond cofiodd Nia amdana i mwya sydyn.

"O. Non. Ti… ym… ti isio panad hefyd?"

"Nagoes, mae'n iawn. Dos di."

"Ond… ym… " Roedd hi'n siglo ar ei thraed braidd. "Ti isio goriada Bessie?"

"Na. Mae John yma'n rwla. Ga i lifft efo fo."

"O, 'na fo ta. Nos da, Non." Ymbalfalodd amdana i a rhoi coflaid flêr i mi. Mi fydden ni'n dwy wedi disgyn oni bai fod Rhys wedi cydio ynddon ni.

"Diolch Rhys," meddwn.

"Naci, diolch i ti," meddai gyda gwên. Ac yna mi adawon nhw.

Mi ddois i o hyd i John yn y diwedd a chael lifft adre efo fo a Manon. Hi oedd yn gyrru.

"Ti 'di meddwi 'ndo?" meddai mrawd mawr yn surbwch o'r sedd flaen.

"Do. Sori, dio'n drosedd?"

"Yndi mae o. Ti'm yn ddeunaw eto."

"O, a nest ti'm meddwi nes o't ti'n ddeunaw naddo?"

"Deuda di wrtho fo Non," meddai Manon gan chwerthin. Ro'n i'n lecio Manon.

"Pryd dach chi'ch dau'n mynd i briodi?" gofynnais. Roedd 'na dawelwch annifyr am dipyn... "Dan ni'n rhy ifanc i feddwl am betha fel'na," meddai Manon.

"Ond ti'n... be? Dwy ar hugain rŵan?"

"Yndw. Rhy ifanc."

"God, mae dau ddeg dau yn hen ddigon hen!" meddwn. "Dwi'n gwbod be ddylech chi neud; priodi flwyddyn nesa – 'na i fod yn forwyn, dim problem, wedyn aros cwpwl o flynyddoedd cyn cael babi, pan ti tua *twenty six*, ffor'na, a 'na fo, taclus. Bob dim yn dwt."

"Ia, twt iawn," meddai John, braidd yn chwerw o sbio'n ôl. "Ond 'di Manon ddim yn licio petha'n rhy dwt sti."

"Nacdi? Nagwyt Manon?" Penderfynodd Manon beidio ag ateb a newid y pwnc, ond ro'n i'n rhy chwil i sylwi. A phan gyrhaeddon ni adre, es i'n syth i'r tŷ ac mi fuon nhw yn y car am oes. Mi wnes i gymryd yn ganiataol mai cael icidyms oedden nhw, ond beryg mod i'n anghywir.

Ta waeth, mi es i gysgu efo gwên am fod popeth yn hynci dôri. Mi fyddai Adrian yn dod adre erbyn cinio, yn ysu am fy ngweld i, ac roedd hi'n eitha posib y byddai Rhys a Nia yn mynd nôl efo'i gilydd. Oedd, roedd pob dim yn hyfryd.

pennod 10

MI NATH NIA FY FFONIO am hanner awr wedi wyth y bore wedyn – o'r ysbyty.

"Ble?"

"Glywist ti fi. Nei di ddod i nôl fi?"

"Y? Ym... gwnaf siŵr, ond be ti'n–?"

"Dwi'n iawn. Jest ty'd i nôl fi."

Roedd hi'n disgwyl amdana i y tu allan i'r ysbyty, gwaed wedi sychu dros ei blows *cheesecloth*, ei braich mewn sling a'i dwy lygad yn ddu, ddu.

"Dwi'n gwbod," meddai, "dwi'n edrych fel panda. Ond mae 'na well golwg arna i nag ar Bessie."

Mi ges i'r hanes yn y car. Roedd Rhys a hithau wedi ffraeo'n rhacs cyn cyrraedd ei dŷ o. Doedd hi'm yn cofio pam, ond roedd hi wedi myllio'n llwyr, wedi ei alw'n bob dim dan haul (a chael abiws digon tebyg yn ôl), felly roedd hi wedi martsio'n ôl i ganol dre a neidio i mewn i Bessie. Mi wnaeth gamgymeriad ar un o'r corneli drwg ar y ffordd gefn, a tharo'r clawdd.

"Ddim yn ofnadwy o galed, cofia," eglurodd. "Nes i hitio'r *windscreen* wrth reswm, *hence the* llygaid panda a'r blydi sling 'ma."

"Ti 'di thorri hi?"

"Naddo, diolch byth, 'mond 'di sigo ngarddwrn. Blincin brifo 'fyd."

"Pwy ffendiodd chdi?"

"Be ti'n feddwl, pwy ffendiodd fi? Neb! Nes i stwffio hances i

169

fyny nhrwyn, achos o'n i'n gwaedu fel mochyn, cyn trio rifyrsio
Bessie druan allan o'r clawdd, ond roedd hi'n hollol styc. Wedyn
nes i gerdded lawr i'r sbyty'n hun, syth mewn i *casualty*. Yn
union fel rwbath allan o ffilm. O'n i'n edrych fatha *zombie* mae'n
siŵr, do'n, a gwaed drosta i i gyd. Oeddan nhw isio ffonio Mam
a Dad ond nes i ryw stori goc bod calon Mam yn ddrwg ac y
bysa'r sioc yn siŵr o fod yn ormod iddi. Dwi'n meddwl mai
dyna pam naethon nhw'm galw'r polîs chwaith, achos oedden
nhw'n gallu ogleuo'r alcohol arna i, doedden? Ddeudodd neb
ddim byd beth bynnag, oedden nhw'n ofnadwy o glên efo fi.
Felly ges i aros yna dros nos, a ges i frecwast bore 'ma. Tôst a
jam a phanad. Lyfli."

"Nia! Felly does gan dy rieni ddim syniad lle wyt ti?"

"Nagoes. O'n i'n mynd i aros efo ti beth bynnag do'n? A
rŵan mae gen i ffafr arall i'w ofyn i ti. Wel dau a deud y gwir." O
dîar. Roedd gen i ofn clywed be fyddai'n dod nesa. "Yn gynta,"
meddai, "ga i ddeud mod i wedi aros efo ti? Os awn i adre i dy
dŷ di rŵan, mi na i egluro i dy fam a gofyn yn neis iddi."

"Be? Gofyn iddi ddeud celwydd wrth dy fam?"

"Does gen i'm dewis, nagoes? Cofia, mi allwn i ddeud y gwir,
wedyn ella y bysa Mam yn teimlo'n euog am ypsetio fi gymaint.
Ond dwi'n ama rhywsut. Wedyn yr ail beth… "

"Ia… ?"

"Bessie. Oes 'na dow-bar ar y car 'ma?"

"Y? Oes – ond alla i'm towio Bessie! A lle fysan ni'n mynd
â hi?"

"Ty'd i weld gynta. Os na fedrwn ni ei thynnu hi efo hwn,
awn i chwilio am John."

"O, plîs, paid dod â John mewn i hyn."

"Gawn ni weld os fedran ni ei neud o'n hunain gynta, ia?"

Felly aethon ni adre ar hyd y ffordd gefn, a dod o hyd i Bessie â'i phen blaen mewn clawdd a'i holwyn chwith mewn ffos. Roedd y bonet wedi plygu braidd, y bympar yn o giami, ac un o'r goleuadau wedi malu, ond ar wahân i hynny, doedd na'm golwg rhy ddrwg arni. Mi lwyddodd Nia danio'r injan, ac mi fues i'n trio siglo a gwthio Bessie allan o'r ffos tra bu hi'n refio fel diawl – ond yn ofer. Y cwbl gyflawnon ni oedd suddo'r olwyn ymhellach i mewn i'r mwd yn y ffos, ac roedd hanner y mwd hwnnw dros fy jîns i. Roedd gen i ormod o ofn defnyddio Maxi Dad i'w thynnu allan, rhag ofn i mi wneud niwed i hwnnw.

"Iawn, awn i chwilio am John," meddwn. Ychydig wyddwn i y byddwn i'n cicio fy hun am gynnig hynna.

Wrth lwc (ar y pryd), roedd yn y buarth dros y ffordd i'r tŷ, a doedd na'm golwg o Dad.

"Haia John," meddai Nia, efo gwên hynod ddiniwed.

"Be sy?" gofynnodd hwnnw. Mi wnaethon ni egluro'r sefyllfa iddo'n fras, ac mi ysgydwodd ei ben. "Felly dach chi isio i mi fod yn *accessory to a crime*?"

"Pa '*crime*'?" prostestiodd Nia. "Nes i'm brifo neb, naddo? 'Mond fi fy hun. A Bessie."

"A'r clawdd," meddwn.

"O, cau hi."

"Mi ddylet ti riportio'r peth i'r heddlu sti, Nia," meddai John.

"Ia, ond sa'n haws peidio, yn bysa? Ti'n gwbod sut un ydi Mam, a 'sa Dad yn mynd yn nyts… " Edrychodd arni'n ofalus, yna edrych arna i.

"Dach chi'ch dwy'n blydi *liability*. Pam nest ti ddreifio p'un bynnag, Nia? O'n i'n meddwl bo ti'n aros yn dre efo mab y gweinidog."

"Ia, wel… gawson ni ffrac."

"Dim ti oedd yr unig un. Iawn, ocê ta, na i helpu chi, ond dwi'm yn disgwyl gorfod prynu run peint i mi fy hun heno… "

"Paid â sbio arna i," meddwn, "ddim fi falodd 'y nghar."

"Iawn, ocê, mi bryna i ddrincs i ti drwy'r nos, addo," meddai Nia. "Rŵan ty'd, siawns na fydd 'na neb wedi gweld Bessie eto."

A dyna ni. Aethon ni efo John yn y Land Rover, ac mi dynnodd o Bessie druan allan o'r clawdd heb fawr o drafferth. Mi fynnodd bod Nia'n mynd y tu ôl i'r llyw wedyn, i gadw'r car rhag swingio dros y lle wrth iddo'i thynnu am adre. Roedd hi'n cachu brics yr holl ffordd, ond mi gyrhaeddon ni'r buarth mewn un darn.

"Diolch John, ti'n *gentleman*," meddai Nia wrth ddringo allan o'r car.

"Un chwil gachu erbyn heno, gobeithio," meddai yntau. "Rŵan, gad i ni gael golwg ar y car 'ma." Fel pob ffarmwr gwerth ei halen, roedd John yn dipyn o fecanic (a pheiriannydd a phlymar a thrydanwr) ac mi dreuliodd o ryw ugain munud yn archwilio Bessie'n fanwl. Doedd hi ddim yn rhy ddrwg. Byddai'n rhaid mynd â hi i'r garej i drwsio'r golau a'r bympar, a gellid morthwylio'r bonet yn ôl i'w le (Roedd 'na lwyth o geir wedi cael eu trwsio fel'na o gwmpas y lle yn 1979).

"Chei di'm cymaint amdano fo rŵan tasat ti'n ei werthu o, ond mi fydd yn dal i fynd, dim problem," meddai John. Mi neidiodd Nia am ei wddw a'i gofleidio'n dynn.

"John, ti'n ffantastic!" meddai, bron yn ei dagrau. Dwi'n meddwl i mi weld fy mrawd mawr yn cochi, braidd.

Doedd Mam ddim mor hawdd ei thrin.

"Be? Dach chi'n disgwyl i mi ddeud celwydd wrth Magi Davies? Peidio deud dy fod ti wedi cael damwain, Nia? A chditha efo'r ffasiwn olwg arnat ti?"

"'Na i ddeud mod i wedi baglu bore 'ma, wrth fynd lawr staer neu rwbath."

"Fi geith y bai wedyn, am fod â grisiau peryg!"

"Na, wir yr, 'na i bwysleisio mai fy mai i oedd o."

"Na, ti'n gofyn gormod mae'n ddrwg gen i Nia. Rhaid i ti ddeud y gwir wrthi."

"Fedra i ddim! Eith hi'n bananas!"

"Gneith mae'n siŵr. A bai pwy ydi hynny? A be am y golwg sydd ar y car? Sut ti'n mynd i egluro hwnnw? A'r sling 'na? A'r gwaed dros dy grys di?"

Edrychodd Nia arni efo llygaid mawr llo, ei cheg yn agor a chau fel pysgodyn, yn chwilio am eiriau, a methu. Wedyn mi ddechreuodd grio, dim ond dagrau i ddechrau, wedyn nadu go iawn. Edrychodd Mam arna i mewn braw. Codais fy ysgwyddau.

"Ym... o diar... gwranda Nia, do'n i'm isio d'ypsetio di," eglurodd Mam gan roi braich am ei hysgwydd, "ond mae'n sefyllfa ofnadwy o gymhleth, a dwi'm yn gwbod be fysa ora, wir... " Mwy o nadu. "Ond ti 'di bod drwy brofiad cas iawn yn do. Ma'n siŵr iddo fo fod yn goblyn o sioc i ti, damwain fel'na, a titha ar ben dy hun bach. Yli, tynna'r crys 'na, rown ni o i olchi rŵan. Non, cer i nôl top glân iddi, a mi 'na i banad i ni. Hwda hances, 'na fo... sy'm isio ypsetio nagoes, feddylian ni am rwbath... "

Erbyn i mi ddod o hyd i grys-T glân a dod yn ôl lawr staer, roedd Nia wedi stopio nadu ac yn chwythu ei thrwyn i mewn i un o hancesi mawr Dad. Roedd Mam yn ffysian drosti, yn trio torri darn o fara brith iddi a gneud paned run pryd.

Mi wisgodd Nia nghrys i – oedd yn dynn ofnadwy dros ei bronnau hi – ac mi roth Mam y crys *cheesecloth* i fwydo mewn dŵr oer a halen cyn ei roi yn y peiriant golchi efo'r llwyth oedd

173

ynddo'n barod. Wedyn dyma ni gyd yn eistedd i gael paned a chacen, ateb Mam i bob problem, mawr neu fach.

Wedi hir bendroni a holi ei chydwybod, mi gytunodd Mam ddeud celwydd wrth Magi Davies. Neu, o leia, osgoi deud y gwir i gyd. Mi benderfynwyd bod Nia wedi aros efo ni'r nos Sadwrn, ond ei bod ar frys gwyllt i fynd adre at ei mam yn y bore, a'i bod yn gyrru braidd yn wyllt pan ruthrodd dafad ar draws y ffordd, a'i bod hi wedi gyrru'n syth i mewn i'r clawdd wrth geisio ei hosgoi, a dyna pryd darodd hi'r *windscreen*.

"Neith hi byth goelio hynna," meddai John.

"Neith tad," meddai Mam. "Neu sgen ti gynnig gwell?"

Nagoedd.

"Sa well i ni ei ffonio hi ta?" gofynnais, "neu jest mynd â chdi adre?"

"Mynd â fi adre," meddai Nia. "Well gen i gael un pryd o dafod."

"Iawn," cytunais, "wel… pan ti'n barod."

"Ym… nei di ddod efo ni John?" gofynnodd Nia.

"Fi?"

"Ia, os wyt ti efo ni, mi fydd hi'n llai tebygol o wylltio'n gacwn. Alla i'm egluro pam, ond fel'na ma hi. Tasa jest Non efo fi… wel… "

Edrychodd John arni'n ofalus am sbel, yna nodiodd. Chwarae teg iddo fo, meddyliais, yn fodlon rhoi ei amser prin i'n ffrind i fel'na. Rhwng nôl Bessie a bob dim, roedd o eisoes wedi colli bore cyfan o waith o'i herwydd hi. Ac roedd Nia'n iawn, mi fyddai Magi Davies yn siŵr o hurtio'n lân taswn i'n cerdded i mewn efo Nia a'i sling a'i llygaid duon, a meio i am bob dim mae'n siŵr. Byddai ngweld i'n ddigon iddi golli'i thymer. Mi wnes i feddwl cynnig efallai y byddai'n well taswn i ddim yn mynd efo nhw o gwbl, ond mi wnes i newid fy meddwl am ryw reswm.

Diolchodd Nia'n daer i Mam, a dringodd y tri ohonon ni i mewn i'r Land Rover – Nia yn y blaen efo John a finnau efo'r hen fagiau Fisons a'r blew ci yn y cefn.

"Felly ffrae efo dy gariad oedd achos hyn i gyd, ia?" gofynnodd John i Nia wrth gyrraedd y ffordd fawr.

"Dio'm yn gariad i mi."

"Ond oeddat ti efo fo."

"O'n, mwya'r ffŵl. Hen lob gwirion ydi o."

"O Nia," meddwn, "mae o'n hen foi iawn."

"Hy. Dyna ddangos be ti'n wbod am ddynion."

Mi bwdais wedyn, troi nghefn a gadael iddyn nhw. Ond ro'n i'n dal i fedru clywed y sgwrs.

"Ti'n gwbod dipyn am ddynion felly, wyt?" gofynnodd John.

"Dwi'n dysgu."

"A be ti 'di ddysgu hyd yma?"

"Bod 'na ddau fath o ddyn: rhai gwirion fel Rhys Jones, a rhai fel ti."

"O? A sut un dwi?" Nes i'm clywed be ddeudodd hi wedyn, ond dwi'n siŵr ei bod hi wedi rhoi ryw wên neu edrychiad o ryw fath iddo fo, achos nath o chwerthin. A do'n i'm yn licio'r ffordd nath o chwerthin chwaith.

"Ges i ffrae neithiwr hefyd," meddai John wedyn.

"Efo Manon?"

"Ia."

"Pam?"

"O, stori hir."

"Dwi'm ar frys i fynd adre."

"Nag wyt mwn. Wel, dyro fo fel'ma: dwi'm yn meddwl ein

bod ni isio'r un peth mewn bywyd. Wel, ddim ar hyn o bryd beth bynnag."

"O? A be wyt ti isio?" gofynnodd Nia.

"Setlo lawr, magu plant, rhyw betha fel'na."

"O... neis. A 'di Manon ddim? A hitha'n mynd efo chdi?!"

Chwarddodd John eto, yn amlwg wrth ei fodd efo'r syndod yn ei llais – a'r pwyslais ar 'chdi'. Ges i lond bol efo hyn, a thrio dod nôl mewn i'r sgwrs.

"Chwarae teg, mae Manon jest isio gyrfa gynta tydi? Mae hi isio'r un peth â chdi, jest ddim yn syth bin."

"Ia, ond mae 'na uffar o wahaniaeth rhwng 'yn syth bin' a 'mewn ryw ddeg mlynedd."

"Deg mlynedd? Mae hi'n disgwyl i ti ddisgwyl deg mlynedd?" ebychodd Nia, "God! Mae hi isio jam arni does!"

"O, tyd laen Nia," protestiais, "mi fysat ti'n deud yr un peth yn union yn ei lle hi!"

"Taswn i'n ei lle hi 'swn i'n priodi fory nesa!" meddai Nia'n syth.

"Paid â malu cachu. Ti isio mynd i'r coleg a bod yn actores; ti'n trio deud wrtha i y bysat ti'n anghofio hynny am ryw foi?"

Oedodd Nia cyn ateb.

"Dibynnu pwy oedd y boi tydi... " A'r tro yma, mi welais i'r edrychiad roddodd hi i John, a do'n i'n bendant ddim yn ei licio fo. Roedd y bitsh bach yn fflyrtio efo mrawd i! Ac ynta'n mynd efo Manon Ty'n Twll, a finna a meddwl y byd o honno! Ro'n i'n dechrau colli pob cydymdeimlad efo Nia a'i hanafiadau. Ond roedden ni ym muarth Tynclawdd, a dyna oedd diwedd y sgwrs, diolch byth.

"Ddowch chi i mewn efo fi?" gofynnodd Nia, yn amlwg wedi mynd yn nerfus eto mwya sydyn. Cytunodd y ddau ohonon ni, er mod i'n berwi.

Roedd Magi Davies wrthi'n hwylio cinio i'w gŵr pan gyrhaeddon ni: mins, tatws a grefi. Ond yn ôl yr ogla, 'swn i'n deud ei bod hi wedi llosgi'r tatws. Mi gododd ei phen wrth glywed y drws yn agor, a sbio'n wirion pan gerddodd John a minnau i mewn.

"Dow. Smai," meddai Mr Davies yn glên. Ond mi welwodd pan welodd Nia y tu ôl i ni. Ar ôl eiliad o sioc, mi ollyngodd Magi Davies y sosban datws ar y bwrdd.

"Be ti 'di neud?" gofynnodd yn llesg.

"Ges i ddamwain fach."

"Damwain?" gwaeddodd Magi Davies, "Sut? Lle? Be ddigwyddodd?"

"Sy'm isio i chi boeni, Mrs Davies," meddai John, "ryw anffawd bach anffodus efo dafad."

"Ydi'r car yn iawn?" gofynnodd Mr Davies.

"Ddim yn rhy ddrwg. Chydig o waith arno fo. Ac mae Nia'n edrych yn waeth nag ydi hi."

Do'n i ddim mor siŵr o hynny fy hun bellach. Ond mae'n amlwg fod llais gwastad, rhesymol John wedi suo Magi Davies. Hynny, neu'i ffaith ei bod hi'n teimlo'n euog ynglŷn â'r ffrae y noson gynt. Mi ddechreuodd ffysian dros Nia beth bynnag, gneud iddi eistedd ar y setl, archwilio'i llygaid a'i garddwrn ac ati, a thyt-tytian dros y bandej, yn amlwg yn meddwl mai Mam neu fi oedd wedi ei lapio amdani. Mi fyswn i wedi rhoi'r byd i allu deud wrthi mai nyrs go iawn, broffesiynol oedd wedi gwneud y joban, *actually*.

Roedd John ar fin derbyn y cynnig o baned o de, ond mi rois i edrychiad pendant iddo, felly mi wrthododd yn glên.

"Ffonia i di nes mlaen," meddai Nia wrth i ni adael. Nodiais, a mynd am y Land Rover. Ro'n i ar frys i fynd adre, ond doedd John ddim, yn amlwg. Roedd o'n dal i godi llaw a gwenu arni yn y drws.

"Be ti'n feddwl ti'n neud?" gofynnais iddo wrth i ni yrru allan o'r buarth.

"Y? Be ti'n feddwl?"

"Ti'n gwbod yn iawn. Fflyrtio efo Nia fel'na."

"Be? Dim ond siarad oedden ni."

"Oeddat ti'n fflyrtio efo hi, John!"

"A finna'n meddwl mai hi oedd yn fflyrtio efo fi… "

"Ti'm yn gwadu'r peth felly!"

"Y? Ti'n rwdlan. Mae'r greadures wedi cael damwain, mae ganddi ddwy lygad ddu a ma'i 'di malu'i char. Trio bod yn neis efo hi o'n i."

"Neis! Oeddach chi'n blydi fflyrtio!"

"Be os oeddan ni? Ydy o'n fusnes i ti?" Roedd o wedi troi i edrych arna i, ac ro'n i'n gallu gweld mod i wedi ei wylltio. Mae ei lygaid o'n troi'n las rhyfedd, oer pan fydd o'n flin, a dydi o ddim yn foi neis ar adegau felly. Oedais cyn ateb.

"Dwi jest yn licio Manon, a dwi'm isio'i gweld hi'n cael ei brifo."

"Arglwydd mawr Non, fflyrtio bach diniwed oedd o, ddim *full scale sex!* Does genna i'm llwchyn o ddiddordeb yn dy fêt di, iawn!" Newidiodd gêr i saethu i fyny'r allt, yna ychwanegu: "Sa rhywun yn taeru dy fod ti'n jelys… " Asiffeta. Roedd o'n dechrau swnio fel Nia.

"Yli, sori," meddwn, "ond… do'n i jest ddim yn gyfforddus. Mi fysat ti a Nia'n hollol… wel… rong."

"Unwaith eto," meddai, "Un: does genna i ddim diddordeb yn yr hogan; dau: 'di o ddim o dy fusnes di. Gawn ni fynd adre mewn tawelwch rŵan?"

Wnes i'm ateb, ac mi gafodd fynd adre mewn tawelwch llethol.

pennod 11

ROEDD ADRIAN wedi ffonio tra oedden ni yn Nhynclawdd.

"Mi ddeudodd y bysa'n galw amdanat am saith heno," meddai Mam. Damia. Ro'n i wedi gobeithio y byddai'n dod yn syth i ngweld i. Ro'n i angen teimlo ei freichiau amdana i, angen rhywun i gydymdeimlo efo fi a deud wrtha i mod i ddim yn afresymol. Mi dreuliais weddill y pnawn yn tacluso fy rhan i o'r garat a helpu Mam i olchi llestri a gneud tarten riwbob. Mae 'na rywbeth llesol iawn am dylino pêstri a'i waldio efo pin rholio. Mi ges i row am drin y pêstri fel'na, ond roedd y darten yn iawn. Ddim cystal â rhai Leusa, ond roedd hi'n iawn.

Ro'n i yn y bath pan ffoniodd Nia. Mi wnes ddeud wrth Meinir i ddeud wrthi ffonio eto mewn hanner awr, wedyn rois i mhen dan dŵr am hir. Ond pan ddois i lawr staer, mi ddywedodd Meinir,

"Nia'n deud ffonia di hi." Es i hyd yn oed yn fwy pigog yn do. Hi oedd fod i fy ffonio i, a do'n i'm isio siarad efo hi beth bynnag, felly pam ddylwn i ei ffonio hi? Ond mi wnes, doedd gen i fawr o ddewis. Mi wnes sylweddoli mod i'n afresymol a phathetig. Gwylltio am ddim rheswm o gwbl a'r greadures newydd gael damwain. Mae'n siŵr ei bod hi wedi datblygu coblyn o gur pen bellach ac yn teimlo'n arw drosti ei hun a jest isio siarad. Doedd hi'm yn ffansïo mrawd i wrth reswm, jest bod yn ddiolchgar oedd hi.

"O, haia!" meddai, "ddoi di i nôl fi? Mae Mam yn meddwl mod i'n boncyrs isio mynd allan a golwg fel'ma arna i, ond dwi'n mynd a dyna fo. Dwi 'di rhoi llwyth o mêc-yp, ond mae'r llygaid duon yn dal i ddangos, ond dwi'm yn poeni, a dwi'n gwisgo'r sling 'fyd. Meddylia sylw ga i! A dwi 'di addo prynu cwrw i John drwy nos yn do?"

"Mm… "

"Ond bryna i un i chdi hefyd, am bo ti 'di dod i nôl fi bore 'ma."

"Gwna fo'n dybl ta."

Ges i sws fawr gan Adrian pan ddringais i mewn i'r car, ond doedd o'm yn hapus pan ofynnais iddo fo fynd heibio Nia.

"Be? Mynd yn ôl i Dynclawdd? Ond o't ti'n gwbod mod i'n pasio ffor'na beth bynnag. Pam na fysat ti 'di ffonio i ddeud wrtha i?"

"Sori, nes i anghofio." Celwydd noeth. Ro'n i wedi codi'r ffôn i ddeud wrtho fo, ond mi rois i o'n ôl yn ei grud yn syth. Do'n i'm isio i Nia fod yn y car ar ei phen ei hun efo nghariad i.

Mi wnes i egluro wrtho am y ddamwain ar y ffordd i Dynclawdd, ac mi chwarddodd yr holl ffordd yno.

"Asu, diawl o gês ydi hi'n de?"

"Mm." Wnes i'm trafferthu sôn wrtho am y fflyrtio efo John. Do'n i'm yn meddwl y byddai o'n dallt fy ochr i o bethau, rhywsut.

Roedd Nia'n llawn bywyd pan ddoth hi i mewn i'r car, yn chwerthin a siarad fel pwll y môr.

"Sgen ti'm cur pen na dim?" gofynnais, yn ceisio peidio swnio'n obeithiol.

"Nagoes. Rhaid bod gen i ben fatha concrit. Lle mae John? Doedd o'm yn dod efo chi?"

"Dod nes mlaen. Mae o'n dal i borthi."

"O."

"A mi fydd o'n mynd i 2

ôl Manon beth bynnag," ychwanegais.

Tawelwch. "O. Wel, geith o'i beint nes mlaen ta."

Pan gerddon ni i mewn i'r Llew, pwy oedd wrth y bar efo'i ffrindiau ond Manon. Trodd Nia ata i a chodi ei haeliau, ond ddywedodd hi ddim byd, diolch byth. Ro'n i jest â drysu isio holi Manon am John. Ro'n i'n gwybod y byddai hi'n fwy siaradus am y ffrae na mrawd, ond do'n i'm yn meiddio yng ngŵydd Nia. Ond, pan welais i Manon yn mynd am y lle chwech, a gweld hefyd bod Nia'n cael llwyth o sylw gan yr hogia rygbi am ei hanafiadau ac yn rhy brysur i sbio arna i, mi frysiais ar ôl Manon yn o handi. Roedd 'na giw. Wel, ciw o un, ac roedd Manon yn twtio'i gwallt o flaen y sinc wrth aros.

"Haia," meddwn, "ti'n iawn?"

"Yndw siŵr," atebodd. "Pam? Ddylwn i'm bod?" meddai wedyn, gan ddal i dwtio.

"Na, ym… sori… wel, nath John sôn eich bod chi 'di ffraeo neithiwr… "

"O."

"A… wel, dwi'n gwbod nad oes gynno fo'm byd i neud efo fi, ond… wel… dwi methu peidio poeni. Doedd hi'm yn ffrae fawr, nagoedd?"

"Doedd na'm crio a strancio os mai dyna be ti'n feddwl."

"O, ffiw. Dach chi'n dal efo'ch gilydd felly?" Rhoddodd y gorau i dwtio a sbio i fyw fy llygaid yn y drych.

"Pam? Be ddeudodd o?"

"Dim byd. Dyna pam o'n i'n gofyn i ti. Ti'n gwbod fel mae o."

"O, yndw." Trodd i fy wynebu. "Na, dan ni'n dal efo'n gilydd. Mi fyddan ni'n cael y ffrae yma reit amal sti."

"Fo isio setlo a titha isio gyrfa gynta, ia?"

"Ia, rwbath fel'na."

"Ond ti'n mynd i'w briodi fo, dwyt?"

"Argol fawr! Oes 'na glwy yn y teulu neu rwbath?! Dwi'n rhy ifanc i feddwl am briodi, Non!"

"Ia, ond nei di'i briodi fo pan ti'n barod yn gnei?"

Gwenodd yn glên arna i.

"Pam fod hyn mor bwysig i ti, y?"

"Achos dwi licio ti, a dwi isio i ti fod efo John." Nodiodd ei phen yn araf efo gwên fach od. "A ti ffansi bod yn forwyn 'fyd, ma siŵr… "

"Fyswn i'm yn gwrthod!" chwarddais, yn dechrau ymlacio.

"Wel yli, dwi'm yn pasa priodi neb am sbel, ond dwi'n canlyn efo John ers oes rŵan tydw?"

"Blynyddoedd."

"Felly mae'n rhaid mod i'n ei garu o, er gwaetha'r ffaith ei fod o'n gallu bod yn uffernol o styfnig weithia." Nodiais yn frwd. Roedd John yn gallu bod rêl mul. "A'r ffaith ei fod o'n mynnu rhechan yn fy nghar i." Chwarddais eto.

Roedd John yn un drwg fel'na erioed. Pan roedd o'n iau, mi fyddai'n cadw ei rechfeydd mwya afiach ar gyfer yr adegau pan fyddai'r teulu i gyd, saith ohonan ni, i gyd yn sownd yn y car ar y ffordd i rywle. Mi fyddai o, Dad ac Aled yn meddwl bod y peth yn hilêrys, ond mi fydden ni'r genod jest â chyfogi bob tro, ac mi fyddai Mam yn mynd yn nyts. Ond roedd Manon yn dal i siarad:

"A phan fydda i ffansi bod yn wraig briod, John fydd y cynta ar y list, iawn?"

"Iawn," gwenais, yn llawer hapusach fy myd. Dyma sŵn fflysh o'r lle chwech, a'r ddynes 'ma'n dod allan.

"Wela i di wedyn," meddai Manon, a chau drws y ciwbicl

y tu ôl iddi. Felly es i'n ôl allan i'r bar yn lawer hapusach fy myd.

Roedd Nia ar lin un o'r hogia rygbi erbyn hyn, yn brolio am y ddamwain:

"Ro'n i'n hercio mynd sti, yn gneud o leia chwe deg ar y corneli… "

Gwenais, a mynd at Adrian wrth y bar. Edrychai mor rhywiol yn ei grys–T Adidas coch a'i jîns tyn, ond allwn i ddim peidio a sylwi bod 'na olwg braidd yn ddifrifol yn ei lygaid.

"Gwranda Non," meddai, "mae 'na rwbath dwi isio'i ddeud wrthat ti." Suddodd fy nghalon yn syth. Roedd o'n mynd i orffen efo fi. Roedd o wedi syrthio mewn cariad efo ryw lyfrgellydd yn y coleg 'na. Llyncais yn galed. Ro'n i isio chwydu.

"Ti'n cofio mod i'n gorfod cymryd blwyddyn allan fel rhan o'r cwrs?" gofynnodd. Nodiais. "Ro'n i wedi meddwl mynd am rwbath gweddol agos at Aberystwyth do'n?" Nodiais eto. Dyma hi'n dod… "Wel, dwi 'di cael cynnig lle yn yr Alban."

Syllais yn syn arno. "Yr Alban?"

"Ia, a dwi awydd ei gymryd o."

"Ond mae'r Alban yn bell."

"Yndi. Fydda i'm yn gallu dod adre bob penwythnos." Ystyriais hyn am funud. O leia doedd o'm yn gorffen efo fi am fod 'na lyfrgellydd wedi cymryd ei ffansi. Ond ella ei bod hi'n dod o'r Alban. Roedd mynd i ffwrdd i'r Alban am flwyddyn gyfan gystal â deud nad oedd o am fy ngweld i eto.

"Ti'm isio gorffen efo fi, nagoes?" gofynnais a'm llais yn gryg.

"Y? Lle gest ti'r syniad yna?"

"Wel, 'wyrach dy fod ti isio bod yn rhydd i fynd off efo ryw *Scottish lassies* – dwi'm yn gwbod nacdw?"

"O, Non… " gwenodd arna i, yna estyn ei freichiau amdana i a nghofleidio, fan'na, o flaen pawb. "Ti'n gallu bod rêl cloman dwyt?" chwarddodd yn fy nghlust. "Dwi'm isio i ni orffen, siŵr! Mi fydda i'n dod adre hynny fedra i, a dwi'n disgwyl i ti ddod fyny i'r Alban i ngweld i, iawn? A mi wnai sgwennu llwyth o lythyrau caru secsi atat ti… "

"Go iawn?"

"Go iawn." Felly mi rois i glamp o sws iddo fo, fan'na, o flaen pawb.

Mi wnes i anghofio am Nia a Manon a John a bob dim arall wedyn, a dechrau meddwi'n hapus efo Adrian. Roedd o'n gwneud synnwyr iddo fynd i'r Alban siŵr iawn, i ehangu ei orwelion a dysgu sut roedden nhw'n gneud pethe i fyny fan'na, ac mi fyddwn i wrth fy modd yn mynd i fyny yno i'w weld o, hyd yn oed os fyddai'n rhaid i mi fodio bob cam. Ac os fyddwn i'n gwneud yn dda yn yr arholiadau, roedd hi'n eitha posib y gallwn innau fynd i Aberystwyth i wneud cwrs celf, ac mi fydden ni efo'n gilydd yno y flwyddyn wedyn.

Rhyw awr yn ddiweddarach, mi sylwais i fod John wedi cyrraedd, a'i fod o'n chwerthin efo Nia yn y gornel, a doedd na'm golwg o Manon. A doedd John yn sicr ddim yn edrych fel tase ganddo ddim llwchyn o ddiddordeb yn fy ffrind i.

"Ydi'r ddau yna'n fflyrtio?" gofynnais wrth Adrian.

"Pwy?"

"Nia a John." Edrychodd draw atyn nhw.

"Dim ond siarad 'swn i'n deud. Pam? Be sy?"

"O, dim byd. Fi sy'n bod yn wirion."

Gwelais Nia'n mynd at y bar. Ei rownd hi oedd hi, ac mi ddoth â diodydd i Adrian a finna, un ar y tro oherwydd y sling.

"Noson dda tydi?" gwenodd, "a dach chi'ch dau'n lyfi dyfi

iawn, dwi'n gweld... " Mi ges fy nhemtio i ddeud rwbath, ond mi wnes i frathu nhafod mewn pryd. A dyna pryd cerddodd Rhys i mewn.

"Rhys!" gwaeddodd Adrian, "sut wyt ti'r hen sglyfath!" Doedd ganddo ddim dewis ond dod aton ni.

"O, god... " meddai Nia dan ei gwynt. "Sgiwsiwch fi." A throdd ar ei sawdl yn ôl at y bar, codi peint arall a mynd yn ôl at John. Fethes i sylwi be ddigwyddodd fan'no wedyn, achos ro'n i'n gorfod sgwrsio efo Rhys.

"Be ddigwyddodd iddi hi?" gofynnodd, "'di cael ffeit neu rwbath?"

"Efo clawdd," meddwn, "gath hi bancan neithiwr."

Gwelwodd yn syth.

"Ar ôl ffraeo efo fi... " meddai. "*Shit*. Di'n iawn?"

"Wel fysa hi'm allan oni bai naf'sa? Pam naethoch chi ffraeo p'un bynnag?"

"Dim clem. Dwi fel taswn i'n llwyddo i ddeud y peth rong wrthi o hyd."

"Duw, fel'na ma'i de, " meddai Adrian. "Gymri di beint?"

Aeth Adrian at y bar a ngadael i efo Rhys.

"Ti'n ei licio hi dwyt?" meddwn wrtho. Nath o'm ateb, dim ond hanner gwenu'n swil. "O diar, gymaint â hynna?" gofynnais.

Nodiodd ei ben.

"Yn anffodus," meddai. "Oedd yr hen Saunders yn iawn am y gwenwyn 'na."

"Y?"

"'Mae gwenwyn ei chusannau yn fy ngwaed... ' Ti'm yn cofio? A 'swn i'n rhoi'r byd am y blydi *antidote*. Dwi 'di trio'i anghofio hi, ond fedra i ddim." Trodd i edrych arni eto, a'i gweld yn cyffwrdd John ar ei fraich wrth rannu jôc efo fo. Sythodd Rhys, a throi'n ôl ataf fi. "Ers pryd maen nhw'n gymaint o ffrindia?"

"O, duw, dio'm byd. Nath o'i helpu hi i dynnu'r car allan o'r clawdd bore 'ma. A ph'un bynnag, di'm yn ffansïo ffarmwrs, ma'i 'di deud." Trodd y ddau ohonom i edrych ar y ddau eto. Roedd Nia'n sibrwd yng nghlust John bellach a hwnnw'n gwenu'n dawel. Ac roedden nhw'n eistedd yn afresymol o agos at ei gilydd, coes yn sownd yn erbyn coes. Edrychodd Rhys a finna ar ein gilydd, ond ddywedon ni ddim byd.

Mi gytunodd Rhys i symud ymlaen efo Adrian a finna i'r dafarn nesa. Jest codi llaw arnon ni wnaeth Nia. A John.

Aethon ni gyd yn ôl i'r Llew erbyn *last orders*, ac roedd y lle'n orlawn. Doedd Nia a John heb symud, dim ond yn ôl ymlaen at y bar yn ôl y siâp oedd arnyn nhw. Pan gododd John arddwrn Nia allan o'i sling a'i gusannu'n dyner, ro'n i isio chwydu. Ond roedd llygaid y ddau ohonyn nhw'n disgleirio. Fflachio oedd llygaid Manon pan gerddodd hi i mewn o'r bar arall a'u gweld nhw. Camodd yn syth, wel, eitha sigledig a bod yn onest, atyn nhw a sefyll yn stond o flaen John. Do'n i methu clywed be ddywedwyd, ond doedd hi ddim yn edrych yn dda yna. Yn y diwedd, mi gododd John yn anfoddog a dilyn Manon allan i'r stryd. Edrychais ar Nia, ac mi gododd hi ei hysgwyddau arna i, un ai'n ddi-hid neu'n ddiniwed, roedd hi'n anodd deud. Wedyn mi gleciodd weddill ei diod a mynd yn ôl at y bar. Dyna pryd symudodd Rhys, oedd wedi bod yn yfed fel ych, ati reit sydyn. Mi ddechreuodd o ddeud rwbath wrthi, ond ysgwyd ei ben ac edrych yn flin wnaeth hi. Mi afaelodd o yn ei braich (dda) hi wedyn, a cheisio rhesymu, ond symud yn ôl a cheisio rhyddhau ei hun wnaeth Nia. Dyna pryd gerddodd John yn ôl i mewn, a'u gweld nhw.

Iawn, roedd Nia wedi ypsetio, ac ella bod Rhys yn ei brifo

hi heb sylweddoli, ond dwi'n dal yn meddwl bod John wedi mynd dros ben llestri. Mi ddigwyddodd y cwbl yn uffernol o sydyn beth bynnag. Mi neidiodd dros y byrddau, gan chwalu pobl a gwydrau i bob man, ac mi gydiodd yn Rhys a'i daflu fel doli glwt yn erbyn y wal. Mi hitiodd Rhys ei ben yn uffernol o galed, bron na allwn i weld y sêr fy hun, ac ro'n i'n gweddïo y byddai o jest yn disgyn ac aros yna. Ond na, mi fylliodd yn rhacs yn do, a thaflu ei hun yn ôl at John. Aeth hi'n llanast go iawn wedyn. Gwydrau a chadeiriau'n hedfan, merched yn sgrechian, dynion yn rhuo, sŵn gwydr a phren yn malu, a Nia yn fflat yn erbyn y wal yn sbio'n hurt ar y cwbl.

Mi lwyddodd Adrian a'r hogia rygbi i wahanu'r ddau yn y diwedd, ond roedd 'na goblyn o olwg ar Rhys. Gwaed yn diferu o'i ben a'i drwyn, un llygad wedi cau'n llwyr, a doedd o'm yn gallu sefyll heb help. Roedd John yn iawn, tydi o gymaint mwy nag Rhys, ac yn uffernol o ffit.

Mi gerddodd Manon ato fel roedd pawb yn ceisio codi byrddau a chlirio gwydrau, a rhoi hymdingar o slap iddo fo ar draws ei wyneb, cyn troi ar ei sawdl a gadael. Dyna pryd gwnes i ddechrau crio.

pennod 12

AETH RHYS YN ÔL i Fangor, a welodd neb mo'no fo am hir iawn wedyn. Roedd hi'n amlwg i bawb fod John a Manon wedi gorffen y noson honno, a dyddiau'n ddiweddarach, roedd hi'n amlwg ei fod o bellach yn canlyn efo Nia.

"Ti'm yn meindio, nag wyt?" gofynnodd Nia i mi pan oedd y peth yn swyddogol.

"Wel... wsti... mae o fymryn bach yn od."

"Be sy'n od amdano fo?" gofynnodd yn siarp.

"Bod fy ffrind i'n mynd efo mrawd i."

"A be sy o'i le efo hynny?"

"Dwn i'm, jest... mae o'n od. Ac oeddat ti wastad wedi deud dy fod ti'm yn ffansïo ffarmwrs."

"Ia, ond mae John yn wahanol tydi?"

"Yndi?"

"Yndi! Mae gynno fo fwy yn ei ben a mae o'n smart ac yn–"

"Drewi o seilej a byth yn llnau ei winedd yn iawn... "

"O, Non, gad lonydd. Eniwe, dwi 'di ffansïo fo ers blynyddoedd, ond bod genna i ofn deud wrthat ti." Edrychais yn hurt arni. Ei ffansïo ers blynyddoedd? John? "Ma'i 'di bod yn anodd i mi 'fyd sti," ychwanegodd, "dod yma atat ti a'i weld o ar hyd lle, a jest... wel... llystio amdano fo a methu gneud dim byd am y peth am ei fod o'n meddwl mai ryw hogan fach ifanc anaeddfed fel ti o'n i."

"Oi! Sgiws mi!"

"Ti'n gwbod be dwi'n feddwl. Eniwe, dwi'n *mad* amdano fo, a dylat ti fod yn falch drosta i."

"Mmm... "

"A ti'm 'di sylwi? Ar ein henwau ni? John a Nia. Swnio'n dda, tydi? Yn rhedeg efo'i gilydd rhywsut. Dwi'n dechra lle mae o'n gorffen."

Y? Do'n i'm cweit yn deall ei phwynt hi, ac o'm rhan i, roedd 'John a Manon' yn swnio gymaint gwell, ac yn odli.

Mi ddois i arfer efo'r peth yn y diwedd. Doedd gen i fawr o ddewis. Ro'n i'n gorfod cyfadde eu bod nhw'n edrych yn dda efo'i gilydd, hyd yn oed os oedd o gymaint mwy na hi. Ond roedd o'n berson gwahanol yn ei chwmni hi, yn ofalus ohoni bob amser, fel tase hi'n ddoli tseina fyddai'n malu ar ddim. Roedd hynny'n anodd iawn dod i arfer efo fo. Do'n i rioed wedi ei weld o'n trin neb fel'na o'r blaen. Ac roedd hitha'n berson gwahanol yn ei gwmni ynta hefyd; mi fagodd chydig o bwysau, roedd 'na sglein newydd yn ei llygaid hi, doedd hi'm yn gwisgo cymaint o golur, a doedd hi'm yn rhegi gymaint chwaith.

Doedd Mam ddim yn hapus o gwbl, ac roedd Leusa'n wallgo am y peth. Roedden nhw, fel fi, wedi cymryd at Manon yn arw, ac wedi hoffi'r syniad o'i gweld hi'n setlo yn y Wern pan fyddai Dad yn ymddeol. Ond Nia? Doedd y peth jest ddim yn iawn, rhywsut. Dwi'n gwbod mai dim ond canlyn oedden nhw, ond roedden ni i gyd yn gwybod fod John â'i fryd ar setlo i lawr yn o fuan.

"Os briodan nhw, hi fydd yn byw yn fam'ma yndê!" meddai Leusa tra oedden ni'n helpu Mam i lapio dillad gwely glân, "Ac alla i'm diodde meddwl amdani hi yn y gegin 'ma! Yn newid petha a symud petha o gwmpas... "

"Briodan nhw byth," meddai Mam wrthi, "neith o'm para. Mi fydd hi'n ei ollwng o fel taten boeth pan eith hi i'r coleg 'na." Ro'n i'n gorfod cytuno efo hi. Ro'n i'n poeni mwy na fyddai

Manon yn fodlon ei gymryd yn ôl pan fyddai hynny'n digwydd. Wnes i'm ystyried y gallai Nia dorri calon John. Doedd o ddim y teip.

Doedd Magi Davies ddim yn rhy siŵr be roedd hi'n ei feddwl o'r berthynas chwaith. Roedd ganddi dipyn o feddwl o John, yn amlwg, ond dwi'n meddwl ei bod hi wedi dychmygu cael mab-yng-nghyfraith dipyn mwy llewyrchus na mab y Wern – doctor neu filfeddyg neu rwbath, neu aelod seneddol, synnwn i damed. Ond beryg ei bod hithau, fel Mam, yn amau – neu o leia'n gobeithio – mai perthynas dros dro fyddai hon. Roedd tad Nia ar y llaw arall, wedi gwirioni efo'r sefyllfa, ac yn gwenu ar bawb drwy'r adeg.

"Dim ond ryw nod a helô fydda i'n ei gael gynno fo yn y mart fel arfer," meddai Dad, "ond mae o'n ysgwyd llaw a bob dim rŵan, a hyd yn oed yn mynnu prynu panad i mi. Dwi'm yn cwyno, cofia," ychwanegodd, "mae o ffansi prynu hanner dwsin o heffrod gen i, a dwi awydd gofyn £400 yr un amdanyn nhw… "

Chydig iawn welais i o Nia dros gyfnod y swotio gwyllt cyn yr arholiadau. Nid mod i wedi gweld llawer ohoni ers iddi ddechrau mynd efo John. Oedd, roedd hi'n dod acw weithiau, ond mi fydden nhw'n diflannu i'w lofft o, nid fy llofft i, a bron nad o'n i'n teimlo fel diethryn yn y gegin efo hi. Ac roedden nhw mor blydi *touchy feely* o hyd, yn swsian a dal dwylo drwy'r adeg, hyd yn oed wrth y bwrdd yn y gegin – o flaen Dad!

"Ych, maen nhw'n sopi," meddai Meinir wrth ddod o'r parlwr lle roedd hi wedi bod yn gwylio *10*, y ffilm efo Bo Derek a Dudley Moore efo nhw, "llyfu 'i gilydd fel ryw ddau gi, a giglan a gneud sŵn slyrpian… gneud i mi isio taflyd i fyny." Dyna pam mod i wedi penderfynu mod i ddim isio gwylio'r ffilm efo nhw yn y lle cynta.

Aethon ni allan fel pedwarawd gwpwl o weithiau, Adrian a

fi, John a hitha, ond roedd hi'n annifyr o amlwg y byddai'n well ganddyn nhw fod hebddan ni. Roedd Adrian yn deud mod i'n dychmygu petha, eu bod nhw'n hapus braf yn ein cwmni ni, ac mai fi oedd yr un oedd yn teimlo'n annifyr. Ond mi wnes i wrthod cydnabod hynny. A ph'un bynnag, gan eu bod nhw mor uffernol o sopi efo'i gilydd, ac Adrian a finna erioed wedi bod felly, ddim yng nghwmni bobl eraill beth bynnag, roedd hi'n anodd peidio teimlo'n annifyr yn eu cwmni nhw.

"Pam bo ti rioed 'di swsian fi fel'na yn pyb?" gofynnodd Adrian i mi, pan oedden nhw'n bwyta ei gilydd wrth y bar – eto.

"Ti rioed 'di gofyn."

"Be? Oes raid i mi ofyn?"

"Pam? Wyt ti isio?"

"Wel, dwi'm isio gorfod gofyn, nacdw."

"Ond fysat ti'm isio naf'sat? Ddim o flaen dy fêts."

"Dwn i'm."

"O. Be? Ti isio i mi neidio ar dy ben di rŵan, fam'ma?"

"Sy'm rhaid i ti neidio arna i, Non. Jest dangos dy deimlada tuag ata i."

"Well gen i neud hynny yn car, nes mlaen… " gwenais, gan obeithio ei bod hi'n wên rywiol.

"Yn y t'wllwch… "

"Ia." Saib hir, annifyr, tra bu'r ddau ohonon ni'n ceisio peidio gwylio'r sioe lysnafeddog am ychydig eiliadau eto. Am eiliad, mi wnes i feddwl rhoi clamp o sws iddo fo, ond doedd gen i mo'r gyts. A ph'un bynnag, roedd o'n gweithio'r ddwy ffordd yndoedd? Pam mai fi oedd i fod i roi sws iddo fo? Doedd 'na'm byd yn ei rwystro fo rhag cydio ynof fi, nag oedd? Ond nath o ddim.

Mi wnes i gysuro fy hun drwy ddeud wrthaf fi'n hun bod Adrian a fi wedi hen basio'r cyfnod mis mêl swslyd, bod ein perthynas ni'n un aeddfed, gall, lastig, oedd ddim angen rhoi'r fath sioeau cyhoeddus i brofi ein bod ni'n caru'n gilydd. Fel Mam a Dad, fel John a Manon. A dyna pryd wnes i sylweddoli mod i rioed wedi gweld John a Manon yn bwyta'i gilydd, na dal dwylo hyd yn oed. Roedden nhw wastad wedi llwyddo i gadw petha fel'na'n breifat, ac ro'n i'n ceisio deud wrth fy hun mai felly roedd pethe i fod. Cymry oedden ni wedi'r cwbl.

Mi gawson ni John yn ôl i ni ein hunain dros gyfnod yr arholiadau, o fath.

"Asu, mai'n gweithio'n galed, chwarae teg iddi," meddai un amser te. (Roedden ni'n dal i gael te go iawn bryd hynny, bara menyn a jam a chacenni ac ati am bedwar ar y dot) "Mae'n gweithio lot caletach na ti, Non."

"Dim ond dau bwnc dwi'n neud, felly be ti'n ddisgwyl," atebais yn bigog. "A dim ond hi sy yn y tŷ 'na, tra dwi'n gorfod trio swotio yn eich canol chi i gyd."

Ond do'n i'm yn swotio. Breuddwyio ro'n i'r rhan fwya o'r amser, dwdlan ar gefn amlenni, fflicio drwy *Cosmopolitan* neu chwarae efo'r *sblit-ends* oedd gen i ers y *shaggy perm* trychinebus ddiweddara, neu wasgu fy mhimpyls nes roedd fy nhrwyn i'n fflamgoch, a chael row gan Mam wedyn.

Wedyn, mi fyddwn i'n teimlo'n euog am beidio gweithio, ac yn hyll oherwydd fy mhimplod, wedyn do'n i'm yn gallu canolbwyntio hyd yn oed os o'n i'n trio. Cylch dieflig go iawn. Es i reit isel, ac fel roedd y dyddiau'n gwibio a llusgo heibio, ro'n i'n panicio'n rhacs.

Do'n i'm yn poeni gymaint am yr arlunio, ro'n i eisoes wedi gwneud wyth darn o waith ar gyfer hwnnw, ac er nad o'n i na Da Vinci yn rhy hapus efo bob un o'r rheiny, doedden nhw ddim yn ddrwg. Roedd gen i ddau arholiad ymarferol; ro'n i wedi dewis paentio ar gyfer un a cherflunio ar gyfer y llall, ac wedyn doedd 'na 'mond un arholiad sgwennu, sef hanes celf. Ro'n i'n cachu plancia ynglŷn â hwnnw, ond dim ond 30% o'r marc terfynol oedd ar ei gyfer o, felly efo chydig bach o lwc efo'r stwff ymarferol, mi ddyliwn i fod yn iawn.

Ro'n i a Wil Welsh a phawb arall yn y dosbarth Cymraeg yn gwybod mod i angen gwyrth i basio Cymraeg.

Mi gyrhaeddodd bore'r arholiad cynta, ac o hynny mlaen, ro'n i ar blaned arall. Mi falais i lwyth o gachu am 'Weledigaethau'r Bardd Cwsg' Elis Wyn a 'Cherddi'r Gaeaf' R Williams Parry, mwydro am 'Draed mewn Cyffion' Kate Roberts a gorffen awr cyn pawb arall. Nid oherwydd mod i'n sgwennu'n sydyn, ond oherwydd mod i wedi sgwennu'r cwbl ro'n i'n ei wybod, neu'n meddwl mod i'n ei wybod. A ges i *panic attack* yn yr arholiad hanes celf. Ond aeth yr arholiad paentio'n 'o lew. Doedd fy llun abstract i ddim cystal â'r rhai ro'n i wedi eu hymarfer, ond ges i winc gan Da Vinci, felly ro'n i reit fodlon.

Mi ddechreuodd petha reit dda yn yr arholiad cerflunio. Roedd fy môr-forwyn gothig i'n edrych yn champion, ro'n i hyd yn oed wedi cael ei llygaid hi'n berffaith, ac roedd ei dwylo hi lot gwell nag arfer, ond mae'n rhaid bod 'na swigod aer wedi mynd mewn i'r clai rhywsut. Mi chwalodd yn rhacs yn y blydi odyn. Dwi'n meddwl mod i wedi gweiddi, ond nes i'm crio. Nes i jest sbio'n hurt ar weddillion fy môr-forwyn ac ar Da Vinci'n trio hel y darnau at ei gilydd. Doedd 'na'm amser i mi neud un arall, felly roedd o'n gorfod ei phacio hi fel oedd hi. Roedden nhw'n gorfod gyrru bob dim mewn bocsys i Gaerdydd yr adeg yna.

"Mae'n bosib iawn y gwnawn nhw feddwl ei bod hi wedi torri ar y siwrne," ceciodd Da Vinci, "mae'n digwydd withe."

Roedd yr arholiad olaf ddeuddydd wedyn. Cymraeg Iaith: traethawd a gramadeg a ballu. Dwi'm yn cofio llawer amdano fo achos do'n i ddim mewn stâd i frwsho ngwallt yn iawn heb sôn am sgwennu stori a gweithio allan pa 'ns' i'w dyblu a phryd i dreiglo (beryg mai 'pryd' fyswn i wedi'i roi yn fan'na). Ond dwi'n cofio sylwi ar Nia yn sgwennu fel diawl am deirawr yn ddi-stop, ac yn gwenu ar y diwedd.

"Hawdd, doedd!" meddai ar y ffordd allan o'r neuadd. Mi nes i ddeud mod i isio mynd i'r toilet, ac y gwelwn i hi wedyn. Pan orffenais i chwydu'n gyts i lawr y pan, roedd hi'n disgwyl amdana i tu allan.

"Mor ddrwg â hynna?" gofynnodd. Nodiais. Rhoddodd ei braich am fy ysgwydd ac aethon ni allan rownd y ffordd gefn. Nath hi'm trafferthu i drio deud petha fel, "O, ti 'di gneud yn well na ti'n feddwl sti," a ryw lol fel'na, achos doedd 'na'm pwynt. Roedd hi'n fy nabod i'n ddigon da.

Gan ein bod ni'n gorffen ein arholiadau yr un pryd, ro'n i wedi meddwl y byddai hi isio dod allan am sesiwn anferthol efo fi, ond aeth hi i'r pictiwrs efo John yn lle. Roedd Adrian yn Aberystwyth, felly es i allan efo Jên Wyn a Linda a rheina. Oedd hi'n noson iawn, ond dim byd sbeshal. Do'n i'm wedi bod yn teimlo'n rhy sbeshal ers sbel, nago'n? Ro'n i ar goll, yn bendant. Roedd yr arholiadau wedi bod yn drychinebus, felly doedd gen i'm clem be fyswn i'n neud na lle fyswn i'n mynd fis Medi, a doedd Adrian ddim wedi bod yn dod adre mor aml i ngweld i. Roedd ganddo fo lot o waith coleg, dwi'm yn deud, ond doedd o'm wedi ffonio llawer chwaith. A phan ddaeth o adre, roedd 'na lwyth o waith iddo fo ar y ffarm. Ro'n i wedi gobeithio y byddai o'n gneud ei orau i weld gymaint ag y medrai o ohona i gan ei fod o'n mynd i'r Alban ddiwedd yr haf, ond dydi bywyd ddim wastad fel'na, nacdi? Roedd gweithio yn y siop ffrwythau yn mynd ar fy nerfau i, a'r holl bobl diarth o gwmpas y lle'n golygu ei bod hi fel ffair yno, ac roedd y diawlied yn cwyno bod ein prisiau ni'n ddrud.

"*Look at the price of your bananas! They're half that price in Willenhall! And they're all black, look!*"

Am fod Mam yn rhy brysur i fynd â fi i dre bob dydd, ro'n i'n gorfod mynd ar y beic, felly ro'n i'n gorfod codi'n gynt. Roedd 'na lwyth o'r Chweched wedi trefnu i fynd ar wyliau egsotic i lefydd fel Benidorm a Lloret de Mar dros yr ha', a finna'n methu trefnu dim am fod Nia isio treulio pob eiliad sbâr efo John, ac Adrian ddim isio mynd i nunlle heblaw'r Royal Welsh a'r Steddfod. Ac roedd pawb adre'n mynd ar fy nerfau i – Mam yn fy mhlagio i helpu'n dragwyddol, Dad jest yn annaturiol o bifish ers misoedd am ddim rheswm o gwbl, Leusa'n mwydro mhen i efo'i sgandals am bobl y banc a finna heb lwchyn o ddiddordeb a Meinir isio i mi chwarae *chopsticks* ar y piano efo hi o hyd.

Roedd fy nghroen i wedi mynd yn od ers misoedd, yn bennau duon i gyd, a'r plorod afiach ma'n codi o hyd. Ges i botel o Clearasil oedd yn llosgi fel diawl ond yn gneud dim blydi gwahaniaeth. Ac wrth gwrs, roedd croen Nia'n dal yn berffaith, ac roedd hynny'n gneud pethau'n waeth, rhywsut. Pan fyddwn i'n gweld Adrian, mi fyddwn i wedi plastro *Hide'n Heal* dros y plorod, nes bod fy wyneb i'n liw *beige* afiach, a doedd y bali stwff ddim yn eu cuddio nhw o gwbl yn y diwedd, a doedd o'n sicr ddim yn eu gwella nhw. Ddywedodd Adrian ddim byd, chwarae teg, ond do'n i'm hanner mor barod ag arfer i'w gusanu o, hyd yn oed yn y tywyllwch, am mod i mor ymwybodol o'r mynyddoedd 'ma ar fy nhrwyn a ngên i. A ph'un bynnag, roedd synnwyr cyffredin yn deud na fyddai o isio rhwbio'i ên yn erbyn *volcanos* bach coch efo topiau melyn yn gwthio drwy garped o gync lliw pibo llo bach.

Ond ro'n i'n edrych yn well erbyn y Royal Welsh, oedd yn lwcus, achos ro'n i'n gorfod modelu. Ia, fi. Ro'n i wedi dod yn ail yn y Rali Ffermwyr Ifanc am neud ffrog (ges i lot o help gan Mam) ond roedd yr hogan o Faesywaen ddoth yn gynta wedi cael y frech goch erbyn y Sioe, felly mi wnaethon nhw ofyn fyswn i'n modelu ac ateb cwestiynau am ei ffrog hi. Roedden ni'n dwy'n faint 12 am y pen-ôl, ond roedd ei bronnau hi dipyn mwy na fy rhai i, felly ro'n i isio gwrthod. Ond roedd Mam yn benderfynol. Mi fynnodd mod i'n trio'r ffrog. Ro'n i'n iawn, doedd hi'm yn ffitio'n iawn am y top.

"Dwi'n edrych yn stiwpid, Mam."

"Dim problem," meddai, gan fynd i nôl bocs o Kleenex. "Hwda," meddai, "stwffia dipyn o rheina i lawr dy fra."

"Mam! Fedra i ddim!"

"Gelli tad! Dyna fues i'n neud am flynyddoedd. Rŵan, ty'd." Ac roedd hi'n iawn – efo chydig o stwffin, roedd y ffrog yn edrych fel tase hi wedi ei gneud i mi, ac i lawr â ni i Lanelwedd.

Aeth y modelu'n iawn, er mod i'n cochi at fy nghlustiau wrth glywed Adrian a'i ffrindiau WAC yn chwibanu arna i o'r dorf, a chlywed be roedd Nia'n ei fwydro drwy'r meicroffon. Hi oedd y cyflwynydd, ac mi nath hi uffon o joban dda ohoni, chwarae teg, hyd yn oed os oedd hi'n palu celwyddau mod i'n artist ac yn mynd i'r coleg i fod yn ddylunydd ffasiwn. Ond pan ddechreuodd y beirniad fy holi'n fanwl ynglŷn â'r ffrog, es i i drwbwl. Mi ofynnodd bethau am yr hemio a sut ro'n i wedi llwyddo i wneud y brodwaith manwl ar y tyllau ac ati, a doedd gen i'm clem, nagoedd? A doedd gen i mo'r gallu i feddwl ar fy nhraed fel Nia. Mi gochais, a rhewi, ac mi sbiodd y beirniad i fyw fy llygaid. Roedd hi'n gwbod yn iawn nad y fi nath y ffrog, a phan ddisgynnodd un o'r hancesi allan o mra, mi sgwennodd rwbath yn ei ffeil a symud ymlaen at y nesa. Ches i'm byd, ond mi ddoth Nia'n gynta am fod yn gyflwynydd.

Roedd hi'n aros yn y pic-yp efo John y noson honno, ac mi nes i aros efo Adrian yn lorri wartheg ei dad, ond roedd ei ffrindia coleg o i gyd yno hefyd, yn chwyrnu a rhechan a chwydu a gneud petha efo ryw genod o Bala roedden nhw wedi'u bachu. Nath o droi fy stumog i braidd, felly es i adre efo Mam yr ail noson, ond mi arhosodd Adrian efo'i ffrindiau tan y diwedd un. Pan ddoth o adre, mi gysgodd am ddiwrnod cyfa, a chael coblyn o ffrae gan ei dad. Nid jest oherwydd y cysgu ond oherwydd fod 'na goblyn o olwg ar y lorri.

Wrth lwc, mi fuo'r tywydd yn braf am ddyddiau wedyn, felly roedd pawb wedi cael y gwair i mewn erbyn penwythnos ola'r Steddfod. Ac oherwydd iddo weithio'i gyts allan, mi gafodd Adrian fenthyg y lorri eto. Mi ofynnodd i John a Nia oedden nhw am ddod i lawr efo ni, ac roedden nhw'n hoffi'r syniad yn arw. Felly, i gyfeiliant fy nhâp newydd i – *Gwesty Cymru* gan Geraint Jarman – mi fu Nia a finna'n glanhau a sgwrio'r lorri am ddiwrnod cyfa, yn gosod darnau o *foam* a hen flancedi ac ati ar hyd y llawr pren, wedyn yn hel hen sachau cysgu a chwshins ac ati nes bod y lle'n edrych yn reit glyd.

Mi gymerodd oes i ni gyrraedd Abertawe, ac oes i berswadio stiwardiaid y maes pebyll i adael i ni barcio'r lorri yno, ond mae gan Adrian ffordd o drin pobl bwysig fel'na. Ro'n i wedi meddwl mynd i'r maes gynta, ond roedd y tri arall isio mynd i yfed yn syth, felly doedd gen i fawr o ddewis. Wrth gwrs, mi welodd Adrian hogia WAC yn syth, ac efo'r rheiny fuon ni wedyn.

"Cêsys ydyn nhw, yndê?" meddai Nia wrtha i yn y ciw hirfaith am y toilet. "Ac mae 'na griw ohonyn nhw'n mynd i fod yn Aber ar eu trydedd flwyddyn fis Medi, felly maen nhw 'di addo edrych ar 'yn ôl i."

Oedden, mwn. Ro'n i wedi sylwi ei bod hi wedi cael cryn dipyn o sylw ganddyn nhw. Roedd John wedi sylwi hefyd.

Yn sydyn, rhuthrodd criw o ferched o'r bar a cheisio gwthio'n swnllyd heibio ni i'r lle chwech.

"Oi! Ciw ydi hwn!" gwaeddodd Nia, gan roi ei throed allan. Trodd rhai o'r merched ati yn barod i gega, yna: "O mai god! Nia! A… Non, ia? Dach chi'm yn cofio ni? Glan-llyn?"

Genod Pen Llŷn, yn hongian, ac yn siarad hyd yn oed yn uwch a chyflymach nag arfer. Ac roedden nhw i gyd wedi gwneud tri phwnc Lefel A yr un, pob un wedi gwneud Cymraeg, a'r gweddill yn gyfuniadau o Ysgrythur, Hanes ac Amaethyddiaeth ac roedd pob un yn mynd i Aberystwyth fis Medi. Roedden nhw'n berffaith sicr o'r ffaith − doedd y syniad o fethu ddim wedi eu taro nhw o gwbl.

"A titha 'fyd, Nia? O, bril de! Gawn ni i gyd fod yn Neuadd Pantycelyn efo'n gilydd! Ti'n dod 'fyd, ym… Non?"

Mi ddechreuais i egluro mod i'm yn siŵr iawn a bod yn onest, a phan ofynnodd un ohonyn nhw pa Lefel A ro'n i wedi eu gwneud, mi dorrodd Nia ar ei thraws.

"Artist 'di Non. Ella mai i goleg celf fydd hi'n mynd. Ond mi fydd hi'n dod i aros ata i'n aml, yn byddi Non?" Nodiais yn ddiolchgar, ond do'n i'm yn y sgwrs ryw lawer wedyn. Roedd gan y criw yma frodyr a chwiorydd oedd eisoes yn y coleg, un ai yn Aber neu ym Mangor, a dyna'r cwbl fuon nhw'n siarad amdano, yr holl ffordd i'r lle chwech. Fues i rioed mor falch o gau drws ciwbicl. Mi arhosais i yno am sbel go hir hefyd. Ro'n i jest isio llonydd i feddwl.

Doedd o ddim yn deg. Roedd y genod yma i gyd yr un fath â fi; ro'n i'n eitha siŵr nad oedd 'na lawer o wahaniaeth yn ein IQ ni; a bod yn onest, ro'n i'n amau bod ambell un yn ddwl fel postyn, ond roedden nhw'n gallu gneud tri phwnc Lefel A a mynd i Brifysgol, a do'n i ddim. Jest am eu bod nhw'n gallu mwydro ar bapur, yn gallu cofio tsiyncs o nofelau, cerddi a dramâu, a dysgu be roedd yr athrawon wedi'i ddeud wrthyn nhw fel poli parots, wedi darllen lot o lyfrau er mwyn gallu cymharu gwahanol sgwennwyr a ballu, yn gallu ticio'r bocsys iawn ar yr adeg iawn, roedden nhw'n mynd i gael grantiau llawn i gael uffar o hwyl ym Mhantycelyn am dair blynedd a chael swyddi efo cyflogau da wedyn.

Mi ddois i allan o'r toilet yn y diwedd – roedd 'na rywun wedi dechrau cicio'r drws a gofyn o'n i wedi marw. Wedyn mi wnes i ddechrau yfed o ddifri, clecio shorts fel ffŵl a dwyn diodydd yr hogia. Ro'n i'n rhy chwil i sylweddoli mod i'n dechra deud arnyn nhw. Am y tro cynta erioed, Nia oedd yn deud wrtha i am gallio.

"Non, ti 'di meddwi. Ty'd allan efo fi i sobri chydig, yli."

"Ffyc off. Dwi'n iawn."

"Dwyt ti ddim, sti. Ti'n meddwl dy fod ti, ond ti'n dechra mynd dros ben llestri braidd. Yli, mae gen i ddiod o ddŵr fan hyn, cym chydig o hwn… "

"*Piss off!* Dwi'm yn yfed dŵr!"

"Plîs cymra beth, ti angen sobri, wir yr."

"Pam? Dwi jest yn joio'n hun."

"Wyt, ond ti'm cweit ar yr un lefel â phawb arall."

"Fues i rioed, naddo! Paid ti â dechra stwffio hynna lawr 'y nghorn gwddw i!" Doedd ganddi'm syniad am be ro'n i'n sôn. "Ti a dy blydi genod Pen Llŷn *clever clogs* a'ch blydi gradda mewn blydi Cymraeg a Drama, yndê!"

"Non, sy'm isio gweiddi–"

"Mi waedda i os dwi isio!"

"Yli, mae Adrian yn dechra mynd yn flin efo chdi, well i ti–"

"Be? Dwi'm digon da i hwnnw chwaith rŵan, nacdw?! Wel, stwffio fo!"

A chodais ddau fys rhywle i gyfeiriad Adrian a hogia WAC, ond dwi'm yn siŵr welodd o, achos y peth nesa roedd John wedi dod o rywle, wedi cydio ynof i, fy nghodi dros ei ysgwydd a ngharïo allan. Mi fues i'n trio'i gicio a'i frathu, ond dwi'n meddwl mai fi frifodd waetha. Mi ollyngodd fi'n araf ar ddarn o wair, parc plant oedd o dwi'n meddwl, a ngorfodi i yfed y dŵr roedd Nia wedi'i gario allan efo hi. Wedyn mi wnes i chwydu. Aeth Nia â fi'n ôl i'r lorri, tynnu fy sgidiau a fy rhoi mewn sach gysgu, a dwi'm yn cofio dim wedyn tan y bore.

Mi godais fy mhen yn araf i weld Nia a John ym mhen draw'r lorri, yn cysgu'n sownd, wedi'u lapio yn ei gilydd. Roedden nhw'n edrych mor *sweet*. Ond doedd y blas yn fy ngheg i ddim byd tebyg i *sweet*. Trois fy mhen a gweld bod Adrian yn cysgu wrth fy ochr i, ond â'i ben i lawr. Hynny yw, roedd fy nhraed i wrth ei ben o.

Agorodd lygad.

"O? Di sobri, do?" gofynnodd yn gryg.

"Pam ti'n cysgu ben i lawr?"

"Well gen i ti chwydu ar 'y nhraed i na ngwyneb i. Ti'n lwcus mod i o fewn deg llath i ti."

"Sori."

"'Swn i feddwl 'fyd."

"Sori... " (dagreuol)

"O, ty'd yma." Gyda thrafferth mawr, trois fy nghorff fel ein bod ni wyneb yn wyneb, yna rhoddais fy mhen ar ei frest. "Y gloman," meddai o wedyn, "ti'n gorfod *pace*-io dy hun mewn Steddfod, sti. Gollest ti noson dda."

"Lle fuest ti?"

"Twrw Tanllyd dwi'n meddwl. Uffar o le beth bynnag. 'Swn i 'di gallu aros 'na drwy nos."

"Ond ddoist ti'n ôl ata i."

"Wel do siŵr," gwenodd.

Mi fyswn i wedi rhoi sws fawr hir iddo fo, ond mi fu'n rhaid i mi neidio allan o'r sach gysgu a'i baglu hi am y drws.

"Lyfli," meddai John wedyn, "pwy sy isio cloc larwm pan

mae gen ti alaw hyfryd fy chwaer fach i'n chwdu'i gyts drwy ddrws lorri?"

Aeth Nia a finna i'r Maes toc ar ôl cinio, a threfnu cyfarfod yr hogia fin nos.

"Doeddet ti'm isio cystadlu leni?" gofynnais iddi dros baned.

"Nes i feddwl am y peth, ac oedd Mam yn daer isio i mi neud, ond… nes i benderfynu peidio, am eleni o leia. Well gen i fod efo John."

"O, Nia! Ti 'sio ngweld i'n chwdu eto?"

"Sori," chwarddodd, "dwi'n gwbod mod i'n swnio'n… "

"Chwdlyd."

"Ia, ocê, ond dwi wir yn licio fo sti."

"Dan ni'n gwbod."

Edrychodd yn ofalus arna i am hir, yna rhoi ei chwpan *polystyrene* i lawr ar y bwrdd plastig.

"Ga i ddeud rwbath wrthat ti? A nei di addo peidio deud wrth neb?"

Edrychais yn hurt arni. Roedd yr olwg ddifrifol arni'n gwneud i fy stumog deimlo reit od eto. Nodiais fy mhen yn araf.

"Mae John wedi gofyn i mi ei briodi o."

"Be?" Bu bron i mi golli nhe dros y bwrdd.

"Ddim dyweddio na modrwy na'm byd fel'na, jest gofyn i mi ei briodi o pan fydda i 'di gorffen coleg."

"O. A be ddeudest ti?"

"Nes i gytuno, wrth gwrs."

"Nia! Ti'n gall?"

"Be ti'n feddwl? Be sy o'i le efo deud y gwna i ei briodi o?"

"Achos… achos ti'n mynd i fod yn stiwdant am dair blynedd o leia, a ti'n trio deud wrtha i na fyddi di wedi cyfarfod rhywun fyddi di'n ei ffansïo yna?"

"Bosib y bydda i, ond at John y bydda i'n dod adre i'w briodi."

"Y? Be, ti'n mynd i fynd efo dynion eraill am dair blynedd, a disgwyl iddo fo aros amdanat ti?!"

"Dwi'm yn mynd i fynd efo dynion eraill, siŵr! Deud y byswn i'n siŵr o ffansïo ambell un wnes i; 'di hynna'm yn golygu mod i'n mynd i neidio i mewn i'r gwely efo nhw!"

"Ond neith o'm gweithio fel'na, na neith? Fyddi di byth yn ffyddlon iddo fo, ddim yn y coleg!"

"Ond ti'n disgwyl i Adrian fod yn ffyddlon i ti."

"Yndw."

"Be 'di'r gwahaniaeth?"

"Dwn i'm. Ym… " Ymbalfalais am eglurhad. "Wel… Adrian ydi Adrian, a ti ydi ti."

"Felly mae o'n foi dibynadwy, ffyddlon, a dwi'n hen slag… ?"

"Paid â bod yn wirion! Ddim dyna ddeudis i, naci?"

"Be ddeudist ti ta?"

"O… yli… 'di mhen i'm mewn siâp i allu meddwl yn iawn rŵan. Gawn ni sôn am rwbath arall plîs?"

Saib hir, yna: "Iawn, ond ti 'di addo peidio sôn wrth neb, cofia. 'Di hyn ddim yn ddyweddïad, jest… addewid."

"Iawn."

"A dwi'n cadw at bob addewid, yntydw Non?"

"Os ti'n deud. Ti 'sio paned arall? Dwi'n marw o syched… "

Mi lwyddais i fihafio'n o lew am weddill y penwythnos. Mi wnes i feddwi, do, ond jest neis, jest digon i allu rhoi homar o snog fawr, hir i Adrian o flaen pawb ar y nos Sadwrn, a hithau'n dal yn olau dydd.

"Asu? Be oedd hynna?" gofynnodd wedyn, ei wên yn dal i ymestyn o glust i glust.

"Jest meddwl 'swn i'n dangos i bawb sut dwi'n teimlo amdanat ti."

"O, pam? Sut ti'n teimlo amdana i?" Roedd y diawl yn dal i wenu.

"Adrian! Ti'n gwbod yn iawn!"

"Nacdw i. Ti rioed 'di deud wrtha i… "

"Ond ti'n gwbod."

"Deuda wrtha i."

Edrychais arno â'm calon yn pwmpio'n wyllt. Ro'n i isio deud wrtho fo mod i'n ei garu o, ond do'n i rioed wedi deud hynny o'r blaen, a doedd o rioed wedi deud hynny wrtha i chwaith, ac ro'n i isio iddo fo 'i ddeud o gynta. O sbio'n ôl, ro'n i'n bod yn wirion. Ro'n i wedi bod yn yfed, ro'n i newydd ei gusanu o o flaen pawb, mi ddylai fod yn hawdd. Ond allwn i mo'i ddeud o.

"Dwi'n meddwl y byd ohonat ti," meddwn yn gryg. Edrychodd arna i. Alla i'm deud mai siom oedd yn ei lygaid o, ond… wel… roedd o'n reit agos.

"O. Wel, dwi'n meddwl y byd ohonat ti 'fyd," meddai, "ti 'sio hanner arall?"

Ac i ffwrdd â 'fo at y dorf wrth y bar. Ro'n i isio cicio fy hun. Roedd Nia a John yn deud wrth ei gilydd eu bod nhw'n caru'i gilydd dragwyddol. Roedd hi'n amhosib peidio'u clywed nhw, ac ro'n i'n gwybod fod Adrian wedi'u clywed nhw hefyd. Doedd Nia a John ddim efo'i gilydd ers blwyddyn, hyd yn oed – roedden ni wedi bod yn canlyn ers dros ddwy flynedd. Ond ches i fawr o gyfle i bendroni mwy am y peth.

Roedd Rhys yn sefyll o mlaen i.

"Smai."

"O, helô Rhys. Ti'n iawn?"

"Briliant." Ac roedd o'n edrych yn eitha briliant hefyd, yn frown, frown, yn amlwg wedi bod ar wyliau yn rhywle poeth, ac wedi lledu rhywfaint, fel tase fo wedi bod yn codi pwysa. Gafaelai ym mraich rhyw flonden dal wrth ei ochr, "Hei Debs? Gad i mi dy gyflwyno di – Non, dyma Debbie, fy nghariad i."

"Helô," gwenais. Roedd hi'n ofnadwy o ddel, ond yn gwisgo lot gormod o golur. Roedd 'na draffordd o *eyeliner* du, trwchus reit rownd ei llygaid hi.

"Helô," gwenodd yn ôl, "pwy wyt ti eto?"

"Non," meddai Rhys, "mae hi'n mynd efo Adrian, un o fy hen ffrindia ysgol i."

"O, neis." Roedd hi'n dal i wenu, ond hen wên ffug oedd hi, ac roedd hi'n amlwg wedi diflasu ar fy nghwmni i'n barod, achos roedd hi'n sbio drosta i a dwi'n gwbod be mae hynny'n ei feddwl: 'Mae'n rhaid bod 'na rywun mwy diddorol na'r llygoden yma draw fan'na.' Ac fel arfer, maen nhw'n iawn. Ond dydi o'n dal ddim yn beth neis iawn i'w wneud.

"Mae o wrth y bar," meddwn wrth Rhys, "ynghanol y cyrff 'na i gyd yn rwla."

"Wela i o mewn ryw hanner awr ta," meddai. "Ydi Nia yma?" gofynnodd wedyn, yn ffwrdd â hi.

"Yndi, rwla," atebais, "efo John… " ychwanegais, rhag ofn.

"Ia, mi glywais eu bod nhw'n canlyn. Wel, bob lwc iddo fo. Mi fydd o 'i angen o."

Ro'n i ar fin deud eu bod nhw'n hapus iawn, diolch, pan welais i Nia'n dod aton ni. Roedd Rhys â'i gefn ati, felly welodd o mohoni hi, a welodd hithau mohono fo nes ei bod hi'n rhy hwyr.

"Lle aeth John dwa?" gofynnodd i mi, "mae niod i gynno—"
A rhythodd ar Rhys.

"Helô Nia," meddai o'n hynod cŵl.

Y saib bach lleia rioed.

"Helô, Rhys," meddai hithau, hyd yn oed yn fwy cŵl. "Cadw'n iawn?"

"Briliant."

"'Di bod ar y gwely haul, do?"

"Na, Debs a fi newydd ddod nôl o Rhodes," meddai, gan roi ei fraich am wasg perffaith Debs.

"O?" Trodd Nia i edrych ar Debs, a sbio arni o'i chorun i'w thraed ac yn ôl. "Braf ar rai."

"Wel, oeddan ni angen *break*," gwenodd Debs drwy'i dannedd. "A doedd o'm yn ddrud." Roedd hi'n berffaith amlwg nad oedd hi wedi hoffi'r ffordd roedd Nia wedi sbio arni.

"Un o'r petha munud ola tsiêp 'na, ia?" gwenodd Nia.

"Naci, mae gan Dad *villa* yno," gwenodd Debs yn ôl. "Sgiwsiwch fi am funud. Jest isio mynd i'r tŷ bach… " Syllodd y tri ohonom ar ei phen-ôl perffaith yn diflannu.

"Del iawn, Rhys," meddai Nia'n hynod boleit, "lle ffindiest ti hi? Woolworths?"

"Yn y coleg."

"Ysgrifenyddes ta dynes lanhau?"

"Mae hi'n stiwdant fatha fi, Nia."

"O? Pa bwnc? *Health and beauty*?"

"Y gyfraith. Ma hi newydd gael *first*."

Doedd hyd yn oed Nia ddim yn gwybod sut i ateb hynna. Mi welwodd chydig, ac mi wenodd Rhys fel giât. Allwn inna ddim peidio gwenu chwaith – roedd Nia wedi bod mor siŵr mai bimbo oedd Debs.

"Llongyfarchiadau, Rhys. Coblyn o fachiad." meddwn.

"Diolch, Non. Wel, neis eich gweld chi'ch dwy," meddai, "gobeithio y doi di o hyd i John, yndê Nia. Lot o ferched smart yma. Hwyl!" Ac i ffwrdd â fo.

"Twat," meddai Nia.

"Ond mae o'n edrych yn dda."

"Hy." Ond nath hi'm anghytuno, sylwais.

Mi ddaethon ni o hyd i John efo criw o ffermwyr o ochrau Rhuthun, ac aeth y pedwar ohonan ni mlaen i Twrw Tanllyd i weld Jarman. Roedd hi'n noson reit dda, er i mi golli'r tri arall am oesoedd ar ôl bod yn y toilet. Ond pan ddois i o hyd iddyn nhw, doedden nhw'n amlwg ddim wedi gweld fy ngholli i. Roedden nhw'n chwerthin nes eu bod nhw'n sâl am rywbeth roedd Nia wedi'i ddeud, ond ches i byth wybod be oedd mor ddigri.

Yn yr oria mân, mi ges i neffro gan sŵn John a Nia'n caru ym mhen draw'r lorri. Ro'n i reit flin, achos doedd Nia'm yn trio bod yn dawel. Ac ro'n i'n gwbod bod Adrian yn gwrando hefyd. Ro'n i jest â marw isio gweiddi arnyn nhw i roi'r gorau iddi, ond nes i'm meiddio. Wedyn mi deimlais i ddwylo Adrian yn dechra crwydro. Ro'n i isio, ond ddim yn ngŵydd pobl eraill, yn enwedig fy mrawd mawr a fy ffrind gora, felly rois i slap i'w law o a throi nghefn ato. Aeth o'n dawel am hir, ond roedd o'n chwyrnu eto ymhen ryw ddeg munud. Es inna i gysgu'n y diwedd.

Roedd hi wedi bwrw glaw'n uffernol dros nos, ac mi fuon ni am oesoedd yn trio cael y lorri allan o'r cae. Mi fu'n rhaid i dractor ein tynnu allan yn y diwedd, ac am fod Adrian yn mynnu cael brecwast mawr cyn cychwyn gyrru go iawn, roedd hi'n uffernol o hwyr arnon ni'n cyrraedd adre. Ro'n i wedi mwynhau'r Steddfod, o'n, ond do'n i'm ar frys i fynd eto.

Mi fuo gweddill Awst yn un digon pig – gwaith, gwaith, ambell drip i lan môr, a mwy o waith. Wedyn mi ddoth diwrnod y canlyniadau.

Roedd Nia a'i mam yno o mlaen i. Mi redodd Nia tuag ata i efo'r darn papur yn ei llaw, "Non! O mai god! Sbia! Dwi 'di cael A a dwy B! Ylwch, Mrs Edwards! Dwi'n bendant yn mynd i Aber rŵan! O mai god! Dwi'm yn coelio'r peth!"

Edrychais ar y papur. Roedd hi wedi cael A yn Gymraeg.

"Briliant, Nia," meddwn, a'i chofleidio.

"Ti'n ei haeddu o," meddai Mam wrthi, "oedd John yn deud dy fod ti wedi gweithio'n ofnadwy o galed."

"Do, mi nath, chwarae teg," meddai Magi Davies, oedd yn gwenu fwy nag a welais i hi'n gwenu erioed. "Ond roedden ni'n gwbod ei fod o ynddi o'r cychwyn, doedden. A be amdanat ti rŵan, Rhiannon? Ti'n nyrfys?"

"Braidd," meddwn.

"Newn ni aros amdanat ti fan hyn," meddai Nia, "go on, cer. Fyddi di'n iawn, gei di weld."

"Ti'n siŵr o gael un, dwyt? Does 'na neb byth yn ffêlio Art, nagoes?" meddai Magi Davies.

Roedd bron pawb yn edrych yn ecstatic neu o leia'n fodlon wrth gerdded allan o'r neuadd efo'u darnau papur, ond mi welais i Melanie Holden yn crio ar ysgwydd ei thad ar y grisiau. Roedd hi wir yn torri ei chalon. Llyncais yn galed, a cherdded i mewn i'r neuadd efo Mam. Mi gymerais y darn papur gan Batman y prifathro, a syllu arno'n fud.

"Wel? Be mae o'n ddeud?" gofynnodd Mam. Rhoddais o iddi heb ddeud gair a mynd cyn i Batman allu deud dim wrtha i.

Es i heibio pawb heb sbio ar neb, yn syth am y lle chwech. Doedd 'na neb yno, diolch byth. Mi gaeais ddrws y ciwbicl ar fy ôl ac eistedd ar y pan. Mi heliais lond gwlad o bapur tŷ bach i fy llaw, a chrio fel babi. Ro'n i wedi methu. Dwy F. Dwy ffycin F. Yn Arlunio hefyd! Ro'n i'n gwbod mod i'n crap yn Cymraeg, ond roedd hyn yn profi mod i'n crap am arlunio hefyd. Ro'n i'n fethiant.

Dwi'm yn siŵr pa mor hir fues i yno. Rhyw ben, mi glywais i Mam yn galw drwy'r drws o'r cyntedd.

"Non? Ti yna, Non?" Wnes i ddim ateb. "O, lle ma hi?" Llais Mam yn siarad efo rhywun. "Sgen i'm syniad lle allai hi fod wedi mynd..."

Roedd hi'n swnio mor boenus, ac ro'n i isio galw ar ei hôl hi, ond allwn i ddim, wedyn mi glywais sŵn traed yn mynd ymhellach i lawr y cyntedd. Ond wedyn, dyma sŵn traed yn dod i mewn i'r toiledau. A'r peth nesa, roedd 'na lais uwch fy mhen i.

"Non... agor y drws." Nia, wedi dringo ar ben y toilet drws nesa ac yn sbio i lawr arna i.

"Na wna."

"Dwi'n mynd i ddringo drosodd ta, ac os dwi'n torri nghoes, dy fai di fydd o."

"Cer o 'ma. Dwi jest isio llonydd."

"Gei di lonydd adre. Ti'm isio ista'n fan'ma drwy'r dydd, nagoes?"

"Oes."

"Plîs Non... dio'm yn ddiwedd y byd, nacdi?"

"Yndi mae o! Digon hawdd i ti tydi, ti 'di cael A a dwy B! Ti'n mynd i Aberystwyth! Does gen i'm clem lle dwi'n mynd rŵan."

"Elli di neud blwyddyn arall yma, trio eto a dod i Aber wedyn."

"Ddim uffar o beryg! Does 'na'm pwynt eniwe, achos mae'n rhaid mod i'n uffernol o thic. Does 'na neb yn ffêlio Art."

"Mae'n rhaid eu bod nhw 'di gneud camgymeriad, ti'n briliant am dynnu lluniau."

"Ond ti'm yn arholwr."

"Ia, wel, mae'r arholwyr yn dwp. Ty'd. Awn ni adra yli."

"Dwi'm isio gweld dy fam di."

Saib. "Iawn, mi ddeuda i wrthi am fynd adre efo dy fam di, ac awn ni'n dwy am dro yn Bessie."

Wrth gwrs, erbyn heddiw, dwi 'di clywed bod Damien Hirst wedi methu ei Lefel A arlunio yr adeg honno hefyd. Doedd yr arholwyr jest ddim yn dallt ei stwff o. Ond doedd 'na'm byd i'w ddallt yn fy ngwaith i. Hefyd, mae dros hanner disgyblion Lefel A yn mynd ymlaen i goleg y dyddie yma, canran fechan iawn fyddai'n mynd yn fy nyddiau i. Ond doedd hynny ddim help i mi ar y pryd, nagoedd? Mi fues i'n crio am wythnos, ac wedyn mi ddoth Da Vinci i ngweld i.

"Wy'n credu y dylet ti dreial y colegau celf, Rhiannon. Mae 'na un yng Nghaerdydd ac un arall yng Nghasnewydd."

"Ond nes i fethu, syr!"

"Sdim ots am 'ny. Bron na weden i bod y colegau hyn yn hoffi pobl sydd wedi methu. Y cwbl maen nhw moyn yw gweld dy bortffolio di."

"O. Ond mae Caerdydd yn bell, syr."

Dwi'n meddwl ei fod o'n dechrau colli mynedd efo fi, achos mi rowliodd ei lygaid, braidd. Ond mi anadlodd yn ddwfn, a deud: "Wel, allet ti wneud *foundation course* ym Mangor neu Wrecsam os yw hynny'n haws i ti, ond weithie, Rhiannon, mae'n rhaid i ti fynd yn bell er mwyn cyrraedd unrhyw le."

Ro'n i wedi torri nghalon. Do'n i'm isio gorfod eistedd unrhyw fath o arholiad byth eto, a do'n i'n sicr ddim isio mynd i ben draw'r byd i Gaerdydd neu Gasnewydd – a doedd gen i fawr o awydd mynd i Fangor na Wrecsam chwaith. Isio aros adre ro'n i, a dyna wnes i. Mi fues i a Mam ac Adrian yn trafod y peth am hir, ac yn y diwedd mi ges i job yn y *chemist*, pum diwrnod yr wythnos a bob yn ail ddydd Sadwrn. Ges i ofyrôl gwyn gan Mr Jones y bos, ac mi brynodd Mam bâr o Dr Scholls i mi, rhag ofn i mi gael *varicose veins* ar fy nhraed drwy'r dydd.

Doedd hi'm yn joban hawdd, achos roedd 'na gymaint o enwau i'w cofio, a chymaint o bethau'n cael eu cadw mewn drorsus, a doedd gen i'm clem lle roedd dim byd, byth. Do'n i'm yn dallt pobl bob tro. Mi fyddai rhywun ar eu gwyliau o Lundain yn gofyn am Cow & Gate, ac mi fyddwn i'n rhoi bocs o bâst dannedd Colgate iddyn nhw. Wedyn mi ofynnodd rhywun am grib (yn Saesneg) ac mi rois i botel o Coombes Elixir iddyn nhw. Mi ofynnodd rhyw ddynes fach sy'n gweithio'n y siop fara am *KY jelly* ar yr ail fore, ac er mwyn i mi wybod pa ddrôr i'w hagor, mi ofynnais ar gyfer be roedd o. Mi sbiodd arna i, mi gochodd, ac mi adawodd. A ges i row gan Mr Jones wedyn am ofyn cwestiynau ansensitif. Ond do'n i'n dal ddim yn gwbod ar gyfer be roedd o.

Ond mi ddois i arfer, ac roedd gen i wastad ddigon o straeon digri i'w hadrodd wrth bawb ar ôl cyrraedd adre (ond nes i'm sôn am y *KY jelly* o flaen Mam a Dad). Doedd Adrian ddim i'w weld yn poeni un ffordd na'r llall os o'n i'n aros adre neu beidio, achos roedden ni'n mynd i briodi cyn bo hir beth bynnag, doedden? Fyddwn i'm angen gyrfa wedyn, achos roedden ni'n mynd i gael llond tŷ o blant. Naethon ni'm trafod y pethau ma'n fanwl, ond roedd sens yn deud mai dyna fyddai'n digwydd.

Yn y cyfamser, roedd Nia wedi mynd i'r coleg. Roedd hi

wedi trio peidio sôn gormod am y peth wrtha i yn y dyddiau cyn iddi fynd, ond roedd hi efo John y rhan fwya o'r amser beth bynnag. Roedd John yn amlwg yn poeni mwy na fi, achos roedd o'n uffernol o bifish o hyd, ac mi glywais i o'n cega ar y ffôn efo Nia, am ei bod hi'm isio dod adre y penwythnos cynta fel roedd hi wedi addo. Roedd sens yn deud y byddai hi isio aros yno, doedd, ynghanol y partis a'r rhialtwch. Dwi'n meddwl iddi gynnig iddo fo ddod lawr ati hi, achos mi waeddodd, "A theimlo fel brych ynghanol dy ffrindia clyfar-clyfar newydd di? Dim diolch!" a slamio'r ffôn i lawr arni. Nes i'm cymryd arna i mod i wedi clywed. Mi fyswn i wedi mynd lawr ati taswn i wedi cael cynnig, achos roedd Adrian wedi mynd i Dregaron at ei ffrindiau WAC am sesiwn anferthol cyn iddyn nhw gyd wasgaru ar hyd a lled y wlad dros eu blwyddyn allan.

Mi stompiodd John allan mewn tymer, ac ro'n i'n gallu clywed y tractor yn dyrnu mynd drwy'r iard pan ganodd y ffôn. Nia. Nes i egluro ei fod o wedi mynd.

"O. Wel… deuda wrtho fo mod i wedi ffonio eto, nei di?"

"Gwnaf siŵr. Sut hwyl ti'n gael, ta?" Do'n i'm am roi cyfle iddi drafod y ffrae.

"O, briliant! Mae'r wythnos gynta 'ma'n nyts! Wythnos y Glas maen nhw'n ei galw hi, a dan ni'n gneud dim byd ond yfed a chael partis a chael steddfod dafarn a ryw betha gwirion fel'na! A dwi'n rhannu stafell efo Alwenna!"

"Pwy 'di Alwenna?"

"Ti'n cofio… criw Pen Llŷn – Glan-llyn!"

"Yr un efo'r blethan hir?"

"Ia. Uffar o gês, cofia. Dan ni'n ffrindia gora'n barod. Wel – ddim gora gora," cywirodd ei hun, "ti fydd fy ffrind gora i wastad–"

"Ia, ia, paid â phoeni, Nia! Ydan ni'n ddeunaw rŵan, ddim naw… "

"Ia, ond ti'n gwbod be dwi'n feddwl."

O'n, ond ro'n i hefyd yn gwybod fod pethau'n newid yn barod. Roedd ganddi griw o ffrindiau newydd na fyddwn i byth yn dod i'w nabod yn iawn; mi fyddai'n rhannu profiadau efo nhw na fyddai byth yn rhan o mywyd i. Ac yn sydyn, daeth 'na don anferthol o dristwch drosta i. Wnes i'm crio na dim byd felly, jest mynd yn ddistaw, a gwrando arni hi'n rhoi manylion am bob dim roedd hi wedi'i wneud dros y dyddiau dwytha – neu be roedd hi'n fodlon ei ddeud wrth chwaer ei chariad, o leia, achos dyna be o'n i bellach.

"A dwi 'di ymuno efo'r Geltaidd a'r clwb hoci a dwi 'di prynu llwyth o bosteri rili da i'n llofft i, 'I Wallt Hon' Dafydd ap Gwilym a rhai Mordillo a Salvador Dali a ballu, ac mae Mynediad am Ddim yn canu 'ma nos Fercher, a dan ni'n mynd am sesh drwy'r dydd! Fydd gen i'm grant ar ôl erbyn Dolig ar y rêt yma!" Roedd ei llais mor afieithus, a'r cwbl yn swnio mor fendigedig o hwyliog, ro'n i'n wyrdd. Mi rois i chydig o hanes fy anturiaethau yn y siop *chemist* iddi, mi chwarddodd, ac mi ddeudodd ei bod hi'n gorfod mynd.

"Mae'r gens yn aros amdana i. A cofia, unrhyw bryd ti am ddod lawr 'ma, ty'd, gawn ni ddiawl o laff!" Ia, ia, meddyliais, ond fyddi di'm isio fi o gwmpas, ddim go iawn. "A deuda wrth dy frawd am beidio bod mor blydi *touchy*, wnei di? Fydda i adre'r penwythnos wedyn. Wn i, deuda wrtho fo:

'*He who binds to himself a joy*
Doth the winged life destroy.
He who catches joy as it flies
Lives in eternity's sunrise'."

"Be?"

"Pennill weles i ar wal y tai bach yn yr Undeb. Da, tydi?"

"Yndi?"

"Ti'n ei dallt hi, dwyt?"

"Wel... nest ti ei deud hi mor sydyn... "

"Reit, be mae o'n feddwl ydi na ddylai o drio ngwasgu i fod yn rwbath dwi ddim, y dylia fo adael i mi hedfan, ac mi fydd o a fi yn hapusach wedyn."

"Be? Ti'n dympio fo?"

"Nacdw'r gloman! Jest deud ydw i... o, dio'm bwys."

"Yndi mae o! Fedri di'm dympio mrawd i'n syth bin fel'na!"

"Tydw i ddim! Jest isio chydig bach o ryddid dwi!"

"I fynd efo hogia eraill?!"

"Naci!"

"I be ta?"

"I – I gael bod yn fi'n hun... "

"Ti dy hun... pwy wyt ti pan ti efo fo, ta? Y? Ti jest yn malu cachu, dwyt? Ti jest yn trio ffendio esgus i fynd efo hogia eraill, dwyt?"

Mi roddodd y ffôn i lawr arna i. Do'n i'm wedi meddwl gwylltio fel'na, ond roedd hi mor ffwrdd-â-hi ynglŷn â John, mor arti-ffarti i fyny'i thin ei hun efo'r blydi pennill gwirion 'na, yn amlwg yn meddwl mod i'n rhy dwp i ddallt. Nes i jest ei cholli hi'n do, a difaru f'enaid yn syth wedyn. Ches i fawr o gwsg y noson honno.

Mi fues i'n poeni am y peth drwy'r bore wedyn yn y *chemist* hefyd. Roedden ni wedi ffraeo digon yn y gorffennol, ond roedden ni wastad wedi gallu cymodi'n syth, am ein bod ni'n gweld ein gilydd bob dydd, felly roedd o'n ddigon hawdd wedyn. Ond roedd hon yn ffrae *long-distance*, ac mi allai ferwi 'mlaen am oes a do'n i'm isio hynny. Asu, roedden ni wedi bod yn fêts penna rioed! Ond roedd hi wedi rhoi'r ffôn i lawr arna i. Roedd y cwbl wedi dod i ben rwân; mi fyddai hi'n dilyn ei chwys ei hun mewn bywyd a finna'n styc yn fy nghwys inna.

Roedd hi'n ddydd Mercher, felly roedd siopau'r dre i gyd yn cau ar ôl cinio, gan gynnwys y sip *chemist*. Es i adre am ginio, ond doedd gen i fawr o awydd bwyd. Mae'n rhaid mod i wedi bod yn dawedog iawn, achos tra o'n i'n sychu'r llestri, mi ochneidiodd Mam, gollwng y sosban roedd hi ar ganol ei sgwrio yn ôl i mewn i'r bybls, a deud; "Be sy'n bod?"

"Dim byd."

"Gwranda, fi ydi dy fam di, a dwi'n dy nabod di'n well na neb. Be sy'n bod?"

"Dim byd!"

"O, Non… ti'm wedi dallt eto bod rhannu problem yn ei haneru hi?"

"Does gen i'm problem, reit! Dwi'n iawn!"

Ro'n i'n teimlo'n euog yn syth am weiddi arni, ond roedd hi'n siarad mewn *clichés* ac mae sens yn deud na fedrwch chi haneru problem jest wrth siarad amdani hi! Do'n i'm isio siarad am y peth, beth bynnag, achos do'n i'm yn siŵr iawn pam ro'n i'n teimlo mor flin i ddechrau cychwyn. Ond mi lithrodd y plât ro'n i'n ei sychu allan o nwylo i a malu'n deilchion ar y llawr teils.

"O, damia, sori… " Mi blygais i lawr i godi'r darnau gleision, a theimlo'r dagrau'n dechrau cronni.

"Paid ag ypsetio, Non, roedd 'na grac ynddo fo p'un bynnag."

"Sori."

Roedd fy nwylo i wedi dechrau crynu, ac mi lwyddais i fachu mys ar un o'r darnau mwya pigog. Mi ddechreuodd waedu'n syth, ond mi ddaliais ati i drio codi mwy o'r darnau. Yna, roedd

Mam yn ei chwrcwd wrth fy ochr i, ei llaw dros fy llaw i, ac yn sbio i fyw fy llygaid.

"Gad o, joban i frwsh a dyspan ydi hwnna. Ty'd, gawn ni baned."

Mi ges i fy arwain at y setl, ac wedi iddi roi plastar am fy mys, roedd 'na baned o de yn stemio o mlaen i.

"Rŵan, deuda be sy'n bod, ac ella y galla i dy helpu di," meddai, gan wthio bocs o hancesi papur draw ata i. Ac mi lifodd y cwbwl allan: y bwcedi o ddagrau, y siom o fethu'r arholiadau, y teimlad o fod ar goll a bod mewn twll go iawn ac mai fy mai i oedd o i gyd, mod i wedi siomi fy hun yn ogystal â phawb arall, mod i'n methu canolbwyntio ar ddim, ddim hyd yn oed Adrian, a mod i wedi ffraeo efo Nia, a mod i'n gweld mai dyna fyddai diwedd ein cyfeillgarwch ni gan fod ei dyfodol hi'n edrych mor llewyrchus a f'un innau wedi dod i stop yn barod, cyn dechrau, a fyddai hi ddim am i mi ei llusgo i lawr efo fi, ac ro'n i'n teimlo mor euog am fod mor gas efo hi, am fod mor ddrwgdybus ohoni a ninnau wedi bod yn gymaint o fêts erioed, ac ro'n i'n mynd i weld ei cholli hi mor ofnadwy, yn gweld ei cholli hi'n barod ers iddi fod isio bod efo John fwy na fi, ac mae'n rhaid mai fy mai i oedd hynny'n y lle cynta. Pwy fyddai isio bod yng nghwmni rhywun mor negyddol a phathetic a thwp â fi?

Roedd Mam wedi gadael i mi baldareuo fel'na heb stop, ond mi wylltiodd rŵan.

"Rhiannon! Dwyt ti ddim yn dwp! A dwyt ti ddim yn pathetic chwaith! Paid ti â meiddio meddwl y ffasiwn beth! Ti jest yn mynd drwy gyfnod anodd – mae o'n digwydd i bawb ryw ben, yn enwedig yn dy oed di. Mi ddigwyddodd i minna, mi ddigwyddodd i dy dad, ac mae o'n siŵr dduw o ddigwydd i Nia hefyd. Dwi'n gwbod bod yr hen Lefel A 'na wedi dy siomi di, ond mae 'na fwy i fywyd na chymwysterau, sti. Dim ond rhyw hen ddarnau o bapur ydyn nhw'n y diwedd! Do'n i rioed isio plant clyfar; os oedden nhw'n digwydd troi allan i fod yn Einsteins neu'n ddoctors neu rwbath, iawn, ond y cwbl dwi isio go iawn ydi i mhlant i fod yn hapus – a phan gei di blant dy hun mi fyddi di'n teimlo'r un fath yn union, gei di weld. Rŵan, chwytha dy drwyn, yfa'r baned 'na, a gad i ni weld be fedran ni neud i roi gwên ar dy wyneb di eto."

Erbyn dau o'r gloch, ro'n i a Mam wedi penderfynu: ro'n i'n mynd i roi fy enw i lawr ar gyfer gwersi celf efo'r WEA gyda'r nos, ro'n i'n mynd i ailafael yng ngweithgareddau'r Clwb Ffermwyr Ifanc (roedden nhw ddigon o angen rhywun gweithgar, talentog fel fi – Mam ddeudodd hynna…) ro'n i'n mynd i ddechrau cynilo ar gyfer gwyliau yn rhywle fel Ffrainc neu Wlad Groeg yr ha' nesa (mi fyddai Adrian yn siŵr o gytuno), ac ro'n i'n mynd i ddechrau tîm hoci yn y dre i genod oedd wedi gadael rysgol. Roedd 'na dimau ym mhob tref arall, bron, ac roedd hi'n hen bryd i ni ddechrau rhywbeth yn lleol.

"A ti'n mynd i ddal y bws i Aber i weld Nia – heno!" meddai Mam

"Ond fedra i ddim – dydi hi'm yn fy nisgwyl i!" protestiais, gan hanner chwerthin drwy fy hances wlyb.

"Mi gaiff hi syprcis lyfli felly. Mi fydd hi wrth ei bodd yn dy weld ti, siŵr. Dach chi'n ffrindia erioed, ac mi fyddwch chi'n ffrindia am byth. Be maen nhw'n ddeud? 'Os mêts, mêts', ia? Mi gei di ymddiheuro iddi, wedyn mi gewch chi chwip o noson dda yng nghwmni'ch gilydd a gei di ddod adre ar y bws bore fory. Hwda, dyma i ti bumpunt at yr achos."

Mi wnes i ddechrau crio eto, ond ro'n i'n gwenu drwy nagrau. Ro'n i wastad wedi cymryd Mam mor ganiataol, ond rŵan roedd 'na falchder a chariad yn codi'n don drosta i, ac ro'n i mor, mor falch a diolchgar bod gen i ffasiwn fam. Mi godais a'i chofleidio'n dynn – rhywbeth nad o'n i wedi'i wneud ers blynyddoedd.

"Argol, watsia, ti'n malu'n asennau i!" chwarddodd, ond pan wnes i ei gollwng, mi welais i bod 'na ddagrau yn ei llygaid hitha.

Mi ffoniais i Mr Jones a gofyn a fyddai o'n iawn i mi fod chydig yn hwyr y bore wedyn. Roedd Mam wedi sbio ar amserlen Crosville, ac mi allwn ddal bws yn ôl i'r dre erbyn deg y bore. Ac mi gytunodd o, ngwas gwyn i – ar yr amod mod i'n gwneud awr ychwanegol ar y dydd Sadwrn. Felly mi ges i gawod sydyn, gwisgo fy nillad denim gorau, stwffio brwsh dannedd a nicyrs glân i mewn i fag plastic, cofleidio Mam eto a chael lifft ganddi i ddal y bws i Aberystwyth. Ro'n i yno erbyn hanner awr wedi saith, wedi cynhyrfu'n rhacs.

Do'n i'm yn siŵr lle i fynd, ond mi es i'r Cŵps, gan mod i wedi clywed digon o sôn am fan'no. Roedd y lle'n orlawn o fyfyrwyr a hen ddynion barfog, ond doedd 'na'm golwg o Nia, a do'n i'n nabod neb. Doedd gen i mo'r gyts i ofyn i neb oedden nhw'n nabod Nia Davies, felly es i at y bar i gael fodca a leim i drio ymlacio chydig. Roedd hi wedi sôn y bydden nhw'n mynd am sesh drwy'r dydd, felly mi fyddai hi wedi hen feddwi erbyn hyn. Waeth i mi drio dal i fyny efo hi ddim, meddyliais.

Mi ddilynais griw o ferched mawr, nobl i dafarn arall, ond doedd hi'm yn fan'no chwaith. Ro'n i'n teimlo braidd yn hurt yn yfed ar fy mhen fy hun, felly ar ôl fodca sydyn arall, mi ges i'r gyts i ofyn i'r genod oedden nhw'n nabod Nia Davies.

"Pa flwyddyn?" gofynnodd yr un efo gwallt hir du a sbectol.

"Y gynta."

"Dim clem, nabod run ohonyn nhw, 'blaw'r rhech wlyb ges i ei chwmni hi ar y noson Mam a Merch nos Lun. Dyddgu neu rwbath oedd honno."

"Mam a Merch?"

"Ni'r genod hŷn ydi'r mamau," eglurodd un arall, "a genod y flwyddyn gynta ydi'r merched; dan ni'n paru, wedyn dan ni'n mynd â nhw rownd bob pyb yn dre. Ond a'th yr un ro'n i efo hi ddim pellach na'r Ceffyl Gwyn. Pathetic.'"

"Wedd f'un i'n hwdi yn CPs!" chwarddodd un fach, fain.

"Ond doedd 'na'm un Nia efo chi?"

"Mae 'da ni gannoedd o Nias 'ma, fenyw!" chwarddodd yr un gwallt coch.

"A Rhians a Siâns… " ychwanegodd yr un sbectol.

"Ella'i bod hi efo criw o genod Pen Llŷn?" Edrychodd pawb ar ei gilydd.

"Y criw *squeaky* 'na'n y flwyddyn gynta? Sori, so ni'n gwneud lot 'da nhw."

"O. Wel… lle fysach chi'n mynd ar ôl sesh drwy'r dydd?" gofynnais wedyn.

"Fy ngwely."

"Naci, erbyn hyn, mae hi'n feddwl," meddai'r un efo'r sbectol. "Gad i ni weld. Dibynnu. Tria'r ffrynt, y Marine a'r Bay ac ati."

"Diolch. A lle mae Mynediad am Ddim yn canu heno?"

"Yr Undeb. Reit lan top y tyle."

Diolchais iddyn nhw, a chrwydro ar hyd y ffrynt yn stwffio mhen i mewn i bob bar welais i. Ond doedd 'na'm golwg ohoni. Ges i lond bol o chwilio yn y diwedd, felly ar ôl bagiaid o jips, mi gerddais i'r holl ffordd i fyny i'r Undeb. Mi brynais i docyn a mynd i mewn, ond doedd 'na fawr o neb yno.

"*They won't come for at least another hour, love,*" eglurodd y boi wrth y bar. Felly mi ges i ddiod efo fo. Jeff oedd ei enw o, ac roedd o'n glên ofnadwy. Ro'n i wedi cymryd ei fod o'n dod o Loegr yn rhywle, ond na, "*Penparci, born an' bred,*" meddai, "*But*

I went to Penglais, see." Nodiais yn ddoeth. Ro'n i wedi cymryd yn ganiataol fod pawb o Aberystwyth yn Gymry Cymraeg am ryw reswm.

Mi ddechreuodd y myfyrwyr gyrraedd o'r diwedd, rhai'n chwil a rhai'n hongian, ond pob un yn swnllyd. Doedd gen i ddim llai nag ofn ambell un, yn enwedig yr hogia oedd yn glafoerio a gweiddi a thywallt eu peintiau dros y lle, a'r genod efo gwallt gwyllt a llygaid fel marblis oedd yn sbio reit drwydda i. Ond welais i mo Nia. Roedd Mynediad am Ddim yn dda, yn dda iawn, ond dydi o'm run peth ar ben dy hun. Mi arhosais yno, yn teimlo fel het ac yn trio osgoi llygaid yr hogia oedd heb fachu, tan chwarter wedi un ar ddeg. Yna, i gyfeiliant y dorf yn canu 'Ceidwad y Goleudy' mi gychwynnais am Neuadd Pantycelyn.

Roedd 'na restr ar y wal yn y blwch ffonio'n deud pwy oedd ym mha ystafell, ac o'r diwedd, mi ddois o hyd i Nia Davies – stafell 34. Mi gymerodd oes i mi ddod o hyd i blydi stafell 34, wrth gwrs – mae 'na gannoedd o stafelloedd yna, a dim trefn gall i'r rhifo hyd y gwelwn i – ond, o'r diwedd, ro'n i'n sefyll y tu allan i ddrws efo 34 arno fo.

Mi gnociais y drws. Dim ateb. Cnoc arall, uwch tro 'ma. Dim byd. Mi fues i'n sefyllian am chydig, ddim yn siŵr be i'w wneud. Wedyn mi wnes benderfynu trio'r handlen, jest i weld. Doedd o ddim ar glo. Diolch byth, meddyliais, mi alla i aros amdani'n ei stafell beth bynnag. Gwthiais y drws yn agored a sbio i mewn. Roedd hi'n dywyll bitsh yno. Felly mi wnes ymbalfalu am y switsh golau, a dod o hyd iddo fo.

Anghofia i fyth eu hwynebau nhw. Gwallt blêr Nia welais i gynta, a'i hysgwyddau noeth. Mi gododd ei phen a deud:

"Be ffwc?" A dyna pryd welais i Adrian. Roedd o yn y gwely efo hi, yn noeth. Fy Adrian i. Fy Adrian *i*. Adrian oedd i fod yn Nhregaron efo hogia WAC. Mi rewais i, a sbio'n hurt arnyn nhw. Wedyn mi gododd fy stumog at fy nghorn gwddw i ac ro'n i isio chwydu. Ac ro'n i'n brifo drosta i, y boen mwya ofnadwy oedd yn saethu drwy f'ysgwyddau i. Ro'n i isio crio, isio gweiddi, ond allwn i'm gwneud dim, dim ond sefyll yna'n rhythu arnyn nhw, y ddau noeth oedd yn sbio'r un mor hurt yn ôl arna i.

"O *shit...* " meddai Nia, a cheisio dod o hyd i ddilledyn. Ddywedodd O run gair, dim ond rhoi ei ben yn ôl ar y gobennydd, sbio ar y nenfwd ac ochneidio.

"Be dach chi'n neud?" gofynnais yn hurt. Peth gwirion i'w ddeud − roedd hi'n berffaith amlwg be roedden nhw'n ncud, neu o leia wedi bod yn neud. Roedd eu dillad nhw ar hyd y lle'n bob man, ac roedd eu hogla nhw'n dew.

"Alla i egluro!" gwichiodd Nia. "Oedden ni jest yn... yn... " Ond mi sychodd. Doedd hyd yn oed Nia ddim yn gallu meddwl am esgus fyddai'n troi hyn yn rhywbeth cwbl ddiniwed.

"Ddois i yma achos bod ni'n ffrindia," meddwn mewn llais crynedig, diarth. "Oedd gas gen i mod i 'di ffraeo efo ti, o'n i isio deud mod i'n sori... am ein bod ni'n fêts, er gwaetha pawb a phopeth, oeddan ni'n fêts... *blood sisters.*"

Brathodd Nia ei gwefus a chau ei llygaid. Roedd y dagrau'n llifo i lawr fy wyneb i erbyn hyn, dagrau tawel, rhyfedd. Roedd Adrian yn dal i syllu ar y nenfwd.

"Y cachwr," meddwn. Cododd ar ei benelin yn sydyn,

"Gwranda−" cychwynnodd.

"Dwi'm isio gwbod," meddwn. "Dwi'm isio gwbod dim. Dwi'm isio dy weld ti eto, byth."

Yna trois at Nia, oedd yn sefyll wrth ochr y gwely, wedi tynnu crys-T Adrian dros ei phen. Roedd hynny'n brifo'n waeth, hi'n gwisgo'i ddillad o. Ddeudis i'm byd, jest sbio i fyw ei llygaid hi. Mi sbiodd yn ôl arna i, efo ryw olwg desbret, hurt, yn erfyn arna i i faddau. Ond jest dal i sbio arni wnes i, yn oer, yn galed. Ac mi'i gwelais hi'n gwywo.

Mi drois yn ôl, cau'r drws arnyn nhw yn bwyllog, araf, a cherdded o 'na.

. . . ac mae dilyniant ar y ffordd – gwyliwch y wasg am fanylion!

Am restr gyflawn o lyfrau'r Lolfa,
mynnwch gopi o'n Catalog – neu
hwyliwch i mewn i'n gwefan

www.ylolfa.com

i chwilio ac archebu ar-lein.

TALYBONT CEREDIGION CYMRU SY24 5AP
e-bost ylolfa@ylolfa.com
gwefan www.ylolfa.com
ffôn (01970) 832 304
ffacs 832 782